杨绛全集

4

·散文卷·

人民文学出版社

杨绛
2011年4月，于三里河寓所

1983年11月，于伦敦泰晤士河畔

1983年11月，英国

1948年冬，与钱锺书于上海

1981年7月,七十岁生日与钱锺书在三姐闰康赠给的生日蛋糕前合影

1983年，与钱锺书在家中

1983年夏，与钱锺书于三里河寓所院内

杨绛绘像(高莽 作)

钱锺书与围城（高莽 作）

钱锺书与杨绛（高莽 作）

別れの儀式
楊絳と銭鍾書

楊絳 著
Yang Jiang

桜庭ゆみ子 訳
Sakuraba Yumiko

ある中国知識人一家の物語

家族の愛と生、そして死を、ユーモアを交えた静謐な文体で描きだす

日中戦争、文化大革命にいたる様々な政治運動を乗り越え、したたかに、しなやかに生き抜いた一家三人の物語。中国稀代のエッセイスト・楊絳のベストセラー、待望の邦訳。

勉誠出版

《我们仨》日文版

楊絳——著

我們仨

我一个人思念我们仨

楊絳

《我们仨》，台湾时报出版公司版

《我们仨》汉德双语本

杨绛

我们仨

Yang Jiang

Wir Drei

Roman

Aus dem Chinesischen
von Monika Motsch

Reihe Phönixfeder　　OSTASIEN Verlag

北京师范大学的敬师松
学生将钱瑗的骨灰埋在松树下以寄托对老师的哀思

廿載猶勞父母護持家粗語大羞慚
詩酒七律細吟遲可許情懷似
昔時

少年情事宛留痕攝影時夢一
溫秋月春風寧儂懷歡子
繡眼窗兒憶見初薔薇新瓣浸
醉鄉不知醒時兩曾記紅花
秋雲鬢
遠遊洋場共來樣始識夢生未早
涯徑送繡書粘牽外料量榮來
學南京

弄偏經脂詠玉處喜獨粉指更勤
爭偏生怜家耽出廟忘卻牙為
女秀才
苦情搬演棚如生出際傳神著
墨輕包嘆爭名久李曆皇清照
全明誠
荒唐滿齒古為新海徑改幻慮
失惱然夢外鳴我損與端說夢
向廳人
百宜一好是天然為説中年鏡懶
省粘生天韶餘態句怡如詩品有
都官

雲老霜新慣自支柴空之擊上見
永游暗香路新年容玉桃李湯
似嫌不忘
繡書賭詞諺幼媽朱俊
相陔兮出五佳人安隱堅牢祝
沁予
偶見二十六年昔為
鮮醉方詩冊煙河波怨似塵如夢
復書十絕句

「寧都再夢圓女」詩，作於一九三九年十月赴湖南藍田途中，時圓二歲。
「三齡女學書」一詩，作於一九四〇年。

寧都再夢圓女

汝豈解吾覓夢中　能再過牆禁出庭戶誰
導越山河汝祖脈　吾妁如吾念汝多方疑昔
母至驚醒失相訶

繼書末云三齡女學書見今隸朋字曰此兩月
棚堀耳喜憶唐劉晏事成詠

穎悟如娘創似翁　正未朋字竟能通方知左氏誇嬌
女不數創家有丑童　居神童而說陋

楊絳錄槐聚詩
二〇〇三年四月

1999年夏,正整理钱锺书笔记《容安馆札记》

2007年冬，在家中与清华大学"好读书奖学金"得奖学生欢聚

目　录

我 们 仨

第一部　我们俩老了 …………………………………… 009
第二部　我们仨失散了 ………………………………… 013
　一　走上古驿道 ……………………………………… 015
　二　古驿道上相聚 …………………………………… 024
　三　古驿道上相失 …………………………………… 033
第三部　我一个人思念我们仨 ………………………… 047
附录一 …………………………………………………… 147
附录二 …………………………………………………… 159
附录三 …………………………………………………… 175

走到人生边上
——自问自答

自　序 …………………………………………………… 191
前　言 …………………………………………………… 193
一　神和鬼的问题 ……………………………………… 203
二　有关人的问题 ……………………………………… 209
　一　人有灵魂 ………………………………………… 209

二　人有个性 ………………………………………… 210
　　三　人有本性 ………………………………………… 212
三　灵与肉的斗争和统一 …………………………………… 222
　　一　灵与肉既有矛盾,必有斗争;经过斗争,
　　　　必有统一 ……………………………………… 222
　　二　灵与肉的统一 …………………………………… 227
　　三　灵与肉的斗争中,谁做主? ……………………… 232
四　命与天命 ………………………………………………… 233
　　一　人生有命 ………………………………………… 233
　　二　命理 ……………………………………………… 238
　　三　人能做主吗? …………………………………… 239
　　四　命由天定,故称天命 …………………………… 242
五　万物之灵 ………………………………………………… 243
六　人类的文明 ……………………………………………… 246
　　一　人的可贵在于人的本身 ………………………… 246
　　二　天地生人的目的 ………………………………… 250
七　人生实苦 ………………………………………………… 251
八　人需要锻炼 ……………………………………………… 253
九　修身之道 ………………………………………………… 256
十　受锻炼的是灵魂 ………………………………………… 258
　　一　人受锻炼 ………………………………………… 258
　　二　在肉体和灵魂之间,"我"在哪一边? ………… 259
　　三　锻炼的成绩 ……………………………………… 260
十一　人生的价值 …………………………………………… 262
结束语 ………………………………………………………… 267

注　释

　　一　阿菊闯祸 … 271
　　二　温德先生爬树 … 275
　　三　劳神父 … 278
　　四　记比邻双鹊 … 283
　　五　三叔叔的恋爱 … 288
　　六　孔夫子的夫人 … 291
　　七　《论语》趣 … 294
　　八　镜中人 … 298
　　九　他是否知道自己骗人？ … 302
　　十　穷苦人（三则） … 304
　　十一　胡思乱想 … 307
　　十二　她的自述 … 310
　　十三　韩平原的命 … 334
　　十四　良心 … 335
为《走到人生边上》向港、澳、台读者说几句话 … 337

坐在人生的边上
　　——杨绛先生百岁答问 … 339

我们仨

抗戰勝利後，約1946年，攝於上海

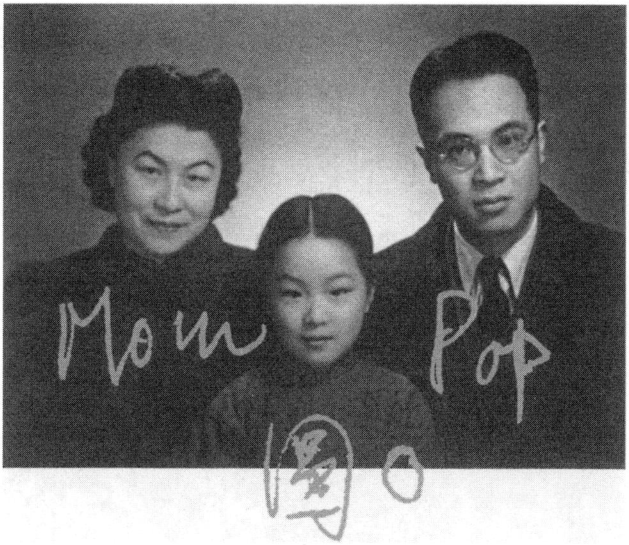
Mom
Pop
圆

1950年清华校庆日，摄於清华大学新林院宿舍。我家住这宅房子的西侧，小门内是我们三人的卧室，窗内是客厅。我抱的是小猫"花花儿"，刚满月不久。阳台下是大片空地。

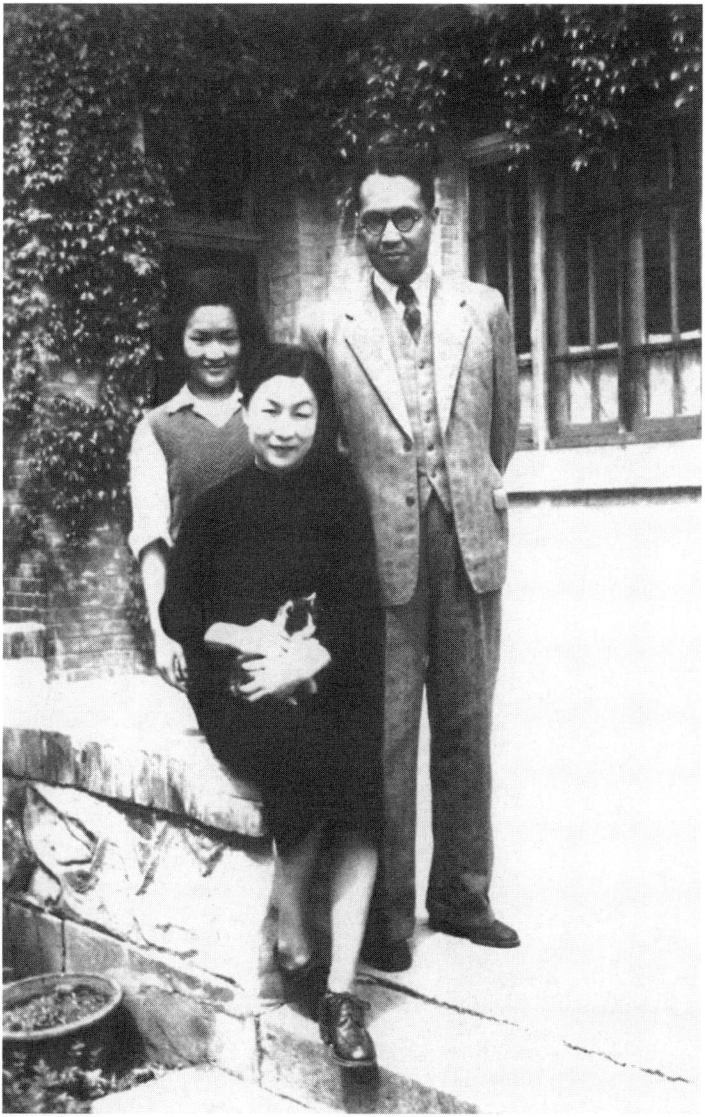

1980年，錢瑗在英國Lancaster大學進修二年後回家，在國外學會烹調，正做了拿手菜招待父母。

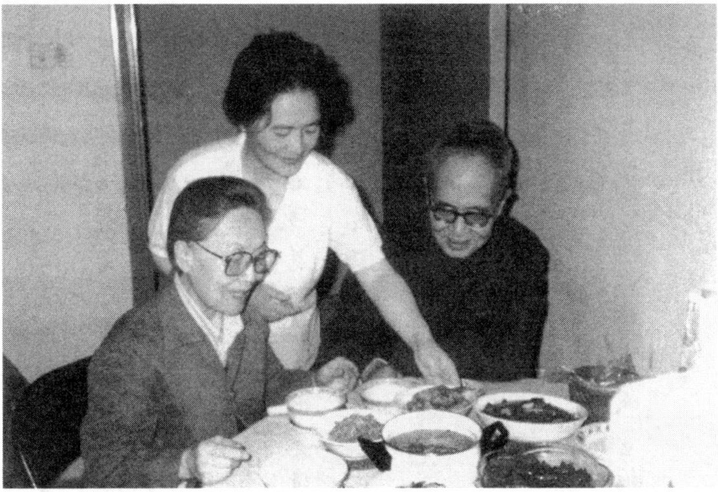

錢書贈我十絕句,作於一九五九年。「二十六年前」即一九三三年。他曾將自己早年的詩,手寫自訂成冊贈我。

第三首引用北齋崔氏釀面辭:

取紅花,取白雪,與兒洗面作光悅;
取白雪,取紅花,與兒洗面作妍華;
取花紅,取雪白,與兒洗面作光澤;
取雪白,取花紅,與兒洗面作華容。

第六首指我寫的劇本.

第七首有自註:余小說「圍城」出版後、

頗多癡人說夢者.

第一部　我们俩老了

有一晚,我做了一个梦。我和锺书一同散步,说说笑笑,走到了不知什么地方。太阳已经下山,黄昏薄暮,苍苍茫茫中,忽然锺书不见了。我四顾寻找,不见他的影踪。我喊他,没人应。只我一人,站在荒郊野地里,锺书不知到哪里去了。我大声呼喊,连名带姓地喊。喊声落在旷野里,好像给吞吃了似的,没留下一点依稀仿佛的音响。彻底的寂静,给沉沉夜色增添了分量,也加深了我的孤凄。往前看去,是一层深似一层的昏暗。我脚下是一条沙土路,旁边有林木,有潺潺流水,看不清楚溪流有多么宽广。向后看去,好像是连片的屋宇房舍,是有人烟的去处,但不见灯火,想必相离很远了。锺书自顾自先回家了吗?我也得回家呀。我正待寻觅归路,忽见一个老人拉着一辆空的黄包车,忙拦住他。他倒也停了车。可是我怎么也说不出要到哪里去,惶急中忽然醒了。锺书在我旁边的床上睡得正酣呢。

我转侧了半夜等锺书醒来,就告诉他我做了一个梦,如此这般;于是埋怨他怎么一声不响地撇下我自顾自走了。锺书并不为我梦中的他辩护,只安慰我说:那是老人的梦,他也常做。

是的,这类的梦我又做过多次,梦境不同而情味总相似。往往是我们两人从一个地方出来,他一晃眼不见了。我到处问询,无人理我。我或是来回寻找,走入一连串的死胡同,或独在昏暗的车站等车,等那末一班车,车也总不来。梦中恓恓惶惶,好像只要能找到他,就能一同回家。

钟书大概是记着我的埋怨,叫我做了一个长达万里的梦。

第二部　我们仨失散了

这是一个"万里长梦"。梦境历历如真,醒来还如在梦中。但梦毕竟是梦,彻头彻尾完全是梦。

一　走上古驿道

已经是晚饭以后,他们父女两个玩得正酣。锺书怪可怜地大声求救:"娘,娘,阿圆欺我!"

阿圆理直气壮地喊:"Mummy 娘!爸爸做坏事!当场拿获!"(我们每个人都有许多称呼,随口叫。)

"做坏事"就是在她屋里捣乱。

我走进阿圆卧房一看究竟。只见她床头枕上垒着高高一叠大辞典,上面放一只四脚朝天的小板凳,凳脚上端端正正站着一双沾满尘土的皮鞋——显然是阿圆回家后刚脱下的,一只鞋里塞一个笔筒,里面有阿圆的毛笔、画笔、铅笔、圆珠笔等,另一只鞋里塞一个扫床的笤帚把。沿着枕头是阿圆带回家的大书包。接下是横放着的一本一本大小各式的书,后面拖着我给阿圆的长把"鞋拔",大概算是尾巴。阿圆站在床和书桌间的夹道里,把爸爸拦在书桌和钢琴之间。阿圆得意地说:"当场拿获!!"

锺书把自己缩得不能再小,紧闭着眼睛说:"我不在这里!"

他笑得都站不直了。我隔着他的肚皮,也能看到他肚子里翻滚的笑浪。

阿圆说:"有这种 alibi① 吗?"

我忍不住也笑了。三个人都在笑。客厅里电话铃响了几声,我们才听到。

接电话照例是我的事(写回信是锺书的事)。我赶忙去接。没听清是谁打来的,只听到对方找钱锺书去开会。我忙说:"钱锺书还病着呢,我是他的老伴儿,我代他请假吧。"对方不理,只命令说:"明天报到,不带包,不带笔记本,上午九点有车来接。"

我忙说:"请问在什么地点报到?我可以让司机同志来代他请假。"

对方说:"地点在山上,司机找不到。明天上午九点有车来接。不带包,不带笔记本。上午九点。"电话就挂断了。

锺书和阿圆都已听到我的对答。锺书早一溜烟过来坐在我旁边的沙发上。阿圆也跟出来,挨着爸爸,坐在沙发的扶手上。她学得几句安慰小孩子的顺口溜,每逢爸爸"因病请假",小儿赖学似的心虚害怕,就用来安慰爸爸:"提勒提勒耳朵,胡噜胡噜毛,我们的爸爸吓不着。"("爸爸"原作"孩子"。)

我讲明了电话那边传来的话,很抱歉没敢问明开什么会。按说,锺书是八十四岁的老人了,又是大病之后,而且他也不担任什么需他开会的职务。我对锺书说:"明天车来,我代你去报到。"

锺书并不怪我不问问明白。他一声不响地起身到卧房去,

---

① 英文,不在犯罪现场的证据。

自己开了衣柜的门,取出他出门穿的衣服,挂在衣架上,还挑了一条干净手绢,放在衣袋里。他是准备亲自去报到,不需我代表——他也许知道我不能代表。

我和阿圆还只顾捉摸开什么会。锺书没精打采地干完他的晚事(洗洗换换),乖乖地睡了。他向例早睡早起,我晚睡晚起,阿圆晚睡早起。

第二天早上,阿圆老早做了自己的早饭,吃完就到学校上课去。我们两人的早饭总是锺书做的。他烧开了水,泡上浓香的红茶,热了牛奶(我们吃牛奶红茶),煮好老嫩合适的鸡蛋,用烤面包机烤好面包,从冰箱里拿出黄油、果酱等放在桌上。我起床和他一起吃早饭。然后我收拾饭桌,刷锅洗碗,等他穿着整齐,就一同下楼散散步,等候汽车来接。

将近九点,我们同站在楼门口等待。开来一辆大黑汽车,车里出来一个穿制服的司机。他问明钱锺书的身份,就开了车门,让他上车。随即关上车门,好像防我跟上去似的。我站在楼门口,眼看着那辆车稳稳地开走了。我不识汽车是什么牌子,也没注意车牌的号码。

我一个人上楼回家。自从去春锺书大病,我陪住医院护理,等到他病愈回家,我脚软头晕,成了风吹能倒的人。近期我才硬朗起来,能独立行走,不再需扶墙摸壁。但是我常常觉得年纪不饶人,我已力不从心。

我家的阿姨是钟点工。她在我家已做了十多年,因家境渐渐宽裕,她辞去别人家的工作,单做我一家。我信任她,把铁门的钥匙也分一个给她拴在腰里。我们住医院,阿圆到学校上课,家里没人,她照样来我家工作。她看情况,间日来或每日来,我都随她。这天她来干完活儿就走了。我焖了饭,焐在暖窝里;切好菜,等锺书回来了下锅炒;汤也炖好了,焐着。

等待是很烦心的。我叫自己别等,且埋头做我的工作。可是,说不等,却是急切地等,书也看不进,一个人在家团团转。快两点了,锺书还没回来。我舀了半碗汤,泡两勺饭,胡乱吃下,躺着胡思乱想。想着想着,忽然动了一个可怕的念头。我怎么能让锺书坐上一辆不知来路的汽车,开往不知哪里去呢?

阿圆老晚才回家。我没吃晚饭,也忘了做。阿姨买来大块嫩牛肉,阿圆会烤,我不会。我想用小火炖一锅好汤,做个罗宋汤,他们两个都爱吃。可是我直在焦虑,什么都忘了,只等阿圆回来为我解惑。

我自己饭量小,又没胃口,锺书老来食量也小,阿圆不在家的日子,我们做晚饭只图省事,吃得很简便。阿圆在家吃晚饭,我只稍稍增加些分量。她劳累一天,回家备课、改卷子,总忙到夜深,常说:"妈妈,我饿饭。"我心里抱歉,记着为她做丰盛的晚饭。可是这一年来,我病病歪歪,全靠阿圆费尽心思,也破费工夫,为我们两个做好吃的菜,哄我们多吃两口。她常说:"我读食谱,好比我查字典,一个字查三种字典,一个菜看三种食谱。"她已学到不少本领。她买了一只简单的烤箱,又买一只不简单的,精心为我们烤制各式鲜嫩的肉类,然后可怜巴巴地看我们是否欣赏。我勉强吃了,味道确实很好,只是我病中没有胃口(锺书病后可能和我一样)。我怕她失望,总说:"好吃!"她待信不信地感激说:"娘,谢谢你。"或者看到爸爸吃,也说:"爸爸,谢谢你。"我们都笑她傻。她是为了我们的营养。我们吃得勉强,她也没趣,往往剩下很多她也没心思吃。

我这一整天只顾折腾自己,连晚饭都没做。准备午饭用的一点蔬菜、几片平菇、几片薄薄的里脊是不经饱的。那小锅的饭已经让我吃掉半碗了,阿圆又得饿饭。而且她还得为妈妈讲许多道理,叫妈妈别胡思乱想,自惊自扰。

她说:"山上开会说不定要三天。"

"住哪儿呢?毛巾、牙刷都没带。"

她说:"招待的地方都会有的。"还打趣说:"妈妈要报派出所吗?"

我真想报派出所,可是怎么报呢?

阿圆给我愁得也没好生吃晚饭。她明天不必到学校去,可是她有改不完的卷子,备不完的功课。晚上我假装睡了,至少让阿圆能安静工作。好在明天有她在身边,我心上有依傍。可是我一夜没睡。

早起我们俩同做早饭,早饭后她叫我出去散步。我一个人不愿意散步。她洗碗,我烧开水,灌满一个个暖瓶。这向例是锺书的事。我定不下心,只顾发呆,满屋子乱转。电话铃响我也没听到。

电话是阿圆接的。她高兴地喊:"爸爸!!"

我赶紧过来站在旁边。

她说:"嗯……嗯……嗯……嗯……嗯。"都是"嗯"。然后挂上电话。

我着急地问:"怎么说?"

她只对我摆手,忙忙地抢过一片纸,在上面忙忙地写,来不及地写,写的字像天书。

她说:"爸爸有了!我办事去。"她两个手指点着太阳穴说:

"别让我混忘了,回来再讲。"

她忙忙地挂着个皮包出门,临走说:"娘,放心。也许我赶不及回来吃饭,别等我,你先吃。"

幸亏是阿圆接的电话,她能记。我使劲儿叫自己放心,只是放不下。我不再胡思乱想,只一门心思等阿圆回来,干脆丢开工作,专心做一顿好饭。

我退休前曾对他们许过愿。我说:"等我退休了,我补课,我还债,给你们一顿一顿烧好吃的菜。"我大半辈子只在抱歉,觉得自己对家务事潦草塞责,没有尽心尽力。他们两个都笑说:"算了吧!"阿圆不客气说:"妈妈的刀工就不行,见了快刀子先害怕,又性急,不耐烦等火候。"锺书说:"为什么就该你做菜呢?你退了,能休吗?"

说实话,我做的菜他们从未嫌过,只要是我做的,他们总叫好。这回,我且一心一意做一顿好饭,叫他们出乎意外。一面又想,我准把什么都烧坏了,或许我做得好,他们都不能准时回来。因为——因为事情往往是别扭的,总和希望或想象的不一致。

我的饭做得真不错,不该做得那么好。我当然失望得很,也着急得很。阿圆叫我别等她,我怎能不等呢。我直等到将近下午四点阿圆才回家,只她一人。她回家脱下皮鞋,换上拖鞋,显然走了不少路,很累了,自己倒杯水喝。我的心直往下沉。

阿圆却很得意地说:"总算给我找着了!地址没错,倒了两次车,一找就找到。可是我排了两个冤枉队,一个队还很长,真冤枉。挨到我,窗口里的那人说:'你不在这里排,后面。'他就不理我了。'后面'在哪里呢?我照着爸爸说的地方四面问人,都说不知道。我怕过了办公时间找不到人,忽见后面有一间小屋,里面有个人站在窗口,正要关窗。我抢上去问他:'古驿道在哪儿?'他说:'就这儿。'唷!我松了好大一口气。我怕忘记错了,再哪儿找去。"

"古驿道?"我皱着眉头摸不着头脑。

"是啊,妈妈,我从头讲给你听。爸爸是报到以后抢时间打来的电话,说是他们都得到什么大会堂去开会,交通工具各式各样,有飞机,有火车,有小汽车,有长途汽车等等,机票、车票都抢空了,爸爸说,他们要抢早到会,坐在头排,让他们抢去吧,他随便。他选了没人要的一条水道,坐船。爸爸一字一字交待得很清楚,说是'古驿道'。那个办事处窗口的人说:'这会儿下班了,下午来吧。'其实离下班还不到五分钟呢,他说下午二时办公。我不敢走远,近处也没有买吃的地方。我就在窗根儿底下找个地方坐等,直等到两点十七八分,那人才打开窗口,看见我在原地等着,倒也有点抱歉。他说:'你是家属吗?家属只限至亲。'所以家属只你我两个。他给了那边客栈的地址,让咱们到那边去办手续。怎么办,他都细细告诉我了。"

阿圆说:"今天来不及到那边儿去办手续了,肯定又下班了。妈妈,你急也没用,咱们只好等明天了。"

我热了些肉汤让阿圆先点点饥,自己也喝了两口。我问:"'那边'在哪儿?"

阿圆说:"我记着呢。还有啰啰嗦嗦许多事,反正我这儿都记下了。"她给我看看自己皮包里的笔记本。她说:"咱们得把现款和银行存单都带上,因为手续一次办完,有余退还,不足呢,半路上不能补办手续。"

我觉得更像绑架案了,只是没敢说,因为阿圆从不糊涂。我重新热了做好的饭,两人食而不知其味地把午饭、晚饭并作一顿吃。

我疑疑惑惑地问:"办多长的手续呀?带多少行李呢?"

阿圆说:"洗换的衣服带两件,日用的东西那边客栈里都有,带了钱就行,要什么都有。"她约略把她记下的啰啰嗦嗦事告诉我,我不甚经心地听着。

阿圆一再对我说:"娘,不要愁,有我呢。咱们明天就能见到爸爸了。"

我无奈说:"我怕爸爸要急坏了——他居然也知道打个电话。也多亏是你接的。我哪里记得清。我现在出门,路都不认识了,车也不会乘了,十足的饭桶了。"

阿圆缩着脖子做了个鬼脸说:"妈妈这只饭桶里,只有几颗米粒儿一勺汤。"我给她说得笑了。她安慰我说:"反正不要紧,我把你安顿在客栈里,你不用认路,不用乘车。我只能来来往往,因为我得上课。"

阿圆细细地看她的笔记本。我收拾了一个小小的手提包,也理出所有的存单,现款留给阿圆。

第二天早餐后,阿圆为我提了手提包,肩上挂着自己的皮包,两人乘一辆出租车,到了老远的一个公交车站。她提着包,护着我,挤上公交车,又走了好老远的路。下车在荒僻的路上又走了一小段路,只见路旁有旧木板做成的一个大牌子,牌子上是小篆体的三个大字:"古驿道"。下面有许多行小字,我没戴眼镜,模模糊糊看到几个似曾见过的地名,如灞陵道、咸阳道等。阿圆眼快,把手一点说:"到了,就是这里。妈妈,你只管找号头,311,就是爸爸的号。"

她牵着我一拐弯走向一个门口。她在门上一个不显眼的地方按一下,原来是电铃。门上立即开出一个窗口。阿圆出示证件,窗口关上,门就开了。我们走入一家客栈的后门,那后门也随即关上。

客栈是坐南向北的小楼,后门向南。进门就是柜台。

阿圆说:"妈妈,累了吧?"她在柜台近侧找到个坐处,叫妈妈坐下,把手提包放在我身边。她自己就去招呼柜台后面的人办手续。先是查看种种证件,阿圆都带着呢。掌柜的仔细看过,然后拿出几份表格叫她一一填写。她填了又填,然后交费。我暗想,假如是绑匪,可真是官派十足啊。那掌柜的把存单一一登记,一面解释说:"我们这里房屋是简陋些,管理却是新式的;这一路上长亭短亭都已改建成客栈了,是连锁的一条龙。你们领了牌子就不用再交费,每个客栈都供吃、供住、供一切方便。旅客的衣着和日用品都可以在客栈领,记账。旅客离开房间的时候,把自己的东西归置一起,交给柜台。船上的旅客归船上管,你们不得插手。住客栈的过客,得遵守我们客栈的规则。"他拿出印好的一纸警告,一纸规则。

警告是红牌黑字,字很大。

(一)顺着驿道走,没有路的地方,别走。

(二)看不见的地方,别去。

(三)不知道的事,别问。

规则是白纸黑字,也是大字。

(一)太阳落到前舱,立即回客栈。驿道荒僻,晚间大门上闩后,敲门也不开。

（二）每个客栈，都可以休息、方便、进餐，勿错过。

（三）下船后退回原客栈。

掌柜的发给我们各人一个圆牌，上有号码，背面叫我们按上指印，一面郑重叮嘱，出入总带着牌儿，守规则，勿忘警告，尤其是第三条，因为最难管的是嘴巴。

客栈里正为我们开饭，叫我们吃了饭再上路。我心上纳闷，尤其那第三条警告叫人纳闷。不知道的事多着呢，为什么不能问？问了又怎么样？

我用手指点红牌上的第三条故意用肯定的口气向掌柜的说："不能用一个问字，不能打一个问号。"我这样说，应该不算问。可是掌柜的瞪着眼警告说："你这话已经在边缘上了，小心！"我忙说："谢谢，知道了。"

阿圆悄悄地把我的手捏了一捏，也是警告的意思。饭后我从小提包里找出一枚别针，别在手袖上，我往常叫自己记住什么事，就在衣袖上别一枚别针，很有提醒的作用。

柜台的那一侧，有两扇大门。只开着一扇，那就是客栈的前门。前门朝北开。我们走出前门，顿觉换了一个天地。

二　古驿道上相聚

那里烟雾迷蒙，五百步外就看不清楚；空气郁塞，叫人透不过气似的。门外是东西向的一道长堤，沙土筑成，相当宽，可容两辆大车。堤岸南北两侧都砌着石板。客栈在路南，水道在路北。客栈的大门上，架着一个新刷的招牌，大书"客栈"二字。道旁两侧都是古老的杨柳。驿道南边的堤下是城市背面的荒郊,杂树丛生,野草滋蔓,爬山虎直爬到驿道旁边的树上。远处也能看到一两簇苍松翠柏,可能是谁家的陵墓。驿道东头好像是个树林子。客栈都笼罩在树林里似的。我们走近临水道的那一岸。堤很高,也很陡,河水静止不流,不见一丝波纹。水面明净,但是云雾蒙蒙的天倒映在水里,好像天地相向,快要合上了。也许这就是令人觉得透不过气的原因。顺着蜿蜒的水道向西看去,只觉得前途很远很远,只是迷迷茫茫,看不分明。水边一顺溜的青青草,引出绵绵远道。

古老的柳树根,把驿道拱坏了。驿道也随着地势时起时伏,石片砌的边缘处,常见塌陷,所以路很难走。河里也不见船只。

阿圆扶着我说:"妈妈小心,看着地下。"

我知道小心,因为我病后刚能独自行走。我步步着实地走,省得阿圆搀扶,她已经够累的了。走着走着——其实并没走多远,就看见岸边停着一叶小舟,赶紧跑去。

船头的岸边,植一竿撑船的长竹篙,船缆在篙上。船很小,倒也有前舱、后舱、船头、船尾;却没有舵,也没有桨。一条跳板,搭在船尾和河岸的沙土地上。驿道边有一道很长的斜坡,通向跳板。

阿圆站定了说:"妈妈,看那只船艄有号码,311,是爸爸的船。"

我也看见了。阿圆先下坡,我走在后面,一面说:"你放心,我走得很稳。"但是阿圆从没见过跳板,不敢走。我先上去,伸手牵着她,她小心翼翼地横着走。两人都上了船。

船很干净,后舱空无一物,前舱铺着一只干净整齐的床,雪白的床单,雪白的枕头,简直像在医院里,锺书侧身卧着,腹部匀匀地一起一伏,睡得很安静。

我们在后舱脱了鞋,轻轻走向床前。只见他紧抿着嘴唇,眼睛里还噙着些泪,脸上有一道泪痕。枕边搭着一方干净的手绢,就是他自己带走的那条,显然已经洗过,因为没一道折痕。船上不见一人。

该有个撑船的艄公,也许还有个洗手绢的艄婆。他们都上岸了？（我只在心里琢磨。）

我摸摸他额上温度正常,就用他自己的手绢为他拭去眼泪,一面在他耳边轻唤"锺书,锺书"。阿圆乖乖地挨着我。

他立即睁开眼,眼睛睁得好大。没有了眼镜,可以看到他的眼皮双得很美,只是面容显得十分憔悴。他放心地叫了声"季康,阿圆",声音很微弱,然后苦着脸,断断续续地诉苦："他们把我带到一个很高很高的不知哪里,然后又把我弄下来,转了好多好多的路,我累得睁不开眼了,又不敢睡,听得船在水里走,这是船上吧？我只愁你们找不到我了。"

阿圆说："爸爸,我们来了,你放心吧！"

我说："阿圆带着我,没走一步冤枉路。你睁不开眼,就闭上,放心睡一会儿。"

他疲劳得支持不住,立即闭上眼睛。

我们没个坐处,只好盘膝坐在地下。他从被子侧边伸出半只手,动着指头,让我们握握。阿圆坐在床尾抱着他的脚,他还故意把脚动动。我们三人又相聚了。不用说话,都觉得心上舒坦。我握着他的手把脸枕在床沿上。阿圆抱着爸爸的脚,把脸靠在床尾。虽然是古驿道上,这也是合家团聚。

我和阿圆环视四周。锺书的眼镜没了,鞋也没了。前舱的四壁好像都是装东西的壁柜,我们不敢打开看。近船头处,放着一个大石礅。大概是镇船的。

阿圆忽然说:"啊呀,糟糕了,妈妈,我今天有课的,全忘了!明天得到学校去一遭。"

我说:"去也来不及了。"

"我从来没旷过课。他们准会来电话。哎,还得补课呢。今晚得回去给系里通个电话。"

阿圆要回去,就剩我一人住客栈了。我往常自以为很独立,这时才觉得自己像一枝爬藤草。可是我也不能拉住阿圆不放。好在手续都已办完,客栈离船不远。

我叹口气说:"你该提早退休,就说爸爸老了,妈妈糊涂了,你负担太重了。你编的教材才出版了上册,还有下册没写呢。"

阿圆说:"妈妈你不懂。一面教,一面才会有新的发现,才能修改添补。出版的那个上册还得大修大改呢——妈妈,你老盼我退休,只怕再过三年五年也退不成。"

我自己惭愧,只有我是个多余的人。我默然。太阳已经越过船身。我轻声说:"太阳照进前舱,我们就得回客栈,如果爸爸还不醒……"我摸摸袖口的别针,忙止口不问。

"叫醒他。"阿圆有决断,她像爸爸。

锺书好像还在沉沉酣睡。云后一轮血红的太阳,还没照到床头,锺书忽然睁开眼睛,看着我们,安慰自己似的念着我们的名字:季康、圆圆。我们忙告诉他,太阳照进前舱,我们就得回客栈。阿圆说:"我每星期会来看你。妈妈每天来陪你。这里很安静。"

锺书说:"都听见了。"他耳朵特灵,他睡着也只是半睡。这时他忽把紧闭的嘴拉成一条直线,扯出一丝淘气的笑,怪有意思地看着我说:"绛,还做梦吗?"

我愣了一下,茫然说:"我这会儿就好像做梦呢。"嘴里这么回答,却知道自己是没有回答。我一时摸不着头脑。

阿圆站起身说:"我们该走了。爸爸,我星期天来看你,妈妈明天就来。"

锺书说:"走吧。"

我说了声:"明天见,好好睡。"我们忙到后舱穿上鞋。我先上跳板,牵着阿圆。她只会横着一步一步过。我们下船,又走上驿道。两人忙忙地赶回客栈,因为路不好走,我又走不快。

到了客栈,阿圆说:"妈妈,我很想陪你,但是我得赶回家打个电话,还得安排补课……妈妈,你一个人了……"她舍不得撇下我。

我认为客栈离船不远,虽然心上没着落,却不忍拖累阿圆。我说:"你放心吧,我走得很稳了。你来不及吃晚饭,干脆赶早回去,再迟就堵车了。"

我们一进客栈的门,大门就上闩。

阿圆说:"娘,你走路小心,宁可慢。"我说:"放心,你早点睡。"她答应了一声,匆匆从后门出去,后门也立即关上。这前后门都把得很紧。

我仍旧坐在楼梯下的小饭桌上,等开晚饭。我要了一份清淡的晚餐,坐着四顾观看。店里有个柜台,还有个大灶,掌柜一人,还有伙计几人,其中有一个女的很和善。我们微笑招呼。我发现柜台对面有个窗口,旁边有一个大转盘,茶水、点心、饭菜都从这个转盘转出去。窗口有东西挡着,我午饭时没看见。我对女人说:"那边忙着呢,我不着急。"那女人就向我解释,外面是南北向的道路上招徕顾客的点心铺,也供茶水、也供便饭。我指指楼上,没敢开口。她说,楼上堆货,管店的也住楼上。没别的客人。

楼上,我的客房连着个盥洗室,很干净。我的手提包已经在客房里了。我走得很累,上床就睡着。

我睡着就变成了一个梦,很轻灵。我想到高处去看看河边的船。转念间,我已在客栈外边路灯的电杆顶上。驿道那边的河看不见,停在河边的船当然也看不见,船上并没有灯火。客栈南边却是好看,闪亮着红灯、绿灯、黄灯、蓝灯各色灯光,是万家灯火的不夜城,是北京。三里河在哪儿呢?转念间我已在家中卧室窗前的柏树顶上,全屋是黑的,阿圆不知在哪条街上、哪辆公交车上。明天我们的女婿要来吃早点的,他知道我们家的事吗?转念间我又到了西石槽阿圆的婆家。屋里几间房都亮着灯。呀!阿圆刚放下电话听筒,过来坐在饭桌前。她婆婆坐在她旁边。我的女婿给阿圆舀了一碗汤,叫她喝汤,一面问:

"我能去看看他们吗?"

"不能,只许妈妈和我两个。"

她婆婆说:"你搬回来住吧。"

阿圆说:"书都在那边呢,那边离学校近。我吃了晚饭就得过那边去。"

我依傍着阿圆,听着他们谈话,然后随阿圆又上车回到三里河。她洗完澡还不睡,备课到夜深。我这个梦虽然轻灵,却是万般无能,我都没法催圆圆早睡。梦也累了。我停在自己床头贴近衣柜的角落里歇着,觉得自己化淡了。化为乌有了。

我睁眼,身在客栈的床上,手脚倒是休息过来了。我吃过早饭,忙忙地赶路,指望早些上船陪锺书。昨天走过的路约略记得,可是斜坡下面的船却没有了。

这下子我可慌了。我没想想,船在水里,当然会走的。走多远了呢?身边没个可以商量的人了。一人怯怯地,生怕走急了绊倒了怎么办,又怕错失了河里的船,更怕走慢了赶不上那只船。步步留心地走,留心地找,只见驿道左侧又出现一座客栈,不敢错过,就进去吃饭休息。客栈是一模一样的客栈,只是掌柜和伙计换了人。我带着牌子进去,好似老主顾。我洗了手又复赶路,心上惶惶然。幸好不多远就望见驿道右边的斜坡,311号的船照模照样地停在坡下。我走过跳板上船,在后舱脱鞋,锺书半坐半躺地靠在枕上等我呢。

他问:"阿圆呢?"

"到学校去了。"

我照样盘腿坐在他床前,摸他的脑门子,温度正常,颈间光滑滑地。他枕上还搭着他自己的手绢,显然又洗过了。他神情已很安定,只是面容很憔悴,一下子瘦了很多。

他说:"我等了你好半天了。"

我告诉他走路怕跌,走不快。

我把自己变了梦所看到的阿圆,当作真事一一告诉。他很关心地听着,并不问我怎会知道。他等我已经等累了,疲倦得闭上眼睛。我梦里也累,又走得累,也紧张得累。我也闭上眼,把头枕在他的床边。这样陪着他,心上挺安顿。到应该下船的时候,我起身说,该回去了,他说:"明天见,别着急,走路小心。"我就一步步走回客栈。

但是,我心上有个老大的疙瘩。阿圆是否和我一样糊涂,以为船老停在原处不动?船大概走了一夜,星期天阿圆到哪个客栈来找我呢?

客栈确是"一条龙",我的手提包已移入另一个客栈的客房。我照模照样又过了一夜,照模照样又变成一个梦,随着阿圆打转,又照模照样,走过了另一个客栈,又找到锺书的船。他照样在等我,我也照样儿陪着他。

一天又一天,我天天在等星期日,却忘了哪天是星期日。有一天,我饭后洗净手,正待出门,忽听得阿圆叫娘,她连挂在肩上的包都没带,我梦里看见她整理好了书包才睡的。我不敢问,只说:"你没带书包。"

她说不用书包,只从衣袋里掏出一只小钱包给我看看,拉着我一同上路。我又惊讶,又佩服,不知阿圆怎么找来的,我也不敢问,只说:"我只怕你找不到我们了。"阿圆说:"算得出来呀。"古驿道办事处的人曾给她一张行舟图表,她可以按着日程找。我放下了一桩大心事。

我们一同上了船,锺书见了阿圆很高兴,虽然疲倦,也不闭眼睛,我虽然劳累,也很兴奋,我们又在船上团聚了。

我只在阿圆和我分别时郑重叮嘱,晚上早些睡,勿磨蹭到老晚。阿圆说:"妈妈,梦想为劳,想累了要梦魇的。"去年爸爸动手术,她颈椎痛,老梦魇,现在好了。她说:"妈妈总是性急,咱们只能乖乖地顺着道儿走。"

可是我常想和阿圆设法把锺书驮下船溜回家去。这怎么可能呢!

我的梦不复轻灵,我梦得很劳累,梦都沉重得很。我变了梦,看阿圆忙这忙那,看她吃着晚饭,还有电话打扰,有一次还有两个学生老晚来找她。我看见女婿在我家厨房里,烧开了水,壶上烤着个膏药,揭开了,给阿圆贴在颈后。都是真的吗?她又颈椎痛吗?我不敢当作真事告诉锺书。好在他都不问。

堤上的杨柳开始黄落,渐渐地落成一棵棵秃柳。我每天在驿道上一脚一脚走,带着自己的影子,踏着落叶。

有一个星期天,三人在船上团聚。锺书已经没有精力半坐半躺,他只平躺着。我发现他的假牙不知几时起已不见了。他日见消瘦,好像老不吃饭似的。我摸摸他的脑门子,有点热辣辣的。我摸摸阿圆的脑门子,两人都热辣辣的,我用自己的脑门子去试,他们都是热的。阿圆笑说:"妈妈有点凉,不是我们热。"

可是下一天我看见锺书手背上有一块青紫,好像是用了吊针,皮下流了血。他眼睛也张不开,只捏捏我的手。我握着他的手,他就沉沉地睡,直到太阳照进前舱。他时间观念特强,总会及时睁开眼睛。他向我点点头。我说:"好好睡,明天见。"

他只说:"回去吧。"

阿圆算得很准,她总是到近处的客栈来找我。每星期都来看爸爸,除了几次出差,到厦门,到昆明,到重庆。我总记着她飞机起飞和降落的时刻。她出差时,我梦也不做,借此休息。锺书上过几次吊针,体温又正常,精神又稍好,我们同在船上谈说阿圆。

我说:"她真是'强爹娘、胜祖宗'。你开会发言还能对付,我每逢开会需要发言,总吓得心怦怦跳,一句也不会说。阿圆呢,总有她独到的见解,也敢说。那几个会,她还是主持人。"

锺书叹口气说:"咱们的圆圆是可造之材,可是……"

阿圆每次回来，总有许多趣事讲给我们听，填满了我不做梦留下的空白。我们经常在船上相聚，她的额头常和锺书的一样热烘烘，她也常常空声空气地咳嗽。我担心说："你该去看看病，你'打的'去，'打的'回。"她说，看过病了，是慢性支气管炎。

她笑着讲她挎着个大书包挤车，同车的一人嫌她，对她说："大妈，您怎么还不退休？"我说："挤车来往费时间，时间不是金钱，时间是生命，记着。你来往都'打的'。"阿圆说："'打的'常给堵死在街上，前不能前，退不能退，还不如公交车快。"

我的梦已经变得很沉重，但是圆圆出差回来，我每晚还是跟着她转。我看见我的女婿在我家打电话，安排阿圆做磁共振、做CT。我连夜梦魇。一个晚上，我的女婿在我家连连地打电话，为阿圆托这人，托那人，请代挂专家号。后来总算挂上了。

我疑疑惑惑地在古驿道上一脚一脚走。柳树一年四季变化最勤。秋风刚一吹，柳叶就开始黄落，随着一阵一阵风，落下一批又一批叶子，冬天都变成光秃秃的寒柳。春风还没有吹，柳条上已经发芽，远看着已有绿意；柳树在春风里，就飘荡着嫩绿的长条。然后蒙蒙飞絮，要飞上一两个月。飞絮还没飞完，柳树都已绿叶成荫。然后又一片片黄落，又变成光秃秃的寒柳。我在古驿道上，一脚一脚的，走了一年多。

三　古驿道上相失

这天很冷。我饭后又特地上楼去，戴上阿圆为我织的巴掌手套。下楼忽见阿圆靠柜台站着。她叫的一声"娘"，比往常更温软亲热。她前两天刚来过，不知为什么又来了。她说："娘，我请长假了,医生说我旧病复发。"她动动自己的右手食指——她小时候得过指骨节结核,休养了将近一年。"这回在腰椎,我得住院。"她一点点挨近我,靠在我身上说:"我想去看看爸爸,可是我腰痛得不能弯,不能走动,只可以站着。现在老伟(我的女婿)送我住院去。医院在西山脚下,那里空气特好。医生说,休养半年到一年,就会完全好,我特来告诉一声,叫爸爸放心。老伟在后门口等着我呢,他也想见见妈妈。"她又提醒我说,"妈妈,你不要走出后门。我们的车就在外面等着。"店家为我们拉开后门。我扶着她慢慢地走。门外我女婿和我说了几句话,他叫我放心。我站在后门口看他护着圆圆的腰,上了一辆等在路边的汽车。圆圆摇下汽车窗上的玻璃,脱掉手套,伸出一只小小的白手,只顾挥手。我目送她的车去远了,退回客栈,后门随即关上。我惘惘然一个人从前门走上驿道。

驿道上铺满落叶,看不清路面,得小心着走。我想,是否该告诉锺书,还是瞒着他。瞒是瞒不住的,我得告诉,圆圆特地来叫我告诉爸爸的。

锺书已经在等我,也许有点生气,故意闭上眼睛不理我。我照常盘腿坐在他床前,慢慢地说:"刚才是阿圆来叫我给爸爸传几句话。"他立即张大了眼睛。我就把阿圆的话,委婉地向他传达,强调医生说的休养半年到一年就能完全养好。我说:从前是没药可治的,现在有药了,休息半年到一年,就完全好了。阿圆叫爸爸放心。

锺书听了好久不说话。然后,他很出我意外地说:"坏事变好事,她可以好好地休息一下了。等好了,也可以卸下担子。"

这话也给我很大的安慰。因为阿圆胖乎乎的,脸上红扑扑的,谁也不会让她休息;现在有了病,她自己也不能再鞭策自己。趁早休息,该是好事。

我们静静地回忆旧事:阿圆小时候一次两次的病,过去的劳累,过去的忧虑,过去的希望……我握着锺书的手,他也握握我的手,好像是叫我别愁。

回客栈的路上,我心事重重。阿圆住到了医院去,我到哪里去找她呢?我得找到她。我得做一个很劳累的梦。我没吃几口饭就上床睡了。我变成了一个很沉重的梦。

我的梦跑到客栈的后门外,那只小小的白手好像还在招我。恍恍惚惚,总能看见她那只小小的白手在我眼前。西山是黑地里也望得见的。我一路找去。清华园、圆明园,那一带我都熟悉,我念着阿圆阿圆,那只小小的白手直在我前面挥着。我终于找到了她的医院,在苍松翠柏间。

进院门,灯光下看见一座牌坊,原来我走进了一座墓院。不好,我梦魇了。可是一拐弯我看见一所小小的平房,阿圆的小白手在招我。我透过门,透过窗,进了阿圆的病房。只见她平躺在一只铺着白单子的床上,盖着很厚的被子,没有枕头。床看来很硬。屋里有两张床。另一只空床略小,不像病床,大约是陪住的人睡的。有大夫和护士在她旁边忙着,我的女婿已经走了。屋里有两瓶花,还有一束没解开的花,大夫和护士轻声交谈,然后一同走出病房,走进一间办公室。我想跟进去,听听他们怎么说,可是我走不进去。我回到阿圆的病房里,阿圆闭着眼乖乖地睡呢。我偎着她,我拍着她,她都不知觉。

我不嫌劳累,又赶到西石槽,听到我女婿和他妈妈在谈话,说幸亏带了那床厚被,他说要为阿圆床头安个电话,还要了一只冰箱。生活护理今晚托清洁工兼顾，已经约定了一个姓刘的大妈。我又回到阿圆那里，她已经睡熟，我劳累得不想动了，停在她床头边消失了。

我睁眼身在客栈床上。我真的能变成一个梦，随着阿圆招我的手，找到了医院里的阿圆吗？有这种事吗？我想阿圆只是我梦里的人。她负痛小步挨向妈妈，靠在妈妈身上，我能感受到她腰间的痛；我也能感觉到她舍不得离开妈妈去住医院，舍不得撇我一人在古驿道上来来往往。但是我只抱着她的腰，缓步走到后门，把她交给了女婿。她上车弯腰坐下，一定都很痛很痛，可是她还摇下汽车窗上的玻璃，脱下手套，伸出一手向妈妈挥挥，她是依恋不舍。我的阿圆，我唯一的女儿，永远叫我牵肠挂肚的，睡里梦里也甩不掉，所以我就创造了一个梦境，看见了阿圆。该是我做梦吧？我实在拿不定我的梦是虚是实。我不信真能找到她的医院。

我照常到了锺书的船上，他在等我。我握着他的手，手心是烫的。摸摸他的脑门子，也是热烘烘的。锺书是在发烧，阿圆也是在发烧，我确实知道的就这一点。

我以前每天总把阿圆在家的情况告诉他。这回我就把梦中所见的阿圆病房，形容给他听，还说女婿准备为她床头安电话，为她要一只冰箱等等。锺书从来没问过我怎么会知道这些事。他只在古驿道的一只船里，驿道以外，那边家里的事，我当然知道。我好比是在家里，他却已离开了家。我和他讲的，都是那边家里的事。他很关心地听着。

他嘴里不说，心上和我一样惦着阿圆。我每天和他谈梦里所见的阿圆。他尽管发烧，精神很萎弱，但总关切地听。

我每晚做梦,每晚都在阿圆的病房里。电话已经安上了,就在床边。她房里的花越来越多。睡在小床上的是刘阿姨,管阿圆叫钱教授,阿圆不准她称教授,她就称钱老师。刘阿姨和钱老师相处得很好。医生护士对钱瑗都很好。她们称她钱瑗。

医院的规格不高,不能和锺书动手术的医院相比。但是小医院里,管理不严,比较乱,也可说很自由。我因为每到阿圆的医院总在晚间,我的女婿已不在那里,我变成的梦,不怕劳累,总来回来回跑,看了这边的圆圆,又到那边去听女婿的谈话。阿圆的情况我知道得还周全。我尽管拿不稳自己是否真的能变成一个梦,是否看到真的阿圆,也许我自己只在梦中,看到的只是我梦中的阿圆。但是我切记着驿站的警告。我不敢向锺书提出任何问题,我只可以向他讲讲他记挂的事,我就把我梦里所看到的,一一讲给锺书听。

我告诉他,阿圆房里有一只大冰箱,因为没有小的了。邻居要借用冰箱,阿圆都让人借用,由此结识了几个朋友。她隔壁住着一个"大款",是某饭店的经理,入院前刷新了房间,还配备了微波炉和电炉;他的夫人叫小马,天天带来新鲜菜蔬,并为丈夫做晚饭。小马大约是山西人,圆圆常和她讲山西四清时期的事,两人很相投。小马常借用阿圆的大冰箱,也常把自己包的饺子送阿圆吃。医院管饭的大师傅待阿圆极好,一次特为她做了一尾鲜鱼,亲自托着送进病房。阿圆吃了半条,剩半条让刘阿姨帮她吃完。阿圆的婆婆叫儿子送来她拿手的"妈咪鸡",阿圆请小马吃,但他们夫妇只欣赏饺子。小马包的饺子很大,阿圆只能吃两个。医院里能专为她炖鸡汤,每天都给阿圆炖西洋参汤。我女婿为她买了一只很小的电炉,能热一杯牛奶……

我谈到各种吃的东西,注意锺书是否有想吃的意思。他都毫无兴趣。

我又告诉他,阿圆住院后还曾为学校审定过什么教学计划。阿圆天天看半本侦探小说,家里所有的侦探小说都搜罗了送进医院,连她朋友的侦探小说也送到医院去了。但阿圆不知是否精力减退,又改读菜谱了。我怕她是精力减退了,但是我没有说。也许只是我在担心。我觉得她脸色渐变苍白。

我又告诉锺书,阿圆的朋友真不少,每天病房里都是鲜花。学校的同事、学生不断地去看望。亲戚朋友都去,许多中学的老同学都去看她。我认为她太劳神了,应该少见客人。但是我听西石槽那边说,圆圆觉得人家远道来访不易,她不肯让他们白跑。

我谈到亲戚朋友,注意锺书是否关切。但锺书漠无表情。以前,每当阿圆到船上看望,他总强打精神。自从阿圆住院,他干脆都放松了。他很倦怠,话也懒得说,只听我讲,张开眼又闭上。我虽然天天见到他,只觉得他离我很遥远。

阿圆呢?是我的梦找到了她,还是她只在我的梦里?我不知道。她脱了手套向我挥手,让我看到她的手而不是手套。可是我如今只有她为我织的手套与我相亲了。

快过了半年,我听见她和我女婿通电话,她很高兴地说:医院特为她赶制了一个护腰,是量着身体做的;她试过了,很服帖;医生说,等明天做完CT,让她换睡软床,她穿上护腰,可以在床上打滚。

但是阿圆很瘦弱,屋里的大冰箱里塞满了她吃不下而剩下的东西。她正在脱落大把大把的头发。西石槽那边,我只听说她要一只帽子。我都没敢告诉锺书。他刚发过一次高烧,正渐渐退烧,很倦怠。我静静地陪着他,能不说的话,都不说了。我的种种忧虑,自个儿担着,不叫他分担了。

第二晚我又到医院。阿圆戴着个帽子,还睡在硬床上,张着眼睛,不知在想什么。刘阿姨接了电话,说是学校里打来的让她听。阿圆接了话筒说:"是的,嗯……我好着。今天护士、大夫,把我扛出去照 CT,完了,说还不行呢。老伟来过了。硬床已经拆了,都换上软床了。可是照完 CT,他们又把软床换去,搭上硬床。"她强打欢笑说:"穿了护腰一点儿不舒服,我宁愿不穿护腰,斯斯文文地平躺在硬床上;我不想打滚。"

大夫来问她是否再做一个疗程。阿圆很坚强地说:"做了见好,再做。我受得了。头发掉了会再长出来。"

我听到隔壁那位"大款"和小马的谈话。

男的问:"她知道自己什么病吗?"

女的说:"她自己说,她得的是一种很特殊的结核病,潜伏了几十年又再发,就很厉害,得用重药。她很坚强。真坚强。只是她一直在惦着她的爹妈,说到妈妈就流眼泪。"

我觉得我的心上给捅了一下,绽出一个血泡,像一只饱含着热泪的眼睛。

锺书高烧之后剃成一个光头,阿圆帽子底下也是光头。两人的头型和五官都很相像,只不过阿圆的眼皮不双。

锺书高烧退了又渐渐有点精神。我就告诉他阿圆的病情:据医生说,潜伏几十年后又复发的结核病比原先厉害,还得慢慢养;反正她乖乖地躺着休养,休养总是好的。我说:"我看你们两个越看越像。一样的脑袋,一样的脸型。惟独和爸爸的双眼皮不像,但眼神完全像爸爸。可阿圆生了病就变成双眼皮了。"

钟书得意地说:"'方凳妈妈'第一次见到阿圆就说,她眼睛像爸爸。'方凳'眼睛尖。"

我的梦很疲劳。真奇怪,疲劳的梦也影响我的身体。我天天拖着疲劳的脚步在古驿道上来来往往。阿圆住院时,杨柳都是光秃秃的,现在,成荫的柳叶已开始黄落。我天天带着自己的影子,踏着落叶,一步一步小心地走,没完地走。

我每晚都在阿圆的病房里。一次,她正和老伟通电话。阿圆强笑着说:"告诉你一个笑话。昨晚我做了一个梦,梦见妈妈偎着我的脸。我梦里怕是假的。我对自己说,是妖精就是香的,是妈妈就不香。我闻着不香,我说,这是我的妈妈。但是我睁不开眼,看不见她。我使劲儿睁开眼,后来眼睛睁开了——我在做梦。"她放下电话,嘴角抽搐着,闭上眼睛,眼角滴下眼泪。她把听筒交给刘阿姨。刘阿姨接下说:"钱老师今天还要抽肺水,不让多说了。"接下是她代阿圆报告病情。

我心上又绽出几个血泡,添了几只饱含热泪的眼睛。我想到她梦中醒来,看到自己孤零零躺在医院病房里,连梦里的妈妈都没有了。而我的梦是十足无能的,只像个影子。我依偎着她,抚摸着她,她一点不觉得。

我知道梦是富有想象力的。想念得太狠了,就做噩梦。我连夜做噩梦。阿圆渐渐不进饮食。她头顶上吊着一袋紫红色的血,一袋白色的什么蛋白,大夫在她身上打通了什么管子,输送到她身上。刘阿姨不停地用小勺舀着杯里的水,一勺一勺润她的嘴。我心上连连地绽出一只又一只饱含热泪的眼睛。有一晚,我女婿没回家,他也用小勺,一勺一勺地舀着杯子里的清水,润她的嘴。她直闭着眼睛睡。

我不敢做梦了。可是我不敢不做梦。我疲劳得都走不动了。我坐在锺书床前,握着他的手,把脸枕在他的床边。我一再对自己说:"梦是反的,梦是反的。"阿圆住院已超过一年,我太担心了。

我抬头忽见阿圆从斜坡上走来,很轻健。她稳步走过跳板,走入船舱。她温软亲热地叫了一声"娘",然后挨着我坐下,叫一声"爸爸"。

锺书睁开眼,睁大了眼睛,看着她,看着她,然后对我说:"叫阿圆回去。"

阿圆笑眯眯地说:"我已经好了,我的病完全好了,爸爸……"

锺书仍对我说:"叫阿圆回去,回家去。"

我一手搂着阿圆,一面笑说:"我叫她回三里河去看家。"我心想梦是反的,阿圆回来了,可以陪我来来往往看望爸爸了。

锺书说:"回到她自己家里去。"

"嗯,回西石槽去,和他们热闹热闹。"

"西石槽究竟也不是她的家。叫她回到她自己家里去。"

阿圆清澈的眼睛里,泛出了鲜花一样的微笑。她说:"是的,爸爸,我就回去了。"

太阳已照进船头,我站起身,阿圆也站起身。我说:"该走了,明天见!"

阿圆说:"爸爸,好好休息。"

她先过跳板,我随后也走上斜坡。我仿佛从梦魇中醒来。阿圆病好了!阿圆回来了!

她拉我走上驿道,陪我往回走了几步。她扶着我说:"娘,你曾经有一个女儿,现在她要回去了。爸爸叫我回自己家里去。娘……娘……"

她鲜花般的笑容还在我眼前,她温软亲热的一声声"娘"还在我耳边,但是,就在光天化日之下,一晃眼她没有了。就在这一瞬间,我也完全省悟了。

我防止跌倒,一手扶住旁边的柳树,四下里观看,一面低声说:"圆圆,阿圆,你走好,带着爸爸妈妈的祝福回去。"我心上盖满了一只一只饱含热泪的眼睛,这时一齐流下泪来。

我的手撑在树上,我的头枕在手上,胸中的热泪直往上涌,直涌到喉头。我使劲咽住,但是我使的劲儿太大,满腔热泪把胸口挣裂了。只听得嚓嗒一声,地下石片上掉落下一堆血肉模糊的东西。迎面的寒风,直往我胸口的窟窿里灌。我痛不可忍,忙蹲下把那血肉模糊的东西揉成一团往胸口里塞;幸亏血很多,把滓杂污物都洗干净了。我一手抓紧裂口,另一手压在上面护着,觉得恶心头晕,生怕倒在驿道上,跟跟跄跄,奔回客栈,跨进门,店家正要上闩。

我站在灯光下,发现自己手上并没有血污,身上并没有裂口。谁也没看见我有任何异乎寻常的地方。我的晚饭,照常在楼梯下的小桌上等着我。

我上楼倒在床上,抱着满腔满腹的痛变了一个痛梦,赶向西山脚下的医院。

阿圆屋里灯亮着,两只床都没有了,清洁工在扫地,正把一堆垃圾扫出门去。我认得一只鞋是阿圆的,她穿着进医院的。

我听到邻室的小马夫妇的话:"走了,睡着去的,这种病都是睡着去的。"

我的梦赶到西石槽。刘阿姨在我女婿家饭间尽头的长柜上坐着淌眼泪。我的女婿在自己屋里呆呆地坐着。他妈妈正和一个亲戚细谈阿圆的病,又谈她是怎么去的。她说:钱瑗的病,她本人不知道,驿道上的爹妈当然也不知道。现在,我们也无从通知他们。

我的梦不愿留在那边,虽然精疲力竭,却一意要停到自己的老窝里去,安安静静地歇歇。我的梦又回到三里河寓所,停在我自己的床头上消失了。

我睁眼身在客栈。我的心已结成一个疙疙瘩瘩的硬块,居然还能按规律匀匀地跳动。每跳一跳,就牵扯着肚肠一起痛。阿圆已经不在了,我变了梦也无从找到她;我也疲劳得无力变梦了。

驿道上又飘拂着嫩绿的长条,去年的落叶已经给北风扫净。我赶到锺书的船上,他正在等我。他高烧退尽之后,往往又能稍稍恢复一些。

他问我:"阿圆呢?"

我在他床前盘腿坐下,扶着床说:"她回去了!"

"她什么??"

"你叫她回自己家里去,她回到她自己家里去了。"

锺书很诧异地看着我,他说:"你也看见她了?"

我说:"你也看见了。你叫我对她说,叫她回去。"

锺书着重说:"我看见的不是阿圆,不是实实在在的阿圆,不过我知道她是阿圆。我叫你去对阿圆说,叫她回去吧。"

"你叫阿圆回自己家里去,她笑眯眯地放心了。她眼睛里泛出笑来,满面鲜花一般的笑,我从没看见她笑得这么美。爸爸叫她回去,她可以回去了,她可以放心了。"

锺书凄然看着我说:"我知道她是不放心。她记挂着爸爸,放不下妈妈。我看她就是不放心,她直在抱歉。"

老人的眼睛是干枯的,只会心上流泪。锺书眼里是灼热的痛和苦,他黯然看着我,我知道他心上也在流泪。我自以为已经结成硬块的心,又张开几只眼睛,潸潸流泪,把胸中那个疙疙瘩瘩的硬块湿润得软和了些,也光滑了些。

我的手是冰冷的。我摸摸他的手,手心很烫,他的脉搏跳得很急促。锺书又发烧了。

我急忙告诉他,阿圆是在沉睡中去的。我把她的病情细细告诉。她腰痛住院,已经是病的末期,幸亏病转入腰椎,只那一节小骨头痛,以后就上下神经断连,她没有痛感了。她只是希望赶紧病好,陪妈妈看望爸爸,忍受了几次治疗。现在她什么病都不怕了,什么都不用着急了,也不用起早贪黑忙个没完没了了。我说,自从生了阿圆,永远牵肠挂肚,以后就不用牵挂了。

我说是这么说,心上却牵扯得痛。锺书点头,却闭着眼睛。我知道他心上不仅痛惜圆圆,也在可怜我。

我初住客栈,能轻快地变成一个梦。到这时,我的梦已经像沾了泥的杨花,飞不起来。我当初还想三个人同回三里河。自从失去阿圆,我内脏受伤,四肢也乏力,每天一脚一脚在驿道上走,总能走到船上,与锺书相会。他已骨瘦如柴,我也老态龙钟。他没有力量说话,还强睁着眼睛招待我。我忽然想到第一次船上相会时,他问我还做梦不做。我这时明白了。我曾做过一个小梦,怪他一声不响地忽然走了。他现在故意慢慢儿走,让我一程一程送,尽量多聚聚,把一个小梦拉成一个万里长梦。

这我愿意。送一程,说一声再见,又能见到一面。离别拉得长,是增加痛苦还是减少痛苦呢?我算不清。但是我陪他走得愈远,愈怕从此不见。

杨柳又变成嫩绿的长条,又渐渐黄落,驿道上又满地落叶,一棵棵杨柳又都变成光秃秃的寒柳。

那天我走出客栈,忽见门后有个石礅,和锺书船上的一模一样。我心里一惊。谁上船偷了船上的东西?我摸摸衣袖上的别针,没敢问。

我走着走着,看见迎面来了一男一女。我从没有在驿道上遇见什么过客。女的夹着一条跳板,男的拿着一支长竹篙,分明是锺书船上的。

我拦住他们说:"你们是什么人?这是船上的东西!"

男女两个理都不理,大踏步往客栈走去。他们大约就是我从未见过的艄公艄婆。

我一想不好,违反警告了。一迟疑间,那两人已走远。我追不上,追上也无力抢他们的东西。

我往前走去,却找不到惯见的斜坡。一路找去,没有斜坡,也没有船。前面没有路了。我走上一个山坡,拦在面前的是一座乱山。太阳落到山后去了。

我急着往上爬,想寻找河里的船。昏暗中,能看到河的对岸也是山,河里漂荡着一只小船,一会儿给山石挡住,又看不见了。

我眼前一片昏黑,耳里好像能听到哗哗的水声。山里没有路,我在乱石间拼命攀登,想爬向高处,又不敢远离水声。我摸到石头,就双手扳住了往上跨两步;摸到树干,就抱住了歇下喘口气。风很寒冷,但是我穿戴得很厚,又不停地在使劲。一个人在昏黑的乱山里攀登,时间是漫长的。我是否在山石坳处坐过,是否靠着大树背后歇过,我都模糊了。我只记得前一晚下船时,锺书强睁着眼睛招待我;我说:"你倦了,闭上眼,睡吧。"

他说:"绛,好好里(即'好生过')。"

我有没有说"明天见"呢?

晨光熹微,背后远处太阳又出来了。我站在乱山顶上,前面是烟雾蒙蒙的一片云海。隔岸的山,比我这边还要高。被两山锁住的一道河流,从两山之间泻出,像瀑布,发出哗哗水声。

我眼看着一叶小舟随着瀑布冲泻出来,一道光似的冲入茫茫云海,变成了一个小点;看着看着,那小点也不见了。

我但愿我能变成一块石头,屹立山头,守望着那个小点。我自己问自己:山上的石头,是不是一个个女人变成的"望夫石"?我实在不想动了,但愿变成一块石头,守望着我已经看不见的小船。

但是我只变成了一片黄叶,风一吹,就从乱石间飘落下去。我好劳累地爬上山头,却给风一下子扫落到古驿道上,一路上拍打着驿道往回扫去。我抚摸着一步步走过的驿道,一路上都是离情。

还没到客栈,一阵旋风把我卷入半空。我在空中打转,晕眩得闭上眼睛。我睁开眼睛,我正落在往常变了梦歇宿的三里河卧房的床头。不过三里河的家,已经不复是家,只是我的客栈了。

第三部　我一个人思念我们仨

1934年，钱书石上海光华大学教英语，当时二十四岁。大约是他的得意照，所以多年後特揀此贈圆女。

一九三八年攝於巴黎盧森堡公園

一九三六年冬，钱锺韩来牛津小住，为我们俩摄于牛津大学公园的桥上和桥下。当时我们租居的房子，门对大学公园。

1938年回國途中,在 Athos II 船上攝。

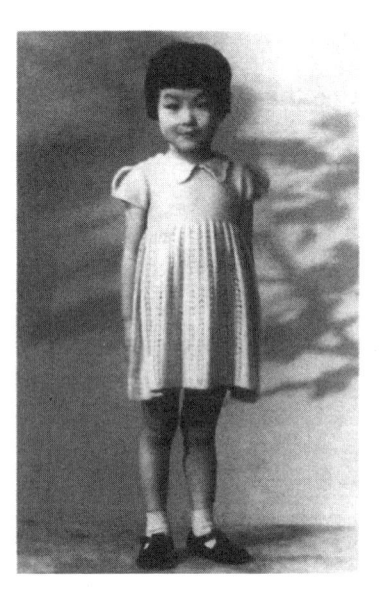

圆ɩ五岁　　　钱瑗二十岁
　　　　　　　摄于新北大
　　　　　　　中关园26号

1990年,錢瑗在英國 Newcastle 大學當客座教授.

我們倆爭讀女兒自英國寄來的家信.

钱瑗和爸爸最"哥们",
钱书爱说女儿像他。

我們三人各自工作，各不相扰。鍾書正在添補他的華氏大辭典。

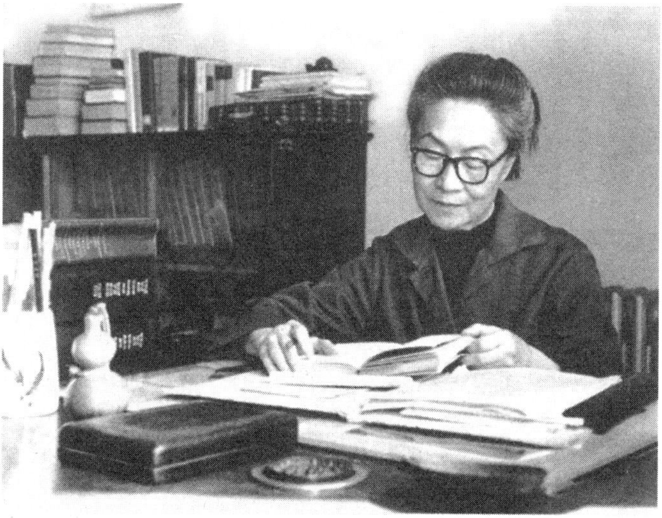

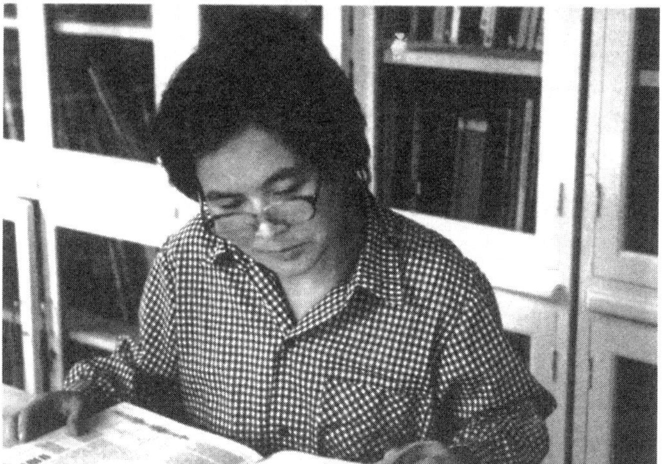

我们觉得终于有了一个家。
1981年摄於三里河寓所。

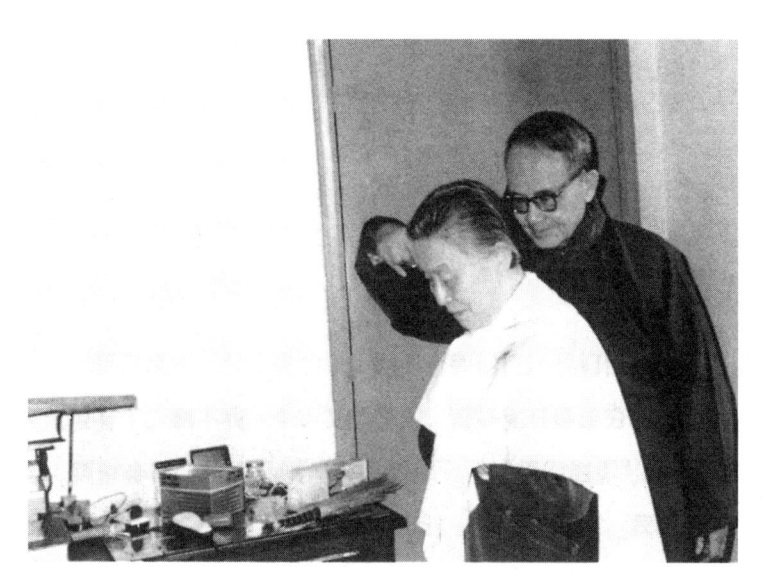

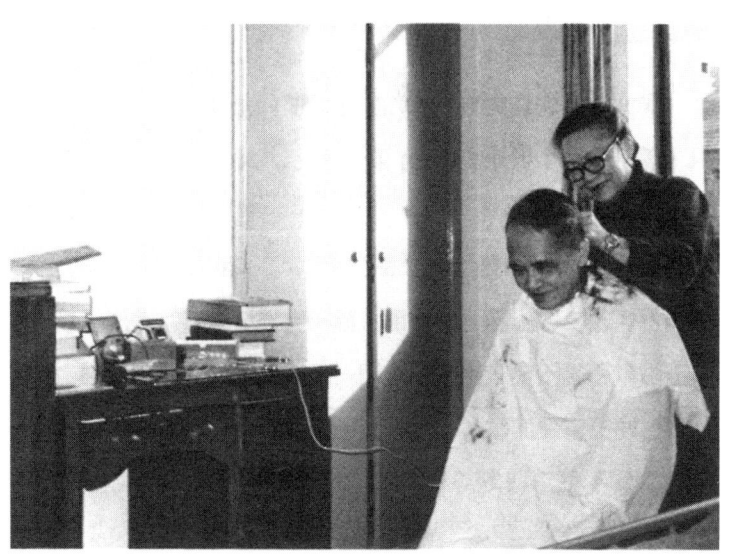

鍾書和我互相理髮。我能用電推子,他會用剪刀。

三里河寓所,曾是我的家,因为有我们仨。我们仨失散了,家就没有了。剩下我一个,又是老人,就好比日暮途穷的羁旅倦客;顾望徘徊,能不感叹"人生如梦"、"如梦幻泡影"?

但是,尽管这么说,我却觉得我这一生并不空虚;我活得很充实,也很有意思,因为有我们仨。也可说:我们仨都没有虚度此生,因为是我们仨。

"我们仨"其实是最平凡不过的。谁家没有夫妻子女呢?至少有夫妻二人,添上子女,就成了我们三个或四个五个不等。只不过各家各个样儿罢了。

我们这个家,很朴素;我们三个人,很单纯。我们与世无求,与人无争,只求相聚在一起,相守在一起,各自做力所能及的事。碰到困难,锺书总和我一同承当,困难就不复困难;还有个阿瑗相伴相助,不论什么苦涩艰辛的事,都能变得甜润。我们稍有一点快乐,也会变得非常快乐。所以我们仨是不寻常的遇合。

现在我们三个失散了。往者不可留,逝者不可追;剩下的这个我,再也找不到他们了。我只能把我们一同生活的岁月,重温一遍,和他们再聚聚。

一

一九三五年七月,锺书不足二十五岁,我二十四岁略欠几天,我们结了婚同到英国牛津求学。我们离家远出,不复在父母庇荫之下,都有点战战兢兢;但有两人做伴,可相依为命。

锺书常自叹"拙手笨脚"。我只知道他不会打蝴蝶结,分不清左脚右脚,拿筷子只会像小孩儿那样一把抓。我并不知道其他方面他是怎样的笨,怎样的拙。

他初到牛津,就吻了牛津的地,磕掉大半个门牙。他是一人出门的,下公共汽车未及站稳,车就开了。他脸朝地摔一大跤。那时我们在老金(Mr. King)家做房客。同寓除了我们夫妇,还有住单身房的两位房客,一姓林,一姓曾,都是到牛津访问的医学专家。锺书摔了跤,自己又走回来,用大手绢捂着嘴。手绢上全是鲜血,抖开手绢,落下半枚断牙,满口鲜血。我急得不知怎样能把断牙续上。幸同寓都是医生。他们教我陪锺书赶快找牙医,拔去断牙,然后再镶假牙。

牛津大学的秋季始业(Michaelmas Term)在十月前后。当时还未开学。我们下船后曾在伦敦观光小住,不等学期开始就到牛津了。锺书已由官方为他安排停当,入埃克塞特(Exeter)学院,攻读文学学士(B. Litt)学位。我正在接洽入学事。我打算进不供住宿的女子学院(Home Students),但那里攻读文学的学额已满,要入学,只能修历史。我不愿意。

我曾毫不犹豫地放弃了美国韦斯利女子学院(Wellesley College)的奖学金,因为奖学金只供学费。我的母校校长以为我傻，不敢向父亲争求。其实我爸爸早已答应我了。我只是心疼爸爸负担重，他已年老，我不愿增加他的背累。我指望考入清华研究院，可以公费出国。我居然考上了。可是我们当时的系主任偏重戏剧。外文系研究生没一个专攻戏剧。他说清华外文系研究生都没出息，外文系不设出国深造的公费学额。其实，比我高一级的赵萝蕤和我都是获得奖学金的优秀生；而清华派送出国的公费生中，有两人曾和我在东吴同学，我的学业成绩至少不输他们，我是获得东吴金钥匙奖的。偏我没出息？我暗想：假如我上清华外文系本科，假如我选修了戏剧课，说不定我也能写出一个小剧本来，说不定系主任会把我做培养对象呢。但是我的兴趣不在戏剧而在小说。那时候我年纪小，不懂得造化弄人，只觉得很不服气。既然我无缘公费出国，我就和锺书一同出国，借他的光，可省些生活费。

可是牛津的学费已较一般学校昂贵，还要另交导师费，房租伙食的费用也较高。假如我到别处上学，两人分居，就得两处开销，再加上来往旅费，并不合算。锺书磕掉门牙是意外事；但这类意外，也该放在预算之中。这样一算，他的公费就没多少能让我借光的了。万一我也有意外之需，我怎么办？我爸爸已经得了高血压症。那时候没有降压的药。我离开爸爸妈妈，心上已万分抱愧，我怎能忍心再向他们要钱？我不得已而求其次，只好安于做一个旁听生，听几门课，到大学图书馆（bodleian）自习。

老金家供一日四餐——早餐、午餐、午后茶和晚餐。我们住一间双人卧房兼起居室，窗临花园，每日由老金的妻女收拾。我既不是正式学生，就没有功课，全部时间都可自己支配。我从没享受过这等自由。我在苏州上大学时，课余常在图书馆里寻寻觅觅,想走入文学领域而不得其门。考入清华后,又深感自己欠修许多文学课程,来不及补习。这回,在牛津大学图书馆里,满室满架都是文学经典,我正可以从容自在地好好补习。

图书馆临窗有一行单人书桌,我可以占据一个桌子。架上的书,我可以自己取。读不完的书可以留在桌上。在那里读书的学生寥寥无几,环境非常清静。我为自己定下课程表,一本一本书从头到尾细读。能这样读书,还有什么不满意的呢?

学期开始后,锺书领得一件黑布背心,背上有两条黑布飘带。他是我国的庚款公费生,在牛津却是自费生(commoner)。自费的男女学生,都穿这种黑布背心。男学生有一只硬的方顶帽子,但谁都不戴。领奖学金的学生穿长袍。女学生都戴软的方顶帽子。我看到满街都是穿学生装的人,大有失学儿童的自卑感,直羡慕人家有而我无份的那件黑布背心。

牛津大学的大课,课堂在大学楼;锺书所属学院的课,课堂借用学院的饭厅,都有好些旁听生。我上的课,锺书都不上。他有他的必修课。他最吃重的是导师和他一对一的课。我一个人穿着旗袍去上课,经常和两三位修女一起坐在课堂侧面的旁听座上,心上充满了自卑感。

锺书说我得福不知。他叫我看看他必修的课程。我看了,自幸不在学校管辖之下。他也叫我看看前两届的论文题目。这也使我自幸不必费这番工夫。不过,严格的训练,是我欠缺的。他呢,如果他也有我这么多自由阅读的时间,准会有更大的收获。反正我们两个都不怎么称心,而他的失望更大。

牛津有一位富翁名史博定(H. N. Spalding)。据说他将为牛津大学设立一个汉学教授的职位。他弟弟 K. J. Spalding 是汉学家,专研中国老庄哲学。K. J. 是牛津某学院(Brazenose College)的驻院研究员(Fellow Don)。富翁请我们夫妇到他家吃茶,劝锺书放弃中国的奖学金,改行读哲学,做他弟弟的助手。他口气里,中国的奖学金区区不足道。锺书立即拒绝了他的建议。以后,我们和他仍有来往,他弟弟更是经常请我们到他那学院寓所去吃茶,借此请教许多问题。锺书对于攻读文学学士虽然不甚乐意,但放弃自己国家的奖学金而投靠外国富翁是决计不干的。

牛津大学的学生,多半是刚从贵族中学毕业的阔人家子弟,开学期间住在各个学院里,一到放假便四散旅游去了。牛津学制每年共三个学期,每学期八周,然后放假六周。第三个学期之后是长达三个多月的暑假。考试不在学期末而在毕业之前,也就是在入学二至四年之后。年轻学生多半临时抱佛脚,平时对学业不当一回事。他们晚间爱聚在酒店里喝酒,酒醉后淘气胡闹,犯校规是经常的事。所以锺书所属的学院里,每个学生有两位导师:一是学业导师,一是品行导师(moral tutor)。如学生淘气出格被拘,由品行导师保释。锺书的品行导师不过经常请我们夫妇吃茶而已。

牛津还有一项必须遵守的规矩。学生每周得在所属学院的食堂里吃四五次晚饭。吃饭,无非证明这学生住校。吃饭比上课更重要。据锺书说,获得优等文科学士学位(B. A. Honours)之后,再吃两年饭(即住校二年,不含假期)就是硕士;再吃四年饭,就成博士。

当时在牛津的中国留学生,大多是获得奖学金或领取政府津贴的。他们假期中也离开牛津,别处走走。惟独锺书直到三个学期之后的暑假才离开。

这在锺书并不稀奇。他不爱活动。我在清华借读半年间,游遍了北京名胜。他在清华待了四年,连玉泉山、八大处都没去过。清华校庆日,全校游颐和园。锺书也游过颐和园,他也游过一次香山,别处都没去过。直到一九三四年春,我在清华上学,他北来看我,才由我带着遍游北京名胜。他做过一组《北游诗》,有"今年破例作春游"句,如今删得只剩一首《玉泉山同绛》了。

牛津的假期相当多。锺书把假期的全部时间投入读书。大学图书馆的经典以十八世纪为界,馆内所藏经典作品,限于十八世纪和十八世纪以前。十九、二十世纪的经典和通俗书籍,只可到市图书馆借阅。那里藏书丰富,借阅限两星期内归还。我们往往不到两星期就要跑一趟市图书馆。我们还有家里带出来的中国经典以及诗、词、诗话等书,也有朋友间借阅或寄赠的书,书店也容许站在书架前任意阅读,反正不愁无书。

我们每天都出门走走,我们爱说"探险"去。早饭后,我们得出门散散步,让老金妻女收拾房间。晚饭前,我们的散步是养心散步,走得慢,玩得多。两种散步都带"探险"性质,因为我们总挑不认识的地方走,随处有所发现。

牛津是个安静的小地方,我们在大街、小巷、一个个学院门前以及公园、郊区、教堂、闹市,一处处走,也光顾店铺。我们看到各区不同类型的房子,能猜想住着什么样的人家;看着闹市人流中的各等人,能猜测各人的身份,并配合书上读到的人物。

牛津人情味重。邮差半路上碰到我们,就把我们的家信交给我们。小孩子就在旁等着,很客气地向我们讨中国邮票。高大的警察,戴着白手套,傍晚慢吞吞地一路走,一路把一家家的大门推推,看是否关好;确有人家没关好门的,警察会客气地警告。我们回到老金家寓所,就拉上窗帘,相对读书。

开学期间,我们稍多些社交活动。同学间最普通的来往是请吃午后茶。师长总在他们家里请吃午后茶,同学在学院的宿舍里请。他们教锺书和我怎么做茶。先把茶壶温过,每人用满满一茶匙茶叶;你一匙,我一匙,他一匙,也给茶壶一满匙。四人喝茶用五匙茶叶,三人用四匙。开水可一次次加,茶总够浓。

锺书在牛津上学期间,只穿过一次礼服。因为要到圣乔治大饭店赴宴。主人是 C. D. Le Gros Clark。他一九三五年曾出版《苏东坡赋》一小册,请锺书写了序文。他得知钱锺书在牛津,特偕夫人从巴黎赶到牛津来相会,请我们夫妇吃晚饭。

我在楼上窗口下望,看见饭店门口停下一辆大黑汽车。有人拉开车门,车上出来一个小小个儿的东方女子。Le Gros Clark 夫人告诉我说:她就是万金油大王胡文虎之女。Le Gros Clark 曾任婆罗州总督府高层官员,所以认得。这位胡小姐也在牛津上学。我们只风闻她钻石失窃事。这番有缘望见了一瞥。

当时中国同学有俞大缜、俞大䪨姊妹,向达、杨人楩等。我们家的常客是向达。他在伦敦抄敦煌卷子,又来牛津为牛津大学图书馆编中文书目。他因牛津生活费用昂贵,所以寄居休士（E. Hughes）牧师家。同学中还有杨宪益,他年岁小,大家称小杨。

锺书也爱玩,不是游山玩水,而是文字游戏。满嘴胡说打趣,还随口胡诌歪诗。他曾有一首赠向达的打油长诗。头两句形容向达"外貌死的路（still）,内心生的门（sentimental）"——全诗都是胡说八道,他们俩都笑得捧腹。向达说锺书:"人家口蜜腹剑,你却是口剑腹蜜。"能和锺书对等玩的人不多,不相投的就会嫌锺书刻薄了。我们和不相投的人保持距离,又好像是骄傲了。我们年轻不谙世故,但是最谙世故、最会做人的同样也遭非议。锺书和我就以此自解。

二

老金家的伙食开始还可以,渐渐地愈来愈糟。锺书饮食习惯很保守,洋味儿的不大肯尝试,干酪怎么也不吃。我食量小。他能吃的,我省下一半给他。我觉得他吃不饱。这样下去,不能长久。而且两人生活在一间屋里很不方便。我从来不是啃分数的学生,可是我很爱惜时间,也和锺书一样好读书。他来一位客人,我就得牺牲三两个小时的阅读,勉力做贤妻,还得闻烟臭,心里暗暗叫苦。

我就出花样,想租一套备有家具的房间,伙食自理,膳宿都能大大改善,我已经领过市面了。锺书不以为然,劝我别多事。他说我又不会烧饭,老金家的饭至少是现成的。我们的房间还宽敞,将就着得过且过吧。我说,像老金家的茶饭我相信总能学会。

我按照报纸上的广告,一个人去找房子。找了几处,都远在郊外。一次我们散步"探险"时,我偶见高级住宅区有一个招租告白,再去看又不见了。我不死心,一人独自闯去,先准备好一套道歉的话,就大着胆子去敲门。开门的是女房主达蕾女士——一位爱尔兰老姑娘。她不说有没有房子出租,只把我打量了一番,又问了些话,然后就带我上楼去看房子。

房子在二楼。一间卧房，一间起居室，取暖用电炉。两间屋子前面有一个大阳台，是汽车房的房顶，下临大片草坪和花园。厨房很小，用电灶。浴室里有一套古老的盘旋水管，点燃一个小小的火，管内的水几经盘旋就变成热水流入一个小小的澡盆。这套房子是挖空心思从大房子里分隔出来的，由一座室外楼梯下达花园，另有小门出入。我问明租赁的各项条件，第二天就带了锺书同去看房。

那里地段好，离学校和图书馆都近，过街就是大学公园。住老金家，浴室厕所都公用，谁喜欢公用的呢？预计房租、水电费等种种费用，加起来得比老金家的房租贵。这不怕，只要不超出预算就行，我的预算是宽的。锺书看了房子喜出望外，我们和达蕾女士订下租约，随即通知老金家。我们在老金家过了圣诞节，大约新年前后搬入新居。

我们先在食品杂货商店订好每日的鲜奶和面包。牛奶每晨送到门口，放在门外。面包刚出炉就由一个专送面包的男孩送到家里，正是午餐时。鸡蛋、茶叶、黄油以及香肠、火腿等熟食，鸡鸭鱼肉、蔬菜水果，一切日用食品，店里应有尽有。我们只需到店里去挑选。店里有个男孩专司送货上门；货物装在木匣里，送到门口，放在门外，等下一次送货时再取回空木匣。我们也不用当场付款，要了什么东西都由店家记在一个小账本上，每两星期结一次账。我们上图书馆或傍晚出门"探险"，路过商店，就订购日用需要的食品。店家结了账送来账本，我们立即付账，从不拖欠。店主把我们当老主顾看待。我们如订了陈货，他就说，"这是陈货了，过一两天进了新货再给你们送。"有了什么新鲜东西，他也会通知我们。锺书《槐聚诗存》一九五九年为我写的诗里说什么"料量柴米学当家",无非做了预算,到店里订货而已。

我已记不起我们是怎么由老金家搬入新居的。只记得新居有一排很讲究的衣橱,我怀疑这间屋子原先是一间大卧室的后房。新居的抽屉也多。我们搬家大概是在午后,晚上两人学会了使用电灶和电壶。一大壶水一会儿就烧开。我们借用达蕾租给我们的日用家具,包括厨房用的锅和刀、叉、杯、盘等,对付着吃了晚饭。搬一个小小的家,我们也忙了一整天,收拾衣物,整理书籍,直到夜深。锺书劳累得放倒头就睡着了,我劳累得睡都睡不着。

我们住入新居的第一个早晨,"拙手笨脚"的锺书大显身手。我入睡晚,早上还不肯醒。他一人做好早餐,用一只床上用餐的小桌(像一只稍大的饭盘,带短脚)把早餐直端到我的床前。我便是在酣睡中也要跳起来享用了。他煮了"五分钟蛋",烤了面包,热了牛奶,做了又浓又香的红茶;这是他从同学处学来的本领,居然做得很好(老金家哪有这等好茶!而且为我们两人只供一小杯牛奶);还有黄油、果酱、蜂蜜。我从没吃过这么香的早饭!

我们一同生活的日子——除了在大家庭里,除了家有女佣照管一日三餐的时期,除了锺书有病的时候,这一顿早饭总是锺书做给我吃。每晨一大茶瓯的牛奶红茶也成了他毕生戒不掉的嗜好。后来国内买不到印度"立普登"(Lipton)茶叶了,我们用三种上好的红茶叶掺和在一起作替代:滇红取其香,湖红取其苦,祁红取其色。至今,我家里还留着些没用完的三盒红茶叶,我看到还能唤起当年最快乐的日子。

我联想起三十多年后,一九七二年的早春,我们从干校回北京不久,北京开始用煤气罐代替蜂窝煤。我晚上把煤炉熄了。早起,锺书照常端上早饭,还煤了他爱吃的猪油年糕,满面得色。我称赞他能煤年糕,他也不说什么,装作若无其事的样儿。我吃着吃着,忽然诧异说:"谁给你点的火呀?"(因为平时我晚上把煤炉封上,他早上打开火门,炉子就旺了。)锺书等着我问呢,他得意说:"我会划火柴了!"这是他生平第一次划火柴,为的是做早饭。

我们搬入达蕾出租的房子,自己有厨房了,锺书就想吃红烧肉。俞大缜、大䌹姊妹以及其他男同学对烹调都不内行,却好像比我们懂得一些。他们教我们把肉煮一开,然后把水倒掉,再加生姜、酱油等作料。生姜、酱油都是中国特产,在牛津是奇货,而且酱油不鲜,又咸又苦。我们的厨房用具确是"很不够的",买了肉,只好用大剪子剪成一方一方,然后照他们教的办法烧。两人站在电灶旁,使劲儿煮——也就是开足电力,汤煮干了就加水。我记不起那锅顽固的䐥肉是怎么消缴的了。事后我忽然想起我妈妈做橙皮果酱是用"文火"熬的。对呀,凭我们粗浅的科学知识,也能知道"文火"的名字虽文,力量却比强火大。下一次我们买了一瓶雪利酒(Sherry),当黄酒用,用文火炖肉,汤也不再倒掉,只撇去沫子。红烧肉居然做得不错,锺书吃得好快活唷。

我们搬家是冒险,自理伙食也是冒险,吃上红烧肉就是冒险成功。从此一法通,万法通,鸡肉、猪肉、羊肉,用"文火"炖,不用红烧,白煮的一样好吃。我把嫩羊肉剪成一股一股细丝,两人站在电灶旁边涮着吃,然后把蔬菜放在汤里煮来吃。我又想起我曾看见过厨房里怎样炒菜,也学着炒。蔬菜炒的比煮的好吃。

一次店里送来了扁豆,我们不识货,一面剥,一面嫌壳太厚豆太小。我忽然省悟,这是专吃壳儿的,是扁豆,我们焖了吃,很成功。店里还有带骨的咸肉,可以和鲜肉同煮,咸肉有火腿味。熟食有洋火腿,不如我国的火腿鲜。猪头肉,我向来认为"不上台盘"的;店里的猪头肉(bath chap)是制成的熟食,骨头已去净,压成一寸厚的一个圆饼子,嘴、鼻、耳部都好吃,后颈部嫌肥些。还有活虾。我很内行地说:"得剪掉须须和脚。"我刚剪得一刀,活虾在我手里抽搐,我急得扔下剪子,扔下虾,逃出厨房,又走回来。锺书问我怎么了。我说:"虾,我一剪,痛得抽抽了,以后咱们不吃了吧!"锺书跟我讲道理,说虾不会像我这样痛,他还是要吃的,以后可由他来剪。

我们不断地发明,不断地实验,我们由原始人的烹调渐渐开化,走入文明阶段。

我们玩着学做饭,很开心。锺书吃得饱了,也很开心。他用浓墨给我开花脸,就是在这段时期,也是他开心的表现。

我把做午饭作为我的专职,锺书只当助手。我有时想,假如我们不用吃饭,就更轻松快活了。可是锺书不同意。他说,他是要吃的。神仙煮白石,吃了久远不饿,多没趣呀,他不羡慕。但他作诗却说"忧卿烟火熏颜色,欲觅仙人辟谷方"。电灶并不冒烟,他也不想辟谷。他在另一首诗里说:"鹅求四足鳖双裙",我们却是从未吃过鹅和鳖。锺书笑我死心眼儿,作诗只是作诗而已。

锺书几次对我说,我教你作诗。我总认真说:"我不是诗人的料。"我做学生时期,课卷上作诗总得好评,但那是真正的"押韵而已"。我爱读诗,中文诗、西文诗都喜欢,也喜欢和他一起谈诗论诗。我们也常常一同背诗。我们发现，我们如果同把某一字忘了，左凑右凑凑不上，那个字准是全诗最欠妥帖的字；妥帖的字有黏性，忘不了。

那段时候我们很快活，好像自己打出了一个天地。

我们搬入新居之后，我记得一个大雪天，从前的房东老金踏雪赶来，惶惶然报告大事："国王去世了。"英王乔治五世去世是一九三六年早春的事。我们没想到英国老百姓对皇室这么忠心爱戴，老金真的如丧考妣。不久爱德华八世逊位，锺书同院的英国朋友司徒亚（Stuart）忙忙地拿了一份号外，特地赶来报告头条消息。那天也下雪，是当年的冬天。

司徒亚是我家常客，另一位常客是向达。向达嘀咕在休士牧师家天天吃土豆，顿顿吃土豆。我们请他同吃我家不像样的饭。他不安于他所寄居的家，社交最多，常来谈说中国留学生间的是是非非，包括锺书挨的骂。因为我们除了和俞氏姊妹略有来往，很脱离群众。

司徒是同学院同读文学学士学位的同学，他和锺书最感头痛的功课共两门，一是古文书学（Paleography），一是订书学。课本上教怎样把整张大纸折了又折，课本上画有如何折叠的虚线。但他们俩怎么折也折不对。两人气得告状似的告到我面前，说课本岂有此理。我是女人，对于折纸订线类事较易理解。我指出他们折反了。课本上画的是镜子里的反映式。两人恍然，果然折对了。他们就拉我一同学古文书学。我找出一支耳挖子，用针尖点着一个个字认。例如"a"字最初是"α"，逐渐变形。他们的考题其实并不难，只要求认字正确，不计速度。考生只需翻译几行字，不求量，但严格要求不得有错，错一字则倒扣若干分。

锺书慌慌张张,没看清题目就急急翻译,把整页古文书都翻译了。他把分数赔光,还欠下不知多少分,只好不及格重考。但是他不必担忧,补考准能及格。所以考试完毕,他也如释重负。

我们和达蕾女士约定,假后还要回来,她将给我们另一套稍大的房子,因为另一家租户将要搬走了。我们就把行李寄放她家,轻装出去度假,到伦敦、巴黎"探险"去。

这一学年,该是我生平最轻松快乐的一年,也是我最用功读书的一年,除了想家想得苦,此外可说无忧无虑。锺书不像我那么苦苦地想家。

三

我们第一次到伦敦时,锺书的堂弟锺韩带我们参观大英博物馆和几个有名的画廊以及蜡人馆等处。这个暑假他一人骑了一辆自行车旅游德国和北欧,并到工厂实习。锺书只有佩服的份儿。他绝没这等本领,也没有这样的兴趣。他只会可怜巴巴地和我一起"探险":从寓所到海德公园,又到托特纳姆路的旧书店;从动物园到植物园;从阔绰的西头到东头的贫民窟;也会见一些同学。

巴黎的同学更多。不记得是在伦敦还是在巴黎,锺书接到政府当局打来的电报,派他做一九三六年"世界青年大会"的代表,到瑞士日内瓦开会。代表共三人,锺书和其他二人不熟。我们在巴黎时,不记得经何人介绍,一位住在巴黎的中国共产党党员王海经请我们吃中国馆子。他请我当"世界青年大会"的共产党代表。我很得意。我和锺书同到瑞士去,有我自己的身份,不是跟去的。

锺书和我随着一群共产党的代表一起行动。我们开会前夕，乘夜车到日内瓦。我们俩和陶行知同一个车厢，三人一夜谈到天亮。陶行知还带我走出车厢，在火车过道里，对着车外的天空，教我怎样用科学方法，指点天上的星星。

"世界青年大会"开会期间，我们两位大代表遇到可溜的会，一概逃会。我们在高低不平、窄狭难走的山路上，"探险"到莱蒙湖边，妄想绕湖一周。但愈走得远，湖面愈广，没法儿走一圈。

重要的会，我们并不溜。例如中国青年向世界青年致辞的会，我们都到会。上台发言的，是共产党方面的代表；英文的讲稿，是钱锺书写的。发言的反应还不错。

我们从瑞士回巴黎，又在巴黎玩了一两星期。

当时我们有几位老同学和朋友在巴黎大学（索邦）上学，如盛澄华就是我在清华同班上法文课的。据说我们如要在巴黎大学攻读学位，需有两年学历。巴黎大学不像牛津大学有"吃饭制"保证住校，不妨趁早注册入学。所以我们在返回牛津之前，就托盛澄华为我们代办注册入学手续。一九三六年秋季始业，我们虽然身在牛津，却已是巴黎大学的学生了。

达蕾女士这次租给我们的一套房间比上次的像样。我们的澡房有新式大澡盆，不再用那套古老的盘旋管儿。不过热水是电热的，一个月后，我们方知电账惊人，赶忙节约用热水。

我们这一暑假，算是远游了一趟；返回牛津，我怀上孩子了。成了家的人一般都盼个孩子，我们也不例外。好在我当时是闲人，等孩子出世，带到法国，可以托出去。我们知道许多在巴黎上学的女学生有了孩子都托出去,或送托儿所,或寄养乡间。

钟书谆谆嘱咐我:"我不要儿子,我要女儿——只要一个,像你的。"我对于"像我"并不满意。我要一个像钟书的女儿。女儿,又像钟书,不知是何模样,很费想象。我们的女儿确实像钟书,不过,这是后话了。

我以为肚里怀个孩子,可不予理睬。但怀了孩子,方知我得把全身最精粹的一切贡献给这个新的生命。在低等动物,新生命的长成就是母体的消灭。我没有消灭,只是打了一个七折,什么都减退了。钟书到年终在日记上形容我:"晚,季总计今年所读书,歉然未足……"笑我"以才媛而能为贤妻良母,又欲作女博士……"

钟书很郑重其事,很早就陪我到产院去定下单人病房并请女院长介绍专家大夫。院长问:

"要女的?"(她自己就是专家。普通病房的产妇全由她接生。)

钟书说:"要最好的。"

女院长就为我介绍了斯班斯大夫(Dr Spence)。他家的花园洋房离我们的寓所不远。

斯班斯大夫说,我将生一个"加冕日娃娃"。因为他预计娃娃的生日,适逢乔治六世加冕大典(五月十二日)。但我们的女儿对英王加冕毫无兴趣,也许她并不愿意到这个世界上来。我十八日进产院,十九日竭尽全力也无法叫她出世。大夫为我用了药,让我安然"死"去。

等我醒来,发现自己像新生婴儿般包在法兰绒包包里,脚后还有个热水袋。肚皮倒是空了,浑身连皮带骨都是痛,动都不能动。我问身边的护士:"怎么回事儿?"

护士说:"你做了苦工,很重的苦工。"

另一护士在门口探头。她很好奇地问我:"你为什么不叫不喊呀?"她眼看我痛得要死,却静静地不吭一声。

我没想到还有这一招,但是我说:"叫了喊了还是痛呀。"

她们越发奇怪了。

"中国女人都通达哲理吗?"

"中国女人不让叫喊吗?"

护士抱了娃娃来给我看,说娃娃出世已浑身青紫,是她拍活的。据说娃娃是牛津出生的第二个中国婴儿。我还未十分清醒,无力说话,又昏昏睡去。

锺书这天来看了我四次。我是前一天由汽车送进产院的。我们的寓所离产院不算太远,但公交车都不能到达。锺书得横越几道平行的公交车路,所以只好步行。他上午来,知道得了一个女儿,医院还不让他和我见面。第二次来,知道我上了闷药,还没醒。第三次来见到了我;我已从法兰绒包包里解放出来,但是还昏昏地睡,无力说话。第四次是午后茶之后,我已清醒。护士特为他把娃娃从婴儿室里抱出来让爸爸看。

锺书仔仔细细看了又看,看了又看,然后得意地说:"这是我的女儿,我喜欢的。"

阿圆长大后,我把爸爸的"欢迎辞"告诉她,她很感激。因为我当时还从未见过初生的婴儿,据我的形容,她又丑又怪。我得知锺书是第四次来,已来来回回走了七趟,怕他累坏了,嘱他坐汽车回去吧。

阿圆懂事后,每逢生日,锺书总要说,这是母难之日。可是也难为了爸爸,也难为了她本人。她是死而复苏的。她大概很不愿意,哭得特响。护士们因她啼声洪亮,称她 Miss Sing High,译意为"高歌小姐",译音为"星海小姐"。

单人房间在楼上。如天气晴丽,护士打开落地长窗,把病床拉到阳台上去。我偶曾见到邻室两三个病号。估计全院的单人房不过六七间或七八间。护士服侍周到。我的卧室是阿圆的餐室,每日定时护士把娃娃抱来吃我,吃饱就抱回婴儿室。那里有专人看管,不穿白大褂的不准入内。

一般住单人房的住一星期或十天左右,住普通病房的只住五到七天,我却住了三个星期又二天。产院收费是一天一几尼①,产院床位有限,单人房也不多,不欢迎久住。我几次将出院又生事故,产院破例让我做了一个很特殊的病号。

出院前两天,护士让我乘电梯下楼参观普通病房——一个统房间,三十二个妈妈,三十三个娃娃,一对是双生。护士让我看一个个娃娃剥光了过磅,一个个洗干净了又还给妈妈。娃娃都躺在睡篮里,挂在妈妈床尾。我很羡慕娃娃挂在床尾,因为我只能听见阿圆的哭声,却看不到她。护士教我怎样给娃娃洗澡穿衣。我学会了,只是没她们快。

锺书这段时期只一个人过日子,每天到产院探望,常苦着脸说:"我做坏事了。"他打翻了墨水瓶,把房东家的桌布染了。我说:"不要紧,我会洗。"

"墨水呀!"

---

① 几尼(guinea),合 1.05 英镑,商店买卖用"镑"计算,但导师费、医师费、律师费等都用"几尼"。

"墨水也能洗。"

他就放心回去。然后他又做坏事了,把台灯砸了。我问明是怎样的灯,我说:"不要紧,我会修。"他又放心回去。下一次他又满面愁虑,说是把门轴弄坏了,门轴两头的门球脱落了一个,门不能关了。我说:"不要紧,我会修。"他又放心回去。

我说"不要紧",他真的就放心了。因为他很相信我说的"不要紧"。我们在伦敦"探险"时,他颧骨上生了一个疔。我也很着急。有人介绍了一位英国护士,她教我做热敷。我安慰锺书说:"不要紧,我会给你治。"我认认真真每几小时为他做一次热敷,没几天,我把粘在纱布上的末一丝脓连根拔去,脸上没留下一点疤痕。他感激之余,对我说的"不要紧"深信不疑。我住产院时他做的种种"坏事",我回寓后,真的全都修好。

锺书叫了汽车接妻女出院,回到寓所。他炖了鸡汤,还剥了碧绿的嫩蚕豆瓣,煮在汤里,盛在碗里,端给我吃。钱家的人若知道他们的"大阿官"能这般伺候产妇,不知该多么惊奇。

锺书顺利地通过了论文口试。同届一位留学牛津的庚款生,口试后很得意地告诉锺书说:"考官们只提了一个问题,以后就没有谁提问了。"不料他的论文还需重写。锺书同学院的英国朋友,论文口试没能通过,就没得学位。锺书领到一张文学学士文凭。他告别牛津友好,摒挡行李,一家三口就前往法国巴黎。

四

我们的女儿已有名有号。祖父给她取名健汝,又因她生肖属牛,他起了一个卦,"牛丽于英",所以号丽英。这个美丽的号,我们不能接受,而"钱健汝"叫来拗口,又叫不响。我们随时即兴,给她种种诨名,最顺口的是圆圆,圆圆成了她的小名。

圆圆出生后的第一百天,随父母由牛津乘火车到伦敦,换车到多佛(Dover)港口,上渡船过海,到法国加来(Calais)港登陆,入法国境,然后乘火车到巴黎,住入朋友为我们在巴黎近郊租下的公寓。

圆圆穿了长过半身的婴儿服,已是个蛮漂亮的娃娃。一位伦敦上车的中年乘客把熟睡的圆圆细细端详了一番,用双关语恭维说,"a China baby"(一个中国娃娃),也可解作"a china baby"(一个磁娃娃),因为中国娃娃肌理细腻,像磁。我们很得意。

我因锺书不会抱孩子,把应该手提的打字机之类都塞在大箱子里结票。他两手提两只小提箱,我抱不动娃娃的时候可和他换换手。渡轮抵达法国加来,港口管理人员上船,看见我抱着个婴儿立在人群中,立即把我请出来,让我抱着阿圆优先下船。满船渡客排成长队,挨次下船。我第一个到海关,很悠闲地认出自己的一件件行李。锺书随后也到了。海关人员都争看中国娃娃,行李一件也没查。他们表示对中国娃娃的友好,没打开一只箱子,笑嘻嘻地一一画上"通过"的记号。我觉得法国人比英国人更关心并爱护婴儿和母亲。

公寓的主人咖淑夫人(Madame Caseau)是一名退休的邮务员。她把退休金买下一幢房子出租,兼供部分房客的一日三餐。伙食很便宜,却又非常丰盛。她是个好厨司,做菜有一手。她丈夫买菜不知计较,买了鱼肉,又买鸡鸭。饭摆在她家饭间里,一大桌,可坐十数人,男女都是单身房客。我们租的房间有厨房,可是我们最初也包饭。替我们找到这所公寓的是留学巴黎大学的盛澄华。他到火车站来接，又送我们到公寓。公寓近车站，上车五分钟就到巴黎市中心了。

巴黎的中国学生真不少，过境观光的旅客不算，留学欧美而来巴黎度假的就很多。我们每出门，总会碰到同学或相识。当时寄宿巴黎大学宿舍"大学城"（Cité Universitaire）的学生，有一位 H 小姐住美国馆，一位 T 小姐住英国馆，盛澄华住瑞士馆。其他散居巴黎各区。我们经常来往的是林藜光、李伟夫妇。李伟是清华同学，中文系的，能做诗填词，墨笔字写得很老练。林藜光专攻梵文，他治学严谨，正在读国家博士。他们有一个儿子和我们的女儿同年同月生。

李伟告诉我说，某某等同学的孩子送入托儿所，生活刻板，吃、喝、拉、撒、睡都按规定的时间。她舍不得自己的孩子受这等训练。我也舍不得。

我们对门的邻居是公务员太太，丈夫早出晚归。她没有孩子，常来抱圆圆过去玩。她想把孩子带到乡间去养，对我们说：乡间空气好，牛奶好，菜蔬也好。她试图说服我把孩子交托给她带到乡间去。她说，我们去探望也很方便。

如果这是在孩子出生之前，我也许会答应。可是孩子怀在肚里，倒不挂心，孩子不在肚里了，反叫我牵肠挂肚，不知怎样保护才妥当。对门太太曾把圆圆的小床挪入她的卧房，看孩子能否习惯。圆圆倒很习惯，乖乖地睡到老晚，没哭一声。锺书和我两个却通宵未眠。他和我一样的牵肠挂肚。好在对门太太也未便回乡，她丈夫在巴黎上班呢。她随时可把孩子抱过去玩。我们需一同出门的时候，就托她照看。当然，我们也送她报酬。

钟书通过了牛津的论文考试，如获重赦。他觉得为一个学位赔掉许多时间，很不值当。他白费工夫读些不必要的功课，想读的许多书都只好放弃。因此他常引用一位曾获牛津文学学士的英国学者对文学学士的评价："文学学士，就是对文学无识无知。"钟书从此不想再读什么学位。我们虽然继续在巴黎大学交费入学，我们只各按自己定的课程读书。巴黎大学的学生很自由。

住在巴黎大学城的两位女士和盛澄华，也都不想得博士学位。巴黎大学博士论文的口试是公开的，谁都可去旁听。他们经常去旁听。考官也许为了卖弄他们汉学精深，总要问些刁难的问题，让考生当场出丑，然后授予博士学位。

真有学问的学者，也免不了这场难堪。花钱由枪手做论文的，老着面皮，也一般得了博士学位。所以林藜光不屑做巴黎大学博士，他要得一个国家博士。可惜他几年后得病在巴黎去世，未成国家博士。

钟书在巴黎的这一年，自己下工夫扎扎实实地读书。法文自十五世纪的诗人维容（Villon）读起，到十八、十九世纪，一家家读将来。德文也如此。他每日读中文、英文，隔日读法文、德文，后来又加上意大利文。这是爱书如命的钟书恣意读书的一年。我们初到法国，两人同读福楼拜（Gustave Flaubert）的《包法利夫人》（*Madame Bovary*），他的生字比我多。但一年以后，他的法文水平远远超过了我，我恰如他《围城》里形容的某太太"生小孩儿都忘了"。

我们交游不广，但巴黎的中国留学生多，我们经常接触到一个小圈子的人，生活也挺热闹。

向达也到了巴黎,他仍是我家的常客。林藜光好客,李伟能烹调,他们家经常请客吃饭。T小姐豪爽好客,也经常请客。H小姐是她的朋友,比她更年轻貌美。H小姐是盛澄华的意中人。盛澄华很羡慕我们夫妻同学,也想结婚。可是H小姐还没有表示同意。有一位由汪精卫资助出国留学的哲学家正在追T小姐。追求T小姐的不止一人,所以,仅我提到的这几个人,就够热闹的。我们有时在大学城的餐厅吃饭,有时在中国餐馆吃饭。

哲学家爱摆弄他的哲学家架式,宴会上总喜欢出个题目,叫大家"思索"回答。有一次他说:"哎,咱们大家说说,什么是自己最向往的东西,什么是最喜爱的东西。"T小姐最向往的是"光明",最喜爱的是"静"。这是哲学家最赞许的答案。最糟糕的是另一位追求T小姐的先生。我忘了他向往什么,他最喜欢的东西——他用了三个法国字,组成一个猥亵词,相当于"他妈的"(我想他是故意)。这就难怪T小姐鄙弃他而嫁给哲学家了。

我们两个不合群,也没有多余的闲工夫。咖淑夫人家的伙食太丰富,一道一道上,一餐午饭可消磨两个小时。我们爱惜时间,伙食又不合脾胃,所以不久我们就自己做饭了。锺书赶集市,练习说法语;在房东餐桌上他只能旁听。我们用大锅把鸡和暴腌的咸肉同煮,加平菇、菜花等蔬菜。我喝汤,他吃肉,圆圆吃我。咖淑夫人教我做"出血牛肉"(boeuf saignant),我们把鲜红的血留给圆圆吃。她还吃面包蘸蛋黄,也吃空心面,养得很结实,很快地从一个小动物长成一个小人儿。

我把她肥嫩的小手小脚托在手上细看,骨骼造型和锺书的手脚一样一样,觉得很惊奇。锺书闻闻她的脚丫丫,故意做出恶心呕吐的样儿,她就笑出声来。她看到镜子里的自己,会认识是自己。她看到我们看书,就来抢我们的书。我们为她买一只高凳,买一本大书——丁尼生(Alfred Tennyson)的全集,字小书大,没人要,很便宜。她坐在高凳里,前面摊一本大书,手里拿一支铅笔,学我们的样,一面看书一面在书上乱画。

锺书给他朋友司徒亚的信上形容女儿顽劣,地道是锺书的夸张。其实女儿很乖。我们看书,她安安静静自己一人画书玩。有时对门太太来抱她过去玩。我们买了推车,每天推她出去。她最早能说的话是"外外",要求外边去。

我在牛津产院时,还和父母通信,以后就没有家里的消息,从报纸上得知家乡已被日军占领,接着从上海三姐处知道爸爸带了苏州一家人逃难避居上海。我们迁居法国后,大姐姐来过几次信。我总觉得缺少了一个声音,妈妈怎么不说话了?过了年,大姐姐才告诉我:妈妈已于去年十一月间逃难时去世。这是我生平第一次遭遇的伤心事,悲苦得不知怎么好,只会恸哭,哭个没完。锺书百计劝慰,我就狠命忍住。我至今还记得当时的悲苦。但是我没有意识到,悲苦能任情啼哭,还有锺书百般劝慰,我那时候是多么幸福。

我自己才做了半年妈妈,就失去了自己的妈妈。常言"女儿做母亲,便是报娘恩"。我虽然尝到做母亲的艰辛,我没有报得娘恩。

我们为国为家,都十分焦虑。奖学金还能延期一年,我们都急要回国了。当时巴黎已受战事影响,回国的船票很难买。我们辗转由里昂大学为我们买得船票,坐三等舱回国。那是一九三八年的八月间。

五

我们出国乘英国邮船二等舱,伙食非常好。回国乘三等舱,伙食差多了。圆圆刚断奶两个月,船上二十多天,几乎顿顿吃土豆泥。上船时圆圆算得一个肥硕的娃娃,下船时却成了个瘦弱的孩子。我深恨自己当时疏忽,没为她置备些奶制品,辅佐营养。我好不容易喂得她胖胖壮壮,到上海她不胖不壮了。

锺书已有约回清华教书,我已把他的书本笔记和衣物单独分开。船到香港,他就上岸直赴昆明西南联大(清华当时属西南联大)。他只身远去,我很不放心。圆圆眼看着爸爸坐上小渡船离开大船,渐去渐远,就此不回来了,她直发呆。她还不会说话,我也无法和她解释。船到上海,我由锺书的弟弟和另一亲戚接到钱家。我们到拉斐德路钱家,已是黄昏时分。我见到了公公(我称爹爹)、婆婆(我称唔娘)、叔父(我称小叔叔)、婶母(我称四婶婶),以及妯娌、小叔子、小姑子等。

圆圆在船上已和乘客混熟了,这时突然面对一屋子生人,而亲人又只剩了妈妈一个,她的表现很不文明。她并不扑在妈妈身上躲藏,只对走近她的人斩绝地说"non non!"(我从未教过她法语),然后像小狗般低吼"rrrrr……",卷的是小舌头(我也从不知道她会卷小舌头)。这大概是从"对门太太"处学来的,或是她自己的临时应付。她一岁零三个多月了,不会叫人,不会说话,走路只会扶着墙横行,走得还很快。这都证明我这个书呆子妈妈没有管教。

大家把她的低吼称作"打花舌头",觉得新奇,叫她再"打个花舌头",她倒也懂,就再打个花舌头。不过,她原意是示威,不是卖艺,几天以后就不肯再表演,从此她也不会"打花舌头"了。钱家的长辈指出,她的洋皮鞋太硬,穿了像猩猩穿木屐;给她换上软鞋,果然很快就能走路了。

她从小听到的语言,父母讲的是无锡话,客人讲国语,"对门太太"讲法语,轮船上更是嘈杂,她不知该怎么说话。但是没过多久,她听了清一色的无锡话,很快也学会了说无锡话。

我在钱家过了一夜就带着圆圆到我爸爸处去,见了爸爸和姐妹等。圆圆大约感觉到都是极亲的人,她没有"吼",也没喊"non non"。当时,钱家和我爸爸家都逃难避居上海孤岛,居处都很逼仄。我和圆圆有时挤居钱家,有时挤居爸爸家。

锺书到昆明西南联大报到后,曾回上海省视父母,并送爹爹上船(由吴忠匡陪同前往蓝田师院),顺便取几件需要的衣物。他没有勾留几天就匆匆回昆明去。

我有个姨表姐,家住上海霞飞路来德坊,她丈夫在内地工作。她得知我爸爸租的房子不合适,就把她住的三楼让给我爸爸住,自己和婆婆妯娌同住二楼。她的妈妈(我的三姨妈)住在她家四楼。

我爸爸搬家后,就接我和圆圆过去同住。我这才有了一个安身之处。我跟着爸爸住在霞飞路来德坊,和钱家住的拉斐德路很近。我常常带着圆圆,到钱家去"做媳妇"(我爸爸的话)。

我母校振华女中的校长因苏州已沦陷,振华的许多学生都逃难避居上海,她抓我帮她在孤岛筹建分校。同时,我由朋友介绍,为广东富商家一位小姐做家庭教师,教高中一年级的全部功课(包括中英文数理等——我从一年级教到三年级毕业)。我常常一早出门，饭后又出门，要到吃晚饭前才回家。

爸爸的家，由大姐姐当家。小妹妹杨必在工部局女中上高中，早出晚归。家有女佣做饭、洗衣、收拾，另有个带孩子的小阿姨带圆圆。小阿姨没找到之前，我爸爸自称"奶公"，相当于奶妈。圆圆已成为爸爸家的中心人物。我三姐姐、七妹妹经常带着孩子到爸爸家聚会，大家都把圆圆称作"圆圆头"（爱称）。

圆圆得人怜，因为她乖，说得通道理，还管得住自己。她回到上海的冬天（一九三八年）出过疹子。一九三九年春天又得了痢疾，病后肠胃薄弱，一不小心就吃坏肚子。只要我告诉她什么东西她不能吃，她就不吃。她能看着大家吃，一人乖乖地在旁边玩，大家都习以为常了。一次，我的阔学生送来大篓的白沙枇杷。吃白沙枇杷，入口消融，水又多，听着看着都会觉得好吃。圆圆从没吃过。可是我不敢让她吃，只安排她一人在旁边玩。忽见她过来扯扯我的衣角，眼边挂着一滴小眼泪。吃的人都觉得惭愧了。谁能见了她那滴小眼泪不心疼她呢。

这年（一九三九年）暑假，锺书由西南联大回上海。拉斐德路钱家还挤得满满的。我爸爸叫我大姐姐和小妹妹睡在他的屋里，腾出房间让锺书在来德坊过暑假。他住在爸爸这边很开心。

我表姐的妯娌爱和婆婆吵架，每天下午就言来语去。我大姐姐听到吵架，就命令我们把卧房的门关上，怕表姐面上不好看。可是锺书耳朵特灵，门开一缝，就能听到全部对话。婆媳都口角玲珑，应对敏捷。锺书听到精彩处，忙到爸爸屋里去学给他们听。大家听了非常欣赏，大姐姐竟解除了她的禁令。

锺书虽然住在来德坊，他每晨第一事就是到拉斐德路去。当时，筹建中的振华分校将近开学。我的母校校长硬派我当校长,说是校董会的决定。她怕我不听话,已请孟宪承先生到教育局立案。我只能勉为其难,像爸爸形容的那样"狗耕田"。开学前很忙,我不能陪锺书到钱家去。

有一天,锺书回来满面愁容,说是爹爹来信,叫他到蓝田去,当英文系主任,同时可以侍奉父亲。我认为清华这份工作不易得。他工作未满一年,凭什么也不该换工作。锺书并不愿意丢弃清华的工作。但是他妈妈、他叔父、他的弟弟妹妹等全都主张他去。他也觉得应当去。我却觉得怎么也不应当去,他该向家人讲讲不当去的道理。

我和锺书在出国的轮船上曾吵过一架。原因只为一个法文"bon"的读音。我说他的口音带乡音。他不服,说了许多伤感情的话。我也尽力伤他。然后我请同船一位能说英语的法国夫人公断。她说我对、他错。我虽然赢了,却觉得无趣,很不开心。锺书输了,当然也不开心。常言:"小夫妻船头上相骂,船艄上讲和。"我们觉得吵架很无聊,争来争去,改变不了读音的定规。我们讲定,以后不妨各持异议,不必求同。但此后几年来,我们并没有各持异议。遇事两人一商量,就决定了,也不是全依他,也不是全依我。我们没有争吵的必要。可是这回我却觉得应该争执。

我等锺书到了钱家去,就一一告诉爸爸,指望听爸爸怎么说。可是我爸爸听了脸上漠无表情,一言不发。我是个乖女儿。爸爸的沉默启我深思。我想,一个人的出处去就,是一辈子的大事,当由自己抉择,我只能陈说我的道理,不该干预;尤其不该强他反抗父母。我记起我们夫妇早先制定的约,决计保留自己的见解,不勉强他。

我抽空陪锺书同到拉斐德路去。一到那边，我好像一头撞入天罗地网，也好像孙猴儿站在如来佛手掌之上。他们一致沉默；而一致沉默的压力，使锺书没有开口的余地。我当然什么也没说，只是照例去"做媳妇"而已。可是我也看到了难堪的脸色，尝到难堪的沉默。我对锺书只有同情的份儿了。我接受爸爸无语的教导，没给锺书增加苦恼。

锺书每天早上到拉斐德路去"办公"——就是按照爹爹信上的安排办事，有时还到老远的地方找人。我曾陪过他一两次。锺书在九月中给西南联大外文系主任叶公超先生写了信，叶先生未有回答。十月初旬，他就和蓝田师院的新同事结伴上路了。

锺书刚离开上海，我就接到清华大学的电报，问锺书为什么不回复梅校长的电报。可是我们并未收到过梅校长的电报呀。锺书这时正在路上，我只好把清华的电报转寄蓝田师院，也立即回复了一个电报给清华，说明并未收到梅电（我的回电现还存在清华的档案中）。他在路上走了三十四天之后，才收到我寄的信和转的电报。他对梅校长深深感激，不仅发一个电报，还来第二个电报问他何以不复。他自己无限抱愧，清华破格任用他，他却有始无终，任职不满一年就离开了。他实在是万不得已。偏偏他早走了一天，偏偏电报晚到一天。造化弄人，使他十分懊恼。

两年以后，陈福田迟迟不发聘书，我们不免又想起那个遗失的电报。电报会遗失吗？好像从来没有这等事。我们对这个遗失的电报深有兴趣。如果电报不是遗失，那么，第二个电报就大有文章。可惜那时候《吴宓日记》尚未出版。不过我们的料想也不错。陈福田拖延到十月前后亲来聘请时，锺书一口就辞谢了。陈未有一语挽留。

我曾问锺书:"你得罪过叶先生吗?"他细细思索,斩绝地说:"我没有。"他对几位恩师的崇拜,把我都感染了。他就像我朋友蒋恩钿带我看清华图书馆一样地自幸又自豪。可是锺书"辞职别就"——到蓝田去做系主任,确实得罪了叶先生。叶先生到上海遇见袁同礼,叶先生说:"钱锺书这么个骄傲的人,肯在你手下做事啊?"有英国友人胡志德向叶先生问及钱锺书,叶先生说:"不记得有这么个人",后来又说:"他是我一手教出来的学生。"叶先生显然对钱锺书有气。但他生钱锺书的气,完全在情理之中。锺书放弃清华而跳槽到师院去当系主任,会使叶先生误以为锺书骄傲,不屑在他手下工作。

我根据清华大学存档的书信,写过一篇《钱锺书离开西南联大的实情》。这里写的实情更加亲切,也更能说明锺书信上的"难言之隐"。

锺书离上海赴蓝田时,我对他说,你这次生日,大约在路上了,我只好在家里为你吃一碗生日面了。锺书半路上作诗《耒阳晓发是余三十初度》,他把生日记错了,我原先的估计也错了。他的生日,无论按阳历或阴历,都在到达蓝田之后。"耒阳晓发"不知是哪一天,反正不是生日。

锺书一路上"万苦千辛",走了三十四天到达师院。他不过是听从严命。其实,"严命"的骨子里是"慈命"。爹爹是非常慈爱的父亲。他是传统家长,照例总摆出一副严父的架式训斥儿子。这回他已和儿子阔别三年,锺书虽曾由昆明赶回上海亲送爹爹上船,只匆匆见得几面。他该是想和儿子亲近一番,要把他留在身边。"侍奉"云云只是说说而已,因为他的学生兼助手吴忠匡一直侍奉着他。吴忠匡平时睡在老师后房,侍奉得很周到。爹爹不是没人侍奉。

爹爹最宠的不是锺书,而是最小的儿子。无锡乡谚"天下爷娘护小儿"。锺书是长子;对长子,往往责望多于宠爱。锺书自小和嗣父最亲。嗣父他称伯伯。伯伯好比是他的慈母而爹爹是他的严父。锺书虚岁十一,伯伯就去世了。我婆婆一辈子谨慎,从不任情,长子既已嗣出,她决不敢拦出来当慈母。奶妈("痴姆妈")只把"大阿官"带了一年多就带锺书的二弟和三弟,她虽然最疼大阿官,她究竟只是一个"痴姆妈"。做嗣母的,对孩子只能疼,不能管,而孩子也不会和她亲。锺书自小缺少一位慈母,这对于他的性情和习惯都深有影响。

锺书到了蓝田,经常亲自为爹爹炖鸡,他在国外学会了这一手。有同事在我公公前夸他儿子孝顺。我公公说:"这是口体之养,不是养志。"那位先生说:"我倒宁愿口体之养。"可是爹爹总责怪儿子不能"养志"。锺书写信把这话告诉我,想必是心上委屈。

爹爹是头等大好人,但是他对人情世故远不如小叔叔精明练达。他对眼皮下的事都完全隔膜。例如他好吹诩"儿子都不抽香烟"。不抽烟的只锺书一个,锺书的两个弟弟都抽。他们见了父亲就把手里的烟卷往衣袋里藏,衣服都烧出窟窿来。爹爹全不知晓。

他关心国是,却又天真得不识时务。他为国民党人办的刊物写文章,谈《孙子兵法》,指出蒋介石不懂兵法而毛泽东懂得孙子兵法,所以蒋介石敌不过毛泽东。他写好了文章,命吴忠匡挂号付邮。

吴忠匡觉得"老夫子"的文章会闯祸,急忙找"小夫子"商量。锺书不敢诤谏,诤谏只会激起反作用。他和吴忠匡就把文章里臧否人物的都删掉,仅留下兵法部分。文章照登了。爹爹发现文章删节得所余无几,不大高兴,可是他以为是编辑删的,也就没什么说的。

锺书和我不在一处生活的时候,给我写信很勤,还特地为我记下详细的日记,所以,他那边的事我大致都知道。

六

这次锺书到蓝田去,圆圆并未发呆。假期中他们俩虽然每晚一起玩,"猫鼠共跳踉",圆圆好像已经忘了渡船上渐去渐远渐渐消失的爸爸。锺书虽然一路上想念女儿,女儿好像还不懂得想念。

她已经会自己爬楼梯上四楼了。四楼上的三姨和我们很亲,我们经常上楼看望她。表姐的女儿每天上四楼读书。她比圆圆大两岁,读上下两册《看图识字》。三姨屋里有一只小桌子,两只小椅子。两个孩子在桌子两对面坐着,一个读,一个旁听。那座楼梯很宽,也平坦。圆圆一会儿上楼到三姨婆家去旁听小表姐读书,一会儿下楼和外公做伴。

我看圆圆这么羡慕《看图识字》,就也为她买了两册。那天我晚饭前回家,大姐三姐和两个妹妹都在笑,叫我"快来看圆圆头念书"。她们把我为圆圆买的新书给圆圆念。圆圆立即把书倒过来,从头念到底,一字不错。她们最初以为圆圆是听熟了背的。后来大姐姐忽然明白了,圆圆每天坐在她小表姐对面旁听,她认的全是颠倒的字。那时圆圆整两岁半。我爸爸不赞成太小的孩子识字,她识了颠倒的字,慢慢地自会忘记。可是大姐姐认为应当纠正,特地买了一匣方块字教她。

我大姐最严,不许当着孩子的面称赞孩子。但是她自己教圆圆,就把自己的戒律忘了。她叫我"来看圆圆头识字"。她把四个方块字嵌在一块铜片上,叫声"圆圆头,来识字"。圆圆已能很自在地行走,一个小人儿在地下走,显得房间很大。她走路的姿态特像锺书。她走过去听大姨教了一遍,就走开了,并不重复读一遍。大姐姐完全忘了自己的戒律,对我说:"她只看一眼就认识了,不用温习,全记得。"

我二姐比大姐小四岁,妈妈教大姐方块字,二姐坐在妈妈怀里,大姐识的字她全认得。爸爸在外地工作,回家得知,急得怪妈妈胡闹,把孩子都教笨了。妈妈说,没教她,她自己认识的。爸爸看了圆圆识字,想是记起了他最宝贝的二姐。爸爸对我说:"过目不忘是有的。"

抗日战争结束后,我家雇用一个小阿姨名阿菊。她妈妈也在上海帮佣,因换了人家,改了地址,特写个明信片告诉女儿。我叫阿菊千万别丢失明信片,丢了就找不到妈妈了。阿菊把明信片藏在枕头底下,结果丢失了。她急得要哭,我帮她追忆藏明信片处。圆圆在旁静静地说:"我好像看见过,让我想想。"我们等她说出明信片在哪里,她却背出一个地名来——相当长,什么路和什么路口,德馨里八号。我待信不信。姑妄听之,照这个地址寄了信。圆圆记的果然一字不错。她那时八岁多。我爸爸已去世,但我记起了他的话:"过目不忘是有的。"

所以爸爸对圆圆头特别宠爱。我们姊妹兄弟,没一个和爸爸一床睡过。以前爸爸的床还大得很呢。逃难上海期间，爸爸的床只比小床略宽。午睡时圆圆总和外公睡一床。爸爸珍藏一个用台湾席子包成的小耳枕。那是妈妈自出心裁特为爸爸做的，中间有个窟窿放耳朵。爸爸把宝贝枕头给圆圆枕着睡在脚头。

我家有一部《童谣大观》，四册合订一本（原是三姑母给我和弟弟妹妹各一册）。不知怎么这本书会流到上海，大概是三姐姐带来教她女儿的。当时这本书属于小妹妹阿必。

我整天在"狗耕田"并做家庭教师。临睡有闲暇就和大姐姐小妹妹教圆圆唱童谣。圆圆能背很多。我免得她脱漏字句，叫她用手指点着书背。书上的字相当大，圆圆的小嫩指头一字字点着，恰好合适。没想到她由此认了不少字。

大姐姐教圆圆识字，对她千依百顺。圆圆不是识完一包再识一包，她要求拆开一包又拆一包，她自己从中挑出认识的字来。颠倒的字她都已经颠倒过来了。她认识的字往往出乎大姐姐意料之外。一次她挑出一个"瞅"字，还拿了《童谣大观》，翻出"嫂嫂出来瞅一瞅"，点着说："就是这个'瞅'。"她翻书翻得很快，用两个指头摘着书页，和锺书翻书一个式样。她什么时候学来的呀？锺书在来德坊度假没时间翻书，也无书可翻，只好读读字典。圆圆翻书像她爸爸，使我很惊奇也觉得很有趣。

拉斐德路钱家住的是沿街房子，后面有一大片同样的楼房，住户由弄堂出入。我大姐有个好友租居弄堂里的五号，房主是她表妹，就是由我父亲帮打官司，承继了一千亩良田的财主。她偶有事会来找我大姐。

一九四〇年的暑假里，一个星期日下午，三姐也在爸爸这边。爸爸和我们姐妹都在我们卧室里说着话。忽然来了一位怪客。她的打扮就和《围城》里的鲍小姐一个模样。她比《围城》电视剧里的鲍小姐个儿高,上身穿个胸罩,外加一个透明的蜜黄色蕾丝纱小坎肩,一条紧身三角裤,下面两条健硕肥白的长腿,脚穿白凉鞋,露出十个鲜红的脚指甲,和嘴上涂的口红是一个颜色,手里拿着一只宽边大草帽。她就是那位大财主。

我爸爸看见这般怪模样,忍着笑,虎着脸,立即抽身到自己屋里去了。阿必也忍不住要笑,跟脚也随着爸爸过去。我陪大姐姐和三姐泡茶招待来客。我坐在桌子这面,客人坐在我对面,圆圆在旁玩。圆圆对这位客人大有兴趣,搬过她的小凳子,放在客人座前,自己坐上小凳,面对客人,仰头把客人仔细端详。这下子激得我三姐忍笑不住,毫不客气地站起身就往我爸爸屋里逃。我只好装作若无其事,过去把圆圆抱在怀里,回坐原处,陪着大姐姐待客。

客人走了,我们姐妹一起洗茶杯上的口红印,倒碟子里带有一圈口红印的香烟头(女佣星期日休假)。我们说"爸爸太不客气了"。我也怪三姐不忍耐着点儿。可是我们都笑得很乐,因为从没见过这等打扮。我家人都爱笑。我们把那位怪客称为"精赤人人"(无锡话,指赤条条一丝不挂的人)。

过不多久,我带了圆圆到拉斐德路"做媳妇"去——就是带些孝敬婆婆的东西,过去看望一下,和妯娌、小姑子说说话。钱家人正在谈论当时沸沸扬扬的邻居丑闻:"昨夜五号里少奶奶的丈夫捉奸,捉了一双去,都捉走了。"我知道五号的少奶奶是谁。我只听着,没说什么。我婆婆抱着她的宝贝孙子。他当时是钱家的"小皇帝",很会闹。阿圆比他大一岁,乖乖地坐在我膝上,一声不响。我坐了一会,告辞回来德坊。

我抱着圆圆出门,她要求下地走。我把她放下地,她对我说:"娘,五号里的少奶奶就是'精赤人人'。"这个我知道。但是圆圆怎会知道呢?我问她怎么知道的。她还小,才三岁,不会解释,只会使劲点头说:"是的。是的。"几十年后,我旧事重提,问她怎么知道五号里的少奶奶就是"精赤人人"。她说:"我看见她搀着个女儿在弄堂口往里走。"

圆圆观察细微,她归纳的结论往往有意想不到的正确。"精赤人人"确有个女儿,但是我从未见过她带着女儿。锺书喜欢"格物致知"。从前我们一同"探险"的时候,他常发挥"格物致知"的本领而有所发现。圆圆搬个小凳子坐在怪客面前细细端详,大概也在"格物致知",认出这女人就是曾在弄堂口带着个女儿的人。我爸爸常说,圆圆头一双眼睛,什么都看见。但是她在钱家,乖乖地坐在我膝上,一声不响,好像什么都不懂似的。

这年一九四〇年秋杪,我弟弟在维也纳医科大学学成回国,圆圆又多了一个宠爱她的舅舅。弟弟住在我爸爸屋里。

锺书暑假前来信说,他暑假将回上海。我公公原先说,一年后和锺书同回上海,可是他一年后并不想回上海。锺书是和徐燕谋先生结伴同行的,但路途不通,走到半路又折回蓝田。

我知道弟弟即将回家,锺书不能再在来德坊度假,就在拉斐德路弄堂里租得一间房。圆圆将随妈妈搬出外公家。外公和挨在身边的圆圆说:"搬出去,没有外公疼了。"圆圆听了大哭。她站在外公座旁,落下大滴大滴热泪,把外公麻纱裤的膝盖全浸透在热泪里。当时我不在场,据大姐姐说,不易落泪的爸爸,给圆圆头哭得也落泪了。锺书回家不成,我们搬出去住了一个月,就退了房子,重返来德坊。我们母女在我爸爸身边又过了一年。我已记不清"精赤人人"到来德坊,是在我们搬出之前,还是搬回以后。大概是搬回之后。

圆圆识了许多字,我常为她买带插图的小儿书。她读得很快,小书不经读,我特为她选挑长的故事。一次我买了一套三册《苦儿流浪记》。圆圆才看了开头,就伤心痛哭。我说这是故事,到结尾苦儿便不流浪了。我怎么说也没用。她看到那三本书就痛哭,一大滴热泪掉在凳上足有五分钱的镍币那么大。

她晚上盼妈妈跟她玩,看到我还要改大叠课卷(因为我兼任高三的英文教师),就含着一滴小眼泪,伸出个嫩拳头,作势打课卷。这已经够我心疼的。《苦儿流浪记》害她这么伤心痛哭,我觉得自己简直在虐待她了。我只好把书藏过,为她另买新书。

我平常看书,看到可笑处并不笑,看到可悲处也不哭。锺书看到书上可笑处,就痴笑个不了,可是我没见到他看书流泪。圆圆看书痛哭,该是像爸爸,不过她还是个软心肠的小孩子呢。多年后,她已是大学教授,却来告诉我这个故事的原作者是谁,译者是谁,苦儿的流浪如何结束等等,她大概一直关怀着这个苦儿。

七

一九四一年暑假,锺书由陆路改乘轮船,辗转回到上海。当时拉斐德路钱家的人口还在增加。一年前,我曾在拉斐德路弄堂里租到一间房,住了一个月,退了。这回,却哪里也找不到房子,只好挤居钱家楼下客堂里。我和圆圆在锺书到达之前,已在拉斐德路住下等他。

锺书面目黧黑,头发也太长了,穿一件夏布长衫,式样很土,布也很粗。他从船上为女儿带回一只外国橘子。圆圆见过了爸爸,很好奇地站在一边观看。她接过橘子,就转交妈妈,只注目看着这个陌生人。两年不见,她好像已经不认识了。她看见爸爸带回的行李放在妈妈床边,很不放心,猜疑地监视着。晚饭后,圆圆对爸爸发话了。

"这是我的妈妈,你的妈妈在那边。"她要赶爸爸走。

锺书很窝囊地笑说:"我倒问问你,是我先认识你妈妈,还是你先认识?"

"自然我先认识,我一生出来就认识,你是长大了认识的。"这是圆圆的原话,我只把无锡话改为国语。我当时非常惊奇,所以把她的话一字字记住了。

锺书悄悄地在她耳边说了一句话。圆圆立即感化了似的和爸爸非常友好,妈妈都退居第二了。圆圆始终和爸爸最"哥们"。锺书说的什么话,我当时没问,以后也没想到问,现在已没人可问。他是否说"你一生出来,我就认识你"?是否说"你是我的女儿"?是否说"我是你的爸爸"?我们三个人中间,我是最笨的一个。锺书究竟说了什么话,一下子就赢得了女儿的友情,我猜不出来,只好存疑,只好永远是个谜了。反正他们两个立即成了好朋友。

她和爸爸一起玩笑,一起淘气,一起吵闹。从前,圆圆在拉斐德路乖得出奇,自从爸爸回来,圆圆不乖了,和爸爸没大没小地玩闹,简直变了个样儿。她那时虚岁五岁,实足年龄是四岁零两三个月。她向来只有人疼她,有人管她、教她,却从来没有一个一同淘气玩耍的伴儿。

圆圆去世,六十岁还欠两个多月。去世前一二个月,她躺在病床上还在写《我们仨》。第一节就是《爸爸逗我玩》。现在,我把她的记事,附在卷末。

锺书这次回上海,只准备度个暑假。他已获悉清华决议聘他回校。消息也许是吴宓老师传的。所以锺书已辞去蓝田的职务,准备再回西南联大。《槐聚诗存》一九四一年有《又将入滇怆念若渠》一诗。据清华大学档案,一九四一年三月四日,确有聘请钱锺书回校的记录。据《吴宓日记》,系里通过决议,请锺书回校任教是一九四〇年十一月六日的事,《日记》上说,"忌之者明示反对,但卒通过。"① 锺书并不知道有"忌之者明示反对",也不知道当时的系主任是陈福田。

陈福田是华侨,对祖国文化欠根底,锺书在校时,他不过是外文系的一位教师,远不是什么主任。锺书从不称陈福田先生或陈福田,只称 F.T.。他和 F.T. 从无交往。

锺书满以为不日就会收到清华的聘约。"他痴汉等婆娘"似的一等再等,清华杳无消息。锺书的二弟已携带妻子儿女到外地就职,锺书的妹妹已到爹爹身边去,锺书还在等待清华的聘书。

我问锺书,是不是弄错了,清华并没有聘你回校。看样子他是错了。锺书踌躇说,袁同礼曾和他有约,如不便入内地,可到中央图书馆任职。我不知锺书是否给袁同礼去过信。锺书后来

---

① 见《吴宓日记》Ⅶ,第 258 页,三联书店 1998 年版。

曾告诉我,叶先生对袁同礼说他骄傲,但我也不知有何根据。反正清华和袁同礼都杳无音信。

快开学了,锺书觉得两处落空,有失业的危险。他的好友陈麟瑞当时任暨南大学英文系主任,锺书就向陈麟瑞求职。陈说:"正好,系里都对孙大雨不满,你来就顶了他。"锺书只闻孙大雨之名,并不相识。但是他决不肯夺取别人的职位,所以一口拒绝了。他接受了我爸爸让给他的震旦女校两个钟点的课。

联大开学以后,陈福田先生有事来上海。他以清华大学外文系主任的身份,亲来聘请钱锺书回校。清华既已决定聘钱锺书回校,聘书早该寄出了。迟迟不发,显然是不欢迎他。既然不受欢迎,何苦挨上去自讨没趣呢?锺书这一辈子受到的排挤不算少,他从不和对方争执,总乖乖地退让。他客客气气地辞谢了聘请,陈福田完成任务就走了,他们没谈几句话。

我们挤居拉斐德路钱家,一住就是八年。

爹爹经常有家信,信总是写给小儿子的,每信必夸他"持家奉母"。自从锺书回上海,"持家奉母"之外又多了"扶兄"二字。锺书又何需弟弟"扶"呢。爹爹既这么说,他也就认了。他肯委屈,能忍耐。圆圆也肯委屈,能忍耐。我觉得他们都像我婆婆。

我那时已为阔小姐补习到高中毕业,把她介绍给我认识的一位大学助教了。珍珠港事变后,孤岛已沉没,振华分校也解散了。我接了另一个工作,做工部局半日小学的代课教师,薪水不薄,每月还有三斗白米,只是校址离家很远,我饭后赶去上课,困得在公交车上直打盹儿。我业余编写剧本。《称心如意》上演,我还在做小学教师呢。

锺书和震旦女子文理学院的负责人"方凳妈妈"(Mother

Thornton）见面之后，校方立即为他增加了几个钟点。他随后收了一名拜门的学生，束脩总随着物价一起上涨。沦陷区生活艰苦，但我们总能自给自足。能自给自足，就是胜利。锺书虽然遭厄运播弄，却觉得一家人同甘共苦，胜于别离。他发愿说："从今以后，咱们只有死别，不再生离。"

锺书的妹妹到了爹爹身边之后，记不起是哪年，大约是一九四四年，锺书的二弟当时携家住汉口，来信报告母亲，说爹爹已将妹妹许配他的学生某某，但妹妹不愿意，常在河边独自徘徊，怕是有轻生之想。（二弟家住处和爹爹住处仅一江之隔，来往极便。）我婆婆最疼的是小儿小女。一般传统家庭，重男轻女。但钱家儿子极多而女儿极少，女儿都是非常宝贝的。据二弟来信，爹爹选择的人并不合适。那人是一位讲师，曾和锺书同事。锺书站在妹妹的立场上，妹妹不愿意，就是不合适。我婆婆只因为他是外地人，就认为不合适。锺书的三弟已携带妻子儿女迁居苏州。三弟往来于苏州上海之间，这时不在上海。

我婆婆嘱锺书写信劝阻这门亲事。叔父同情我的婆婆，也写信劝阻。他信上极为开明，说家里一对对小夫妻都爱吵架，惟独我们夫妇不吵，可见婚姻还是自由的好。锺书代母亲委婉陈词，说生平只此一女，不愿她嫁外地人，希望爹爹再加考虑。锺书私下又给妹妹写信给她打气，叫她抗拒。不料妹妹不敢自己违抗父亲，就拿出哥哥的信来，代她说话。

爹爹见信很恼火。他一意要为女儿选个好女婿，看中了这位品学兼优的讲师，认为在他培育下必能成才；女儿嫁个书生，"粗茶淡饭足矣"，外地人又怎的？我记不清他回信是一封还是两封，只记得信上说，储安平（当时在师院任职）是自由结婚的，直在闹离婚呢！又讥诮说，现在做父母的，要等待子女来教育了！（这是针对锺书煽动妹妹违抗的话）爹爹和锺书的信，都是文言的绝妙好辞，可惜我只能撮述，不免欠缺文采。不过我对各方的情绪都稍能了解。

四婶婶最有幽默，笑弯了眼睛私下对我说："乖的没事，憨的又讨骂了。"——"乖的"指养志的弟弟（但他当时不在上海），"憨的"指锺书。其实连"乖的"叔叔也"挨呲儿"了，连累我也"挨呲儿"了。

锺书的妹妹乖乖地于一九四五年八月结了婚。我婆婆解放前夕到了我公公处，就一直和女儿女婿同住。锺书的妹妹生了两个聪明美丽的女儿，还有两个小儿小女我未见过。爹爹一手操办的婚姻该算美满，不过这是后话了。

其实，锺书是爹爹最器重的儿子。爱之深则责之严，但严父的架式掩不没慈父的真情。锺书虽然从小怕爹爹，父子之情还是很诚挚的。他很尊重爹爹，也很怜惜他。

他私下告诉我："爹爹因唔娘多病体弱，而七年间生了四个孩子，他就不回内寝，无日无夜在外书房工作，倦了倒在躺椅里歇歇。江浙战争，乱军抢劫无锡，爷爷的产业遭劫，爷爷欠下一大笔债款。这一大笔债，都是爹爹独力偿还的。"

我问："小叔叔呢？"

锺书说："小叔叔不相干，爹爹是负责人。等到这一大笔债还清，爹爹已劳累得一身是病了。"

我曾听到我公公喊"啊唷哇啦！"以为碰伤了哪里。锺书说，不是喊痛，是他的习惯语，因为他多年浑身疼痛，不痛也喊"啊唷哇啦"。

爹爹对锺书的训诫,只是好文章,对锺书无大补益。锺书对爹爹的"志",并不完全赞同,却也了解。爹爹对锺书的"志"并不了解,也不赞许。他们父慈子孝,但父子俩的志趣并不接轨。

锺书的堂弟锺韩和锺书是好兄弟,亲密胜于亲兄弟。一次,锺韩在我们三里河寓所说过一句非常中肯的话。他说:"其实啊,倒是我最像三伯伯。"我们都觉得他说得对极了,他是我公公理想的儿子。

八

我们沦陷上海,最艰苦的日子在珍珠港事变之后,抗日胜利之前。锺书除了在教会大学教课,又增添了两名拜门学生(三家一姓周、一姓钱、一姓方)。但我们的生活还是愈来愈艰苦。只说柴和米,就大非易事。

日本人分配给市民吃的面粉是黑的,筛去杂质,还是麸皮居半;分配的米,只是粞,中间还杂有白的、黄的、黑的沙子。黑沙子还容易挑出来,黄白沙子,杂在粞里,只好用镊子挑拣。听到沿街有卖米的,不论多贵,也得赶紧买。当时上海流行的歌:

> 粪车是我们的报晓鸡,
> 多少的声音都从它起,
> 前门叫卖菜,
> 后门叫卖米。

随就接上一句叫卖声:"大米要吗?"(读如:"杜米要哦?")大米不嫌多。因为吃粞不能过活。

但大米不能生吃,而煤厂总推没货。好容易有煤球了,要求送三百斤,只肯送二百斤。我们的竹篾子煤筐里也只能盛二百斤。有时煤球里掺和的泥太多,烧不着;有时煤球里掺和的煤灰多,太松,一着就过。如有卖木柴的,卖钢炭的,都不能错过。有一次煤厂送了三百斤煤末子,我视为至宝。煤末子是纯煤,比煤球占地少,掺上煤灰,可以自制相当四五百斤煤球的煤饼子。煤炉得搪得腰身细细的,省煤。烧木柴得自制"行灶",还得把粗大的木柴劈细,敲断。烧炭另有炭炉。煤油和煤油炉也是必备的东西。各种燃料对付着使用。我在小学代课,我写剧本,都是为了柴和米。

锺书的二弟、三弟已先后离开上海,锺书留在上海没个可以维持生活的职业,还得依仗几个拜门学生的束脩,他显然最没出息。

有一个夏天,有人送来一担西瓜。我们认为决不是送我们的,让堂弟们都搬上三楼。一会儿锺书的学生打来电话,问西瓜送到没有。堂弟们忙又把西瓜搬下来。圆圆大为惊奇。这么大的瓜!又这么多!从前家里买西瓜,每买必两担三担。这种日子,圆圆没有见过。她看爸爸把西瓜分送了楼上,自己还留下许多,佩服得不得了。晚上她一本正经对爸爸说:

"爸爸,这许多西瓜,都是你的!——我呢,是你的女儿。"显然她是觉得"与有荣焉"!她的自豪逗得我们大笑。可怜的锺书,居然还有女儿为他自豪。

圆圆的肠胃可以吃西瓜,还有许多别的东西我也让她吃了。锺书爱逗她,惹她,欺她,每次有吃的东西,总说:"Baby no eat."她渐渐听懂了,总留心看妈妈的脸色。一次爸爸说了"Baby no eat",她看着妈妈的脸,进出了她自造的第一句英语:"Baby yes eat!"她那时约六岁。

胜利前,谣传美军将对上海"地毯式"轰炸,逃难避居上海的人纷纷逃离上海。我父亲于一九四四年早春,带了我大姐以及三姐和姐夫全家老少回苏州庙堂巷老家。

这年暑假,我七妹妹和妹夫携带两个儿子到苏州老家过暑假。我事忙不能脱身,让圆圆跟他们一家同到外公家去。那时圆圆七周岁,在外公家和两个表姐、四个表弟结伴。我老家的后园已经荒芜,一群孩子在荒园里"踢天弄井",只圆圆斯文。别人爬树,她不敢,站在树下看着。我小时特别淘气,爬树、上屋都很大胆;圆圆生性安静,手脚不麻利,很像锺书自称的"拙手笨脚"。

苏州老家的电线年久失修,电厂已不供电,晚上只好用洋油灯。一群孩子到天黑了都怕鬼,不敢在黑地里行动。圆圆却不知怕惧,表姐表弟都需她保镖。她这来也颇有父风。我是最怕鬼的,锺书从小不懂得怕鬼。他和锺韩早年住无锡留芳声巷,那所房子有凶宅之称。锺韩怕鬼,锺书吓他"鬼来了!"锺韩吓得大叫"啊!!!!"又叫又逃,锺书大乐。他讲给我听还洋洋得意。

有一次,我三姐和七妹带一群孩子到观前街玄妙观去玩。忽然圆圆不见了。三姐急得把他们一群人"兵分三路",分头寻找。居然在玄妙观大殿内找到了她,她正跟着一个道士往大殿里走。道士并没有招她,是她盯着道士"格物致知"呢。她看见道士头发绾在头顶上,以为是个老太婆;可是老太婆又满面髭须,这不就比"精赤人人"更奇怪了吗?她就呆呆地和家人失散了。

姐姐妹妹都怪我老把圆圆抱着搀着,护得孩子失去了机灵。这点我完全承认。我和圆圆走在路上,一定搀着手;上了电车,总让她坐在我身上。圆圆已三四岁了,总说没坐过电车,我以为她不懂事。一次我抱她上了电车,坐下了,我说:"这不是电车吗?"她坐在我身上,钩着我脖子在我耳边悄悄地央求:"屁股坐。"她要自己贴身坐在车座上,那样才是坐电车。我这才明白她为什么从没坐过电车。

圆圆在苏州的一桩桩表现,都带三分呆气,都不像我而像锺书。

圆圆这次离开苏州回到上海,就没有再见外公。我爸爸于一九四五年三月底在苏州去世,抗日战争尚未结束。

这时期,锺书经常来往的朋友,同辈有陈麟瑞(石华父)、陈西禾、李健吾、柯灵、傅雷、亲如兄长的徐燕谋、诗友冒效鲁等。老一辈赏识他的有徐森玉(鸿宝)[①]、李拔可(宣龚)、郑振铎、李玄伯等,比他年轻的朋友有郑朝宗、王辛迪、宋悌芬、许国璋等。李拔可、郑振铎、傅雷、宋悌芬、王辛迪几位,经常在家里宴请朋友相聚。那时候,和朋友相聚吃饭不仅是赏心乐事,也是口体的享受。

贫与病总是相连的。锺书在这段时期,每年生一场病。圆圆上学一个月,就休学几个月,小学共六年,她从未上足一个学期的课。胜利之后,一九四七年冬,她右手食指骨节肿大,查出是骨结核。当时还没有对症的药。这种病,中医称"流住"或"穿骨流住",据医书:"发在骨节或骨空处,难痊。"大夫和我谈

[①] 解放后曾任故宫博物院院长。

病情，圆圆都听懂了，回家挂着一滴小眼泪说："我要害死你们了。"我忙安慰她说："你挑了好时候，现在不怕生病了。你只要好好地休息补养，就会好的。"大夫固定了指头的几个骨节，叫孩子在床上休息，不下床，服维生素 A、D，吃补养的食品。十个月后，病完全好了。大夫对我说，这是运气。孩子得了这种病，往往转到脚部，又转到头部，孩子就夭折了。圆圆病愈，胖大了一圈。我睡里梦里都压在心上的一块大石头，终于落地。可是我自己也病了，天天发低烧，每月体重减一磅，查不出病因。锺书很焦虑。一九四九年我们接受清华聘约时，他说："换换空气吧，也许换了地方，你的病就好了。"果然，我到清华一年之后，低烧就没有了。

九

一九四八年夏，锺书的爷爷百岁冥寿，分散各地的一家人，都回无锡老家聚会。这时锺书、圆圆都不生病了，我心情愉快，随上海钱家人一起回到七尺场老家。

我结婚后只在那里住过十天上下。这次再去，那间房子堆满了烂东西，都走不进人了。我房间里原先的家具：大床，镜台，书桌等，早给人全部卖掉了。我们夫妇和女儿在七尺场钱家只住了一夜，住在小叔叔新盖的楼上。

这次家人相聚，我公公意外发现了他从未放在心上的"女孙健汝"，得意非凡。

他偶在一间厢房里的床上睡着了（他睡觉向来不分日夜）。醒来看见一个女孩子在他脚头，为他掖掖夹被，盖上脚，然后坐着看书。满地都是书。院子里一群孩子都在吵吵闹闹地玩,这女孩子却在静静地看书。我公公就问她是谁。圆圆自报了名字。她在钱家是健汝,但我们仍叫她阿圆,我不知她是怎样报名的。她那时候十一周岁,已读过《西游记》、《水浒》等小说,正在爸爸的引诱、妈妈的教导下读文言的林译小说。她和锺书有同样的习性,到哪里,就找书看。她找到一小柜《少年》。这种杂志她读来已嫌不够味儿,所以一本本都翻遍了,满地是书。

我公公考问了她读的《少年》,又考考她别方面的学问,大为惊奇,好像哥伦布发现了新大陆,认定她是"吾家读书种子也"!从此健汝跃居心上第一位。他曾对锺书的二弟、三弟说,他们的这个那个儿子,资质属某等某等,"吾家读书种子,惟健汝一人耳"。爹爹说话,从不理会对方是否悦耳。这是他说话、写信、作文的一贯作风。

自从一九四五年抗战胜利,锺书辞去了震旦女子文理学院的几个小时课,任中央图书馆英文总纂,编《书林季刊》(*Philobiblon*);后又兼任暨南大学教授,又兼英国文化委员会(British Council)顾问。《围城》出版后,朋友中又增添了《围城》爱好者。我们的交游面扩大了,社交活动也很频繁。

我们沦陷上海期间,饱经忧患,也见到世态炎凉。我们夫妇常把日常的感受,当作美酒般浅斟低酌,细细品尝。这种滋味值得品尝。因为忧患孕育智慧。锺书曾说:"一个人二十不狂没志气,三十犹狂是无识妄人。"他是引用桐城先辈语:"子弟二十不狂没出息,三十犹狂没出息";也是"夫子自道"。

胜利后我们接触到各式各等的人。每次宴会归来,我们总有许多讲究,种种探索。我们把所见所闻,剖析琢磨,"读通"许多人、许多事,长了不少学问。

朱家骅曾是中央庚款留英公费考试的考官,很赏识钱锺书,常邀请锺书到他家便饭——没有外客的便饭。一次朱家骅许他一个联合国教科文的什么职位,锺书立即辞谢了。我问锺书:"联合国的职位为什么不要?"他说:"那是胡萝卜!"当时我不懂"胡萝卜"与"大棒"相连。压根儿不吃"胡萝卜",就不受大棒驱使。

锺书每月要到南京汇报工作,早车去,晚上老晚回家。一次他老早就回来了,我喜出望外。他说:"今天晚宴,要和'极峰'(蒋介石)握手,我趁早溜回来了。"

胜利的欢欣很短暂,接下是普遍的失望,接下是谣言满天飞,人心惶惶。

锺书的第一个拜门弟子常请老师为他买书。不论什么书,全由老师选择。其实,这是无限止地供老师肆意买书。书上都有锺书写的"借痴斋藏书"并盖有"借痴斋"图章;因为学生并不读,专供老师借阅的,不是"借痴"①吗!锺书蛰居上海期间,买书是他的莫大享受。新书、旧书他买了不少。"文化大革命"中书籍流散,曾有人买到"借痴斋"的书,寄还给锺书。也许上海旧书摊上,还会发现"借痴斋藏书"。藏书中,也包括写苏联铁幕后面的书。我们的阅读面很广。所以"人心惶惶"时,我们并不惶惶然。

郑振铎先生、吴晗同志,都曾劝我们安心等待解放,共产党是重视知识分子的。但我们也明白,对国家有用的是科学家,我们却是没用的知识分子。

---

① 引用"借书一瓻,还书一、二、三瓻",参看《酉阳杂俎》续集卷四、《资暇集》卷下、《履斋示儿编》卷二十三。

我们如要逃跑，不是无路可走。可是一个人在紧要关头，决定他何去何从的，也许总是他最基本的感情。我们从来不唱爱国调。非但不唱，还不爱听。但我们不愿逃跑，只是不愿去父母之邦，撇不开自家人。我国是国耻重重的弱国，跑出去仰人鼻息，做二等公民，我们不愿意。我们是文化人，爱祖国的文化，爱祖国的文字，爱祖国的语言。一句话，我们是倔强的中国老百姓，不愿做外国人。我们并不敢为自己乐观，可是我们安静地留在上海，等待解放。

十

解放后，中国面貌一新，成了新中国。不过我们夫妇始终是"旧社会过来的知识分子"。我们也一贯是安分守己、奉公守法的良民。

一九四九年夏，我们夫妇得到清华母校的聘请，于八月二十四日携带女儿，登上火车，二十六日到达清华，开始在新中国工作。

锺书教什么课我已忘记，主要是指导研究生。我是兼任教授，因为按清华旧规，夫妻不能在同校同当专任教授。兼任就是按钟点计工资，工资很少。我自称"散工"。后来清华废了旧规，系主任请我当专任，我却只愿做"散工"。因为我未经改造，未能适应，借"散工"之名，可以逃会。妇女会开学习会，我不参加，因为我不是家庭妇女。教职员开学习会，我不参加，因为我没有专职，只是"散工"。我曾应系里的需要，增添一门到两门课，其实已经够专任的职责了，但是我为了逃避开会，坚持做"散工"，直到三反运动。

圆圆已有学名钱瑗。她在爷爷发现"读书种子"之前,只是个无足轻重的女孩子。我们"造反",不要她排行取名,只把她的小名化为学名。她离上海时,十二周岁,刚上完初中一年级。她跟父母上火车,一手抱个洋娃娃,一手提个小小的手提袋,里面都是她自己裁剪缝制的洋娃娃衣服。洋娃娃肚子里有几两黄金,她小心抱着。她看似小孩,已很懂事。

到清华后,她打算在清华附中上学,可是学校一定要她从一年级读起。我看到初中学生开会多,午后总开会。阿瑗好不容易刚养好病,午后的休息还很重要,我因此就让她休学,功课由我自己教。阿瑗就帮爸爸做些零星事,如登记学生分数之类。她常会发现些爸爸没看到的细事。例如某某男女学生是朋友,因为两人的课卷都用与众不同的紫墨水。那两人果然是一对朋友,后来结婚了。她很认真地做爸爸的助手。

锺书到清华工作一年后,调任翻译毛选委员会的工作,住在城里,周末回校,仍兼管研究生。翻译毛选委员会的领导是徐永煐同志,介绍锺书做这份工作的是清华同学乔冠华同志。事定之日,晚饭后,有一位旧友特雇黄包车从城里赶来祝贺。客去后,锺书惶恐地对我说:"他以为我要做'南书房行走'了。这件事不是好做的,不求有功,但求无过。"

"无功无过",他自以为做到了。饶是如此,也没有逃过背后扎来的一刀子。若不是"文化大革命"中,档案里的材料上了大字报,他还不知自己何罪。有关这件莫须有的公案,我在《丙午丁未年纪事》及《干校六记》里都提到了。我们爱玩福尔摩斯。两人一起侦探,探出并证实诬陷者是某某人。锺书与世无争,还不免遭人忌恨,我很忧虑。锺书安慰我说:"不要愁,他也未必能随心。"锺书的话没错。这句话,为我增添了几分智慧。

其实,"忌"他很没有必要。锺书在工作中总很驯良地听从领导;同事间他能合作,不冒尖,不争先,肯帮忙,也很有用。他在徐永煐同志领导下工作多年,从信赖的部下成为要好的朋友。他在何其芳、余冠英同志领导下选注唐诗,共事的年轻同志都健在呢,他们准会同意我的话。锺书只求做好了本职工作,能偷工夫读他的书。他工作效率高,能偷下很多时间,这是他最珍惜的。我觉得媒蘖者倒是无意中帮了他的大忙,免得他荣任什么体统差事,而让他默默"耕耘自己的园地"。

锺书住进城去,不嘱咐我照管阿瑗,却嘱咐阿瑗好好照管妈妈,阿瑗很负责地答应了。

我们的老李妈年老多病,一次她生病回家了。那天下大雪。傍晚阿瑗对我说:"妈妈,该撮煤了。煤球里的猫屎我都抠干净了。"她知道我决不会让她撮煤。所以她背着我一人在雪地里先把白雪覆盖下的猫屎抠除干净,她知道妈妈怕触摸猫屎。可是她的嫩指头不该着冷,锺书还是应该嘱咐我照看阿瑗啊。

有一晚她有几分低烧,我逼她早睡,她不敢违拗。可是她说:"妈妈,你还要到温德家去听音乐呢。"温德先生常请学生听音乐,他总为我留着最好的座位,挑选出我喜爱的唱片,阿瑗照例陪我同去。

我说:"我自己会去。"

她迟疑了一下说:"妈妈,你不害怕吗?"她知道我害怕,却不说破。

我摆出大人架子说:"不怕,我一个人会去。"

她乖乖地上床躺下了。可是她没睡。

我一人出门，走到接连一片荒地的小桥附近，害怕得怎么也不敢过去。我退回又向前，两次、三次，前面可怕得过不去，我只好退回家。阿瑗还醒着。我只说"不去了"。她没说什么。她很乖。

说也可笑，阿瑗那么个小不点儿，我有她陪着，就像锺书陪着我一样，走过小桥，一点也不觉害怕。锺书嘱咐女儿照看妈妈，还是有他的道理。

阿瑗不上学，就脱离了同学。但是她并不孤单，一个人在清华园里悠游自在，非常快乐。她在病床上写的《我们仨》里，有记述她这种生活的章节，这里我不重复了。

我买了初中二、三年级的课本，教她数学（主要是代数，也附带几何、三角）、化学、物理、英文文法等。锺书每周末为她改中、英文作文。代数愈做愈繁，我想偷懒，我对阿瑗说："妈妈跟不上了，你自己做下去，能吗？"她很听话，就无师自通。过一天我问她能自己学吗，她说能。过几天我不放心，叫她如有困难趁早说，否则我真会跟不上。她很有把握地说，她自己会。我就加买了一套课本，让她参考。

瑗瑗于一九五一年秋考取贝满女中（当时称五一女子中学，后称女十二中）高中一年级，代数得了满分。她就进城住校。她在学校里交了许多朋友，周末都到我们家来玩。我们夫妇只有一个宝贝女儿，女儿的朋友也成了我们的小友。后来阿瑗得了不治之症住进医院，她的中学朋友从远近各地相约同到医院看望。我想不到十几岁小姑娘间的友情，能保留得这么久远！她们至今还是我的朋友。

阿瑗住校，家里剩了我一人，只在周末家人团聚。这年冬，三反运动开始。有人提出杨先生怎不参加系里的会。我说是怕不够资格。此后我有会必到,认认真真地参加了三反或"脱裤子、割尾巴"或"洗澡"运动。

  锺书在城里也参加了运动,也洗了个澡。但翻译毛选委员会只是个极小的单位。第一年原有一班人,一年后只留下锺书和助手七八人。运动需人多势众,才有威力;寥寥几人,不成气候。清华大学的运动是声势浩大的。学生要钱先生回校洗中盆澡。我就进城代他请了两星期假,让他回校好好学习一番再"洗澡"。

  锺书就像阿瑗一样乖,他回校和我一起参加各式的会,认真学习。他洗了一个中盆澡,我洗了一个小盆澡,都一次通过。接下是"忠诚老实运动",我代他一并交待了一切该交待的问题。我很忠诚老实,不管成不成问题,能记起的趁早都一一交待清楚。于是,有一天锺书和我和同校老师们排着队,由一位党的代表,和我们一一握手说:"党信任你。"我们都洗干净了。经过一九五二年的"院系调整",两人都调任文学研究所外文组的研究员。文学研究所编制暂属新北大,工作由中央宣传部直接领导。文研所于一九五三年二月二十二日正式成立。

  一九五二年院系调整后限期搬家。这年的十月十六日,我家就从清华大学搬入新北大的中关园。搬家的时候,锺书和阿瑗都在城里。我一个人搬了一个家。东西都搬了,没顾及我们的宝贝猫儿。锺书和阿瑗周末陪我同回旧居,捉了猫儿,装在一只又大又深的布袋里。我背着,他们两个一路抚慰着猫儿。我只觉猫儿在袋里瑟瑟地抖。到了新居,它还是逃跑了。我们都很伤心。

翻译毛选委员会的工作于一九五四年底告一段落。锺书回所工作。

郑振铎先生是文研所的正所长,兼古典文学组组长。郑先生知道外文组已经人满,锺书挤不进了。他对我说:"默存回来,借调我们古典组,选注宋诗。"

锺书很委屈。他对于中国古典文学,不是科班出身。他在大学里学的是外国文学,教的是外国文学。他由清华大学调入文研所,也属外文组。放弃外国文学研究而选注宋诗,他并不愿意。不过他了解郑先生的用意,也赞许他的明智。锺书肯委屈,能忍耐,他就借调在古典文学组里,从此没能回外文组。

三反是旧知识分子第一次受到的改造运动,对我们是"触及灵魂的"。我们闭塞顽固,以为"江山好改,本性难移",人不能改造。可是我们惊愕地发现,"发动起来的群众",就像通了电的机器人,都随着按钮统一行动,都不是个人了。人都变了。就连"旧社会过来的知识分子"也有不同程度的变:有的是变不透,有的要变又变不过来,也许还有一部分是偷偷儿不变。

我有一个明显的变,我从此不怕鬼了。不过我的变,一点不合规格。

十一

我们免得犯错误、惹是非,就离群索居。我们日常在家里工作,每月汇报工作进程。我们常挪用工作时间偷出去玩,因为周末女儿回家,而假日公园的游客多。颐和园后山的松堂,游人稀少,我们经常去走一走后山。那里的松树千姿百态,我们和一棵棵松树都认识了。

动物园也是我们喜爱的地方。一九三四年春,我在清华读书,锺书北来,我曾带他同游。园内最幽静的一隅有几间小屋,窗前有一棵松树,一湾流水。锺书很看中这几间小屋,愿得以为家。十余年后重来,这几间房屋,连同松树和那一湾流水,都不知去向了。

我们很欣赏动物园里的一对小熊猫。它们安静地并坐窗口,同看游人,不像别的小动物在笼中来回来去跑。熊很聪明,喝水用爪子掬水喝,近似人的喝法。更聪明的是聪明不外露的大象。有公母两头大象隔着半片墙分别由铁链拴住。公象只耐心地摇晃着身躯,摇晃着脑袋,站定原地运动;拴就拴,反正一步不挪。母象会用鼻子把拴住前脚的铁圈脱下,然后把长鼻子靠在围栏上,满脸得意地笑。饲养员发现它脱下铁圈,就再给套上。它并不反抗,但一会儿又脱下了,好像故意在逗那饲养员呢。我们最佩服这两头大象。犀牛厌游客,会向游客射尿;尿很臭而射得很远,游客只好回避。河马最丑,半天也不肯浮出水面。孔雀在春天常肯开屏。锺书"格物致知",发现孔雀开屏并不是炫耀它那金碧辉煌的彩屏,不过是掀起尾巴,向雌孔雀露出后部。看来最可怜的是囚在笼内不能展翅的大鸟。大熊猫显然最舒服,住的房子也最讲究,门前最拥挤。我们并不羡慕大熊猫。猴子最快乐,可是我们对猴子兴趣不大。

看动物吃东西很有趣。狮子喂肉之前,得把同笼的分开,因为狮子见了肉就不顾夫妻情分。猪类动物吃花生,连皮带壳;熊吐出壳儿带皮吃;猴子剥了壳还捡去皮。可是大象食肠粗,饲养员喂大象,大团的粮食、整只的苹果、整条的萝卜、连皮的香蕉,都一口吞之。可是它自己进食却很精细；吃稻草，先从大捆稻草中抽出一小束，拍打干净，筑筑整齐，才送入口中。我们断不定最聪明的是灵活的猴子还是笨重的大象。我们爱大象。

有时候我们带阿瑗一同出游，但是她身体弱，不如我们走路轻健。游山或游动物园都得走很多路，来回乘车要排队，要挤，都费劲。她到了颐和园高处，从后山下来，觉得步步艰险，都不敢跨步。我觉得锺书游园是受了我的鼓动；他陪我玩，练出了脚劲。阿瑗体力无多，我舍不得勉强她。

阿瑗每周末回家，从不肯把脏衣服和被单子带回家让阿姨洗，她学着自己洗。同学都说她不像独养女儿。这种乖孩子，当然会评上"三好学生"，老师就叫她回家和妈妈谈谈感想。我问："哪三好？"因为她身体明明不好。她笑说："荣誉是党给的。"果然，她的身体毕竟不好，读了三个学期，大有旧病复发之嫌。幸亏她非常听话，听从大夫的建议，休学一年，从一九五三年春季休养到一九五四年春季。锺书一九五四年底才由城里回北大。阿瑗休学只和妈妈做伴。

她在新北大（即旧燕京）到处寻找相当于清华灰楼的音乐室。她问校内的工人，答"说不好"。她央求说："不用说得好，随便说就行。"工人们听了大笑，干脆告诉她"没有"。她很失望。

中关园新建，还没有一点绿色。阿瑗陪我到邻近的果园去买了五棵柳树种在门前。温德先生送给我们许多花卉，种在院子里。蒋恩钿夫妇送来一个屏风，从客堂一端隔出小小一间书房。他们还送来一个摆饰的曲屏和几盆兰花、檐匐海棠等花和草。锺书《槐聚诗存》一九五四年诗，有《容安室休沐杂咏》十二首,就是他周末归来的生活写实。这间小书房就是他的"容安室"或"容安馆"。由商务扫描出版的《容安馆日札》就是这个时候开始的。"容安馆"听来很神气,其实整座住宅的面积才七十五平方米。由屏风隔出来的"容安馆"仅仅"容膝"而已。

阿瑗常陪我到老燕京图书馆借书,然后又帮我裁书。因为那时许多书是老式装订,整张大纸折叠着订,书页不裁开;有些书虽经借阅,往往只裁开了一部分。

借书的时候,每本书的卡片上由借书者签上名字,借书卡留在图书馆里。阿瑗眼睛快,记性好,会记得某书曾有某人借过。她发现一件怪事。某先生借的书都不看完,名字在借书卡上经常出现,可是他显然只翻几章,书大部分没裁开。

阿瑗闲来无事,就读我案上的书。我对她绝对放任。她爱弹琴,迷恋着清华灰楼的音乐室,但燕京没有音乐室。我后来为她买了钢琴,她复学后却没工夫弹琴了。她当时只好读书,读了大量的英文小说、传记、书信集等等,所以她改习俄语后,英语没有忘记。

一九五四年春阿瑗复学。她休学一年,就相当于留一级。她原先的一级,外语学英语;下面的一级,从初中一年起,外语学俄语。阿瑗欠修四年半的俄语。我当初没意识到这点麻烦。

清华有一位白俄教授,中国名字称葛邦福,院系调整后归属新北大。我于阿瑗开学前四个月,聘请他的夫人教阿瑗俄语。阿瑗每天到她家上课。葛夫人对这个学生喜欢得逢人必夸,阿瑗和她一家人都成了好朋友。我留有她用英文记的《我的俄语教师》一文。文章是经锺书改过的,没找到草稿。但所记是实情,很生动。

钱瑗复学,俄语很顺溜地跟上了;不仅跟上,大概还是班上的尖子。她仍然是"三好学生"。"三好学生"跑不了会成共青团员。阿瑗一次回家,苦恼得又迸出了小眼泪。她说:"她们老叫我入团,我总说,还不够格呢,让我慢慢争取吧;现在他们全都说我够格了,我怎么说呢?"她说:"入了团就和家里不亲了,家里尽是'糖衣炮弹'了。"

我安慰她说:"你不会和家里不亲。妈妈也不会'扯你后腿'。"阿瑗很快就成了团员,和家里的关系分毫没变。

她一九五五年秋季中学毕业,考取北京师范大学俄语系。她的志愿是"当教师的尖兵"。我学我爸爸的榜样:孩子自己决定的事,不予干涉。钱瑗毕业后留校当教师。她一辈子是教师队伍里的一名尖兵。

锺书在毛选翻译委员会的工作,虽然一九五四年底告一段落,工作并未结束。一九五八年初到一九六三年,他是英译毛选定稿组成员,一同定稿的是艾德勒。一九六四年起,他是英译毛主席诗词的小组成员。"文化大革命"打断了工作,一九七四年继续工作,直到毛主席诗词翻译完毕才全部结束。这么多年的翻译工作,都是在中央领导下的集体工作。集体很小,定稿组只二三人,翻译诗词组只五人。锺书同时兼任所内的研究工作,例如参加古典组的《唐诗选注》。

钱瑗考取大学以后的暑假。一九五六年夏,随锺书到武昌省亲。我公公婆婆居住学校宿舍。锺书曾几度在暑期中请"探亲假"省视父母。这回带了阿瑗同去。

大热天,武汉又是高温地区,两人回来,又黑又瘦。黑是太阳晒的,瘦则各有原因。锺书吃惯了我做的菜,味淡;我婆婆做的菜,他嫌咸,只好半饥半饱。爹爹睡觉不分日夜。他半夜读书偶有所得,就把健汝唤醒,传授心得。一个欠吃,一个欠睡,都瘦了。

这时爹爹已不要求锺书"养志"(养志的弟弟携家侨居缅甸)。他最宠爱的是"女孙健汝",锺书已是四十、五十之间的中年人,父子相聚,只絮絮谈家常了。爹爹可怜唔娘寂寞,而两人很少共同语言。他常自称"拗荆"。我问锺书什么意思。锺书说,表示他对妻子拗执。我想他大概有抱歉之意。自称"拗荆",也是老人对老妻的爱怜吧?

锺书、阿瑗回京,带给我一个爹爹给我的铜质镂金字的猪符,因为我和爹爹同生肖。我像林黛玉一般小心眼,问是单给我一人,还是别人都有。他们说,单给我一人的。我就特别宝贝。这是在一九五六年暑假中。

一九五七年一、二月间,锺书惦着爹爹的病,冒寒又去武昌。他有《赴鄂道中》诗五首。第五首有"隐隐遥空碾懑雷","啼鸠忽噤雨将来"之句。这五首诗,做于"早春天气"的前夕。这年六月发动了反右运动,未能再次请假探亲。

那时锺书的三弟已回国,我公公命他把我婆婆送归无锡,因她已神志不清。我公公这年十一月在武汉去世,我婆婆次年在无锡去世;我公公的灵柩运回无锡,合葬梅园祖坟。

十二

锺书带了女儿到武昌探亲之前,一九五六年的五月间,在北京上大学的外甥女来我家玩,说北大的学生都贴出大字报来了。

我们晚上溜出去看大字报，真的满墙都是。我们读了很惊讶。三反之后，我们直以为人都变了。原来一点没变，我们俩的思想原来很一般，比大字报上流露的还平和些。我们又惊又喜地一处处看大字报，心上大为舒畅。几年来的不自在，这回得到了安慰。人还是人。

接下就是领导号召鸣放了。锺书曾到中南海亲耳听到毛主席的讲话，觉得是真心诚意的号召鸣放，并未想到"引蛇出洞"。但多年后看到各种记载，听到各种论说，方知是经过长期精心策划的事，使我们对"政治"悚然畏惧。

所内立即号召鸣放。我们认为号召的事，就是政治运动。我们对政治运动一贯地不理解。三反之后曾批判过俞平伯论《红楼梦》的"色空思想"。接下是肃反，又是反胡风。一个个运动的次序我已记不大清楚。只记得俞平伯受批判之后，提升为一级研究员，锺书也一起提升为一级。接下来是高级知识分子受优待，出行有高级车，医疗有高级医院；接下来就是大鸣大放。

风和日暖，鸟鸣花放，原是自然的事。一经号召，我们就警惕了。我们自从看了大字报，已经放心满意。上面只管号召"鸣放"，四面八方不断地引诱催促。我们觉得政治运动总爱走向极端。我对锺书说："请吃饭，能不吃就不吃；情不可却，就只管吃饭不开口说话。"锺书说："难得有一次运动不用同声附和。"我们两个不鸣也不放，说的话都正确。例如有人问，你工作觉得不自由吗？我说："不觉得。"我说的是真话。我们沦陷上海期间，不论什么工作，只要是正当的，我都做，哪有选择的自由？有友好的记者要我鸣放。我老实说："对不起，我不爱'起哄'。"他们承认我向来不爱"起哄"，也就不相强。

钟书这年初冒寒去武昌看望病父时,已感到将有风暴来临。果然,不久就发动了反右运动,大批知识分子打成右派。

运动开始,领导说,这是"人民内部矛盾"。内部矛盾终归难免的,不足为奇。但运动结束,我们方知右派问题的严重。我们始终保持正确,运动总结时,很正确也很诚实地说"对右派言论有共鸣",但我们并没有一言半语的右派言论,也就逃过了厄运。

钟书只愁爹爹乱发议论。我不知我的公公是"准右派"还是"漏网右派",反正运动结束,他已不在了。

政治运动虽然层出不穷,钟书和我从未间断工作。他总能在工作之余偷空读书;我"以勤补拙",尽量读我工作范围以内的书。我按照计划完成《吉尔·布拉斯》的翻译,就写一篇五万字的学术论文。记不起是一九五六年或一九五七年,我接受了"外国古典文学丛书"编委会交给我重译《堂吉诃德》的任务。

恰在反右那年的春天,我的学术论文在刊物上发表,并未引起注意。钟书一九五六年底完成的《宋诗选注》,一九五八年出版。反右之后又来了个"双反",随后我们所内掀起了"拔白旗"运动。钟书的《宋诗选注》和我的论文都是白旗。郑振铎先生原是大白旗,但他因公遇难,就不再"拔"了。钟书于一九五八年进城参加翻译毛选的定稿工作。一切"拔"他的《宋诗选注》批判,都由我代领转达。后来因日本汉学家吉川幸次郎和小川环树等对这本书的推重,也不拔了。只苦了我这面不成模样的小白旗,给拔下又撕得粉碎。我暗下决心,再也不写文章,从此遁入翻译。钟书笑我"借尸还魂",我不过想借此"遁身"而已。

许多人认为《宋诗选注》的选目欠佳。钟书承认自己对选目并不称心：要选的未能选入，不必选的都选上了。其实，在选本里，自己偏爱的诗不免割爱；锺书认为不必选的，能选出来也不容易。有几首小诗，或反映民间疾苦，或写人民沦陷敌区的悲哀，自有价值，若未经选出，就埋没了。锺书选诗按照自己的标准，选目由他自定，例如他不选文天祥《正气歌》，是很大胆的不选。

选宋诗，没有现成的《全宋诗》供选择。锺书是读遍宋诗，独自一人选的。他没有一个助手，我只是"贤内助"，陪他买书，替他剪贴，听他和我商榷而已。那么大量的宋诗，他全部读遍，连可选的几位小诗人也选出来了。他这两年里工作量之大，不知有几人曾理会到。

《宋诗选注》虽然受到批判，还是出版了。他的成绩并未抹杀。我的研究论文并无价值，不过大量的书，我名正言顺地读了。我沦陷上海当灶下婢的时候，能这样大模大样地读书吗？我们在旧社会的感受是卖掉了生命求生存。因为时间就是生命。在新中国，知识分子的生活都由国家包了，我们分配得合适的工作，只需全心全意为人民服务。我们全心全意愿为人民服务，只是我们不会为人民服务，因为我们不合格。然后国家又赔了钱重新教育我们。我们领了高工资受教育，分明是国家亏了。

我曾和同事随社科院领导到昌黎"走马看花"，到徐水看亩产万斤稻米的田。我们参与全国炼钢，全国大跃进，知识分子下乡下厂改造自己。我家三口人，分散三处。我于一九五八年十一月下放农村，十二月底回京。我曾写过一篇《第一次下乡》，记我的"下放"。锺书当时还在城里定稿，他十二月初下放昌黎,到下一年的一月底(即阴历年底)回京。阿瑗下放工厂炼钢。

钱瑗到了工厂,跟上一个八级工的师傅。师傅因她在学校属美工组,能画,就要她画图。美工组画宣传画,和钢厂的图远不是一回事。阿瑗赶紧到书店去买了书,精心学习。师傅非常欣赏这个好徒弟,带她一处处参观。师傅常有创见,就要阿瑗按他的创见画图。阿瑗能画出精确的图。能按图做出模型,灌注铁水。她留厂很久,对师傅非常佩服,常把师傅家的事讲给我们听。师傅临别送她一个饭碗口那么大的毛主席像章留念。我所见的像章中数这枚最大。

锺书下放昌黎比我和阿瑗可怜。我曾到昌黎"走马看花",我们一伙是受招待的,而昌黎是富庶之区。锺书下放时,"三年饥荒"已经开始。他的工作是捣粪,吃的是霉白薯粉掺玉米面的窝窝头。他阴历年底回北京时,居然很会顾家,带回很多北京已买不到的肥皂和大量当地出产的蜜饯果脯。我至今还记得我一人到火车站去接他时的紧张,生怕接不到,生怕他到了北京还需回去。

我们夫妻分离了三个月,又团聚了。一九五九年文学所迁入城内旧海军大院。这年五月,我家迁居东四头条一号文研所宿舍。房子比以前更小,只一间宽大的办公室,分隔为五小间。一家三口加一个阿姨居然都住下,还有一间做客厅,一间堆放箱笼什物。

搬进了城,到"定稿组"工作方便了,逛市场、吃馆子也方便了。锺书是爱吃的。"三年饥荒"开始,政治运动随着安静下来。但我们有一件大心事。阿瑗快毕业了。她出身不好。她自己是"白专",又加父母双"白",她只是个尽本分的学生,她将分配到哪里去工作呀?她填的志愿是"支边"。如果是北方的"边",我还得为她做一件"皮大哈"呢。

自从她进了大学,校内活动多,不像在中学时期每个周末回家。炼钢之前,她所属的美工组往往忙得没工夫睡觉。一次她午后忽然回家,说:"老师让我回家睡一觉,妈妈,我睡到四点半叫醒我。"于是倒头就睡。到了四点半,我不忍叫醒她也不得不叫醒她,也不敢多问,怕耽搁时间。我那间豆腐干般大的卧房里有阿瑗的床,可是,她不常回家。我们觉得阿瑗自从上了大学,和家里生疏了;毕业后工作如分配在远地,我们的女儿就流失到不知什么地方去了。

但是事情往往意想不到。学校分配阿瑗留校当助教。我们得知消息,说不尽的称心满意。因为那个年代,毕业生得服从分配。而分配的工作是终身的。我们的女儿可以永远在父母身边了。

我家那时的阿姨不擅做菜。锺书和我常带了女儿出去吃馆子,在城里一处处吃。锺书早年写的《吃饭》一文中说:"吃讲究的饭,事实上只是吃菜。"他没说吃菜主要在点菜。上随便什么馆子,他总能点到好菜。他能选择。选择是一项特殊的本领,一眼看到全部,又从中选出最好的。他和女儿在这方面都擅长:到书店能买到好书,学术会上能评选出好文章,到绸布庄能选出好衣料。我呢,就仿佛是一个昏君。我点的菜终归是不中吃的。

吃馆子不仅仅吃饭吃菜,还有一项别人所想不到的娱乐。锺书是近视眼,但耳朵特聪。阿瑗耳聪目明。在等待上菜的时候,我们在观察其他桌上的吃客。我听到的只是他们的一言半语,也不经心。锺书和阿瑗都能听到全文。我就能从他们连续的评论里,边听边看眼前的戏或故事。

"那边两个人是夫妻,在吵架……"

"跑来的这男人是夫妻吵架的题目——他不就是两人都说了好多遍名字的人吗?……看他们的脸……"

"这一桌是请亲戚"——谁是主人,谁是主客,谁和谁是什么关系,谁又专爱说废话,他们都头头是道。

我们的菜一一上来,我们一面吃,一面看。吃完饭算账的时候,有的"戏"已经下场,有的还演得正热闹,还有新上场的。

我们吃馆子是连着看戏的。我们三人在一起,总有无穷的趣味。

十三

一九六二年的八月十四日,我们迁居干面胡同新建的宿舍,有四个房间,还有一间厨房、一间卫生间(包括厕所和澡房),还有一个阳台。我们添买了家具,住得宽舒了。

"三年困难"期间,锺书因为和洋人一同为英译毛选定稿,常和洋人同吃高级饭。他和我又各有一份特殊供应。我们还经常吃馆子。我们生活很优裕。而阿瑗辈的"年轻人"呢,住处远比我们原先小;他们的工资和我们的工资差距很大。我们几百,他们只几十。"年轻人"是新中国的知识分子。"旧社会过来的老先生"和"年轻人"生活悬殊,"老先生"未免令人侧目。我们自己尝过穷困的滋味,看到绝大多数"年轻人"生活穷困,而我们的生活这么优裕,心上很不安,很抱歉,也很惭愧。每逢运动,

"老先生"总成为"年轻人"批判的对象。这是理所当然,也是势所必然。

我们的工资,冻结了十几年没有改变。所谓"年轻人",大部分已不复年轻。"老先生"和"年轻人"是不同待遇的两种人。

一九六四年,所内同事下乡四清,我也报了名。但我这"老先生"没批准参加,留所为一小班"年轻人"修改文章。我偶尔听到讥诮声,觉得惴惴不安。

一九六三年锺书结束了英译毛选四卷本的定稿工作,一九六四年又成为"翻译毛主席诗词五人小组"的成员。阿瑗一九六三年十二月到大兴县礼贤公社四清,没回家过年,到一九六四年四月回校。一九六五年九月又到山西武乡城关公社四清,一九六六年五月回校;成绩斐然,随即由工作队员蒋亨俊(校方)及马六孩(公社)介绍,"火线入党"。

什么叫"火线入党",她也说不清,我也不明白。反正从此以后,每逢"运动",她就是"拉入党内的白尖子"。她工作认真尽力是不用说的;至于四清工作的繁重,生活的艰苦,她直到十多年后才讲故事般讲给我听。当时我支援她的需求,为她买过许多年画和许多花种寄去。她带回一身虱子,我帮她把全部衣服清了一清。

阿瑗由山西回京不久,"文化大革命"就开始了。山西城关公社的学校里一群革命小将来京串联,找到钱瑗老师,讨论如何揪斗校长。阿瑗给他们讲道理、摆事实,说明校长是好人,不该揪斗。他们对钱老师很信服,就没向校长"闹革命"。十年之后,这位校长特来北京,向钱瑗道谢,谢她解救了他这场灾祸。

八月间,我和锺书先后被革命群众"揪出来",成了"牛鬼蛇神"。阿瑗急要回家看望我们,而她属"革命群众"。她要回家,得走过众目睽睽下的大院。她先写好一张大字报,和"牛鬼蛇神"的父母划清界线,贴在楼下墙上,然后走到家里,告诉我们她刚贴出大字报和我们"划清界线"——她着重说"思想上划清界线"!然后一言不发,偎着我贴坐身边,从书包里取出未完的针线活,一针一针地缝。她买了一块人造棉,自己裁,自己缝,为妈妈做一套睡衣;因为要比一比衣袖长短是否合适,还留下几针没有完工。她缝完末后几针,把衣裤叠好,放在我身上,又从书包里取出一大包爸爸爱吃的夹心糖。她找出一个玻璃瓶子,把糖一颗颗剥去包糖的纸,装在瓶里,一面把一张张包糖的纸整整齐齐地叠在一起,藏入书包,免得革命群众从垃圾里发现糖纸。她说,现在她领工资了,每月除去饭钱,可省下来贴补家用。我们夫妻双双都是"牛鬼蛇神",每月只发生活费若干元,而存款都已冻结,我们两人的生活费实在很紧。阿瑗强忍住眼泪,我看得出她是眼泪往肚里咽。看了阿瑗,我们直心疼。

阿瑗在革命阵营里是"拉入党内的白尖子",任何革命团体都不要她;而她也不能做"逍遥派",不能做"游鱼"。全国大串联,她就到了革命圣地延安。她画了一幅延安的塔寄给妈妈。"文化大革命"结束后,她告诉我说,她一人单干,自称"大海航行靠舵手",哪派有理就赞助哪派,还相当受重视。很难为她,一个人,在这十年"文化大革命"中没犯错误。

我们几个月后就照发工资,一年之后,两人相继"下楼"——即走出"牛棚"。但我们仍是最可欺负的人。我们不能与强邻相处,阿瑗建议"逃走";我们觉得不仅是上策,也是惟一的出路。我们一九七三年十二月九日逃到北师大,大约是下午四时左右。

我们雇了一辆三轮汽车（现在这种汽车早已淘汰了），颠颠簸簸到达北师大。阿瑗带我们走入她学生时期的宿舍，那是她住了多年的房间，在三楼，朝北。她掏出钥匙开门的时候，左邻右舍都出来招呼钱瑗。我们还没走进她那间阴寒脏乱的房间，楼道里许多人都出来看钱瑗的爸爸妈妈了。她们得知我们的情况，都伸出援助之手。被子、褥子、枕头，从各家送来；锅碗瓢盆、菜刀、铲刀、油盐酱醋以至味精、煤炉子、煤饼子陆续从四面八方送来，不限本楼了。阿瑗的朋友真多也真好，我们心上舒坦又温暖，放下东西，准备舀水擦拭尘土。

我忽然流起鼻血来，手绢全染红了。我问知盥洗室在四楼，推说要洗手，急奔四楼。锺书"拙手笨脚"地忙拿了个小脸盆在楼道一个水龙头下接了半盆水给我洗手。我推说手太脏，半盆水不够，急奔四楼。只听得阿瑗的朋友都夸"钱伯伯劳动态度好"。我心里很感激他，但是我不要他和阿瑗为我着急。我在四楼盥洗室内用冷水冰鼻梁，冰脑门子，乘间洗净了血污的手绢。鼻血不流了，我慢慢下楼，回到阿瑗的房间里。

阿瑗见我进屋，两手放到背后，说声："啊呀！不好了！大暴露了！"她的屋里那么脏又那么乱，做梦也没想到妈妈会到这间屋里来收拾。

我爱整洁；阿瑗常和爸爸结成一帮，暗暗反对妈妈的整洁。例如我搭毛巾，边对边，角对角，齐齐整整。他们两个认为费事，随便一搭更方便。不过我们都很妥协，他们把毛巾随手一搭，我就重新搭搭整齐。我不严格要求，他们也不公然反抗。

阿瑗这间宿舍，有三只上下铺的双层床。同屋的老同学都已分散。她毕业后和两个同事饭后在这里歇午,谁也顾不到收拾。目前天气寒冷,这间房只阿瑗一人歇宿。书架上全是灰尘,床底下全是乱七八糟的东西。阿瑗是美工组成员,擅长调颜色。她屋里的一切碗、碟、杯、盘,全用来调过颜色,都没有洗。我看了"大暴露",乐得直笑,鼻血都安然停止了。

我们收拾了房间,洗净了碗碟。走廊是各室的厨房,我们也生上煤炉。晚饭前,阿瑗到食堂去买了饭和菜,我加工烹调。屋里床在沿墙,中间是拼放的两对桌子。我们对坐吃晚饭,其乐也融融,因为我们有这么多友人的同情和关怀,说不尽的感激,心上轻松而愉快。三人同住一房,阿瑗不用担心爸爸妈妈受欺负,我们也不用心疼女儿每天挤车往返了。屋子虽然寒冷,我们感到的是温暖。

将近冬至,北窗缝里的风愈加冷了。学校宿舍里常停电。电停了,暖气也随着停。我们只有随身衣服,得回家取冬衣。我不敢一人回去,怕发生了什么事还说不清。我所内的老侯是转业军人,政治上过硬,而且身高力大。我央他做保镖陪我回家去取了两大包衣物。他帮我雇了汽车,我带着寒衣回师大。

阿瑗有同事正要搬入小红楼。他的华侨朋友出国了,刚从小红楼搬走,把房子让了给他。小红楼是教职员宿舍,比学生宿舍好。那位同事知道我们住一间朝北宿舍,就把小红楼的两间房让给我们,自己留住原处。

那两间房一朝南,一朝东,阳光很好。我们就搬往小红楼去住。那边还有些学校的家具,如床和桌子椅子等。原有一个大立柜搬走了,还留着柜底下一层厚厚的积土。我们由阿瑗朋友处借用的被褥以及一切日用品都得搬过去。搬家忙乱,可怜的钟书真是"劳动态度好",他别处插不下手,就"拙手笨脚"地去扫那堆陈年积土。我看见了急忙阻止,他已吃下大量灰尘。连日天寒,他已着凉感冒,这一来就引发了近年来困扰他的哮喘。

他每次发病,就不能躺下睡觉,得用许多枕头被子支起半身,有时甚至不能卧床,只能满地走。我们的医疗关系,已从"鸣放"前的头等医院逐渐降级,降到了街道上的小医院。医生给点药吃,并不管事。他哮喘病发,呼吸如呼啸。我不知轻重,戏称他为"呼啸山庄"。

师大的校医院和小红楼很近。阿瑗带我们到校医院去看病打针。可是他病得相当重,虽吃药打针,晚上还是呼啸。小红楼也一样停电停暖气。我回干面胡同取来的冬衣不够用。有一夜,他穿了又重又不暖和的厚呢大衣在屋里满地走。我已连着几夜和衣而卧,陪着他不睡。忽然,我听不见他呼啸,只见他趴在桌上,声息全无。我吓得立即跳起来。我摸着他的手,他随即捏捏我的手,原来他是乏极了,打了个盹儿,他立刻继续呼啸。我深悔闹醒了他,但听到呼啸,就知道他还在呼吸。

一九七四年的一月十八日下午,我刚煮好一锅粥,等阿瑗回来同吃晚饭。校内"批林批孔",运动正值高潮。我听到钟书的呼啸和平时不同,急促得快连续不上了。多亏两家邻居,叫我快把"爷爷"送医院抢救。阿瑗恰好下班回来,急忙到医院去找大夫,又找到了校内的司机。一个司机说,他正要送某教师到北医三院去,答应带我们去抢救病人。因为按学校的规则,校内汽车不为家属服务。

我给钟书穿好衣裳、棉鞋,戴上帽子围巾,又把一锅粥严严地裹在厚被里,等汽车来带我们。左等右等,汽车老也不来。我着急说:"汽车会不会在医院门口等我们过去呀?"一位好邻居冒着寒风,跑到医院前面去找。汽车果然停在那呆等呢。邻居招呼司机把车开往小红楼。几位邻居架着扶着锺书,把他推上汽车。我和阿瑗坐在他两旁,另一位病人坐在前座。汽车开往北医三院的一路上,我听着锺书急促的呼啸随时都会停止似的,急得我左眼球的微血管都渗出血来了——这是回校后发现的。

到了医院,司机帮着把锺书扶上轮椅,送入急诊室。大夫给他打针又输氧。将近四小时之后,锺书的呼吸才缓过来。他的医疗关系不属北医三院,抢救得性命,医院就不管了。锺书只好在暖气片的木盖上躺着休息。

送我们的司机也真好。他对钱瑗说:他得送那位看病的教师回校;钱老师什么时候叫他,他随叫随到。锺书躺在宽仅容身的暖气片盖上休息,正是午夜十二点。阿瑗打电话请司机来接。司机没有义务大冬天半夜三更,从床上起来开车接我们。他如果不来接,我们真不知怎么回小红楼。医院又没处可歇,我们三人都饿着肚子呢。

裹在被窝里的一锅粥还热,我们三人一同吃了晚饭,锺书这回不呼啸了。

校医室也真肯照顾,护士到我们家来为锺书打针。经校医室诊治,锺书渐渐好起来,能起床卧在躺椅里,能由我扶着自己到医院去请护士打针。

我们和另两家合住这一组房子,同用一个厨房,一间卫生间。一家姓熊,一家姓孟。平日大家都上班或上学。经常在家的,就剩我们夫妇、孟家一个五岁多的男孙、熊家奶奶和她的小孙子。三餐做饭的是老熊和孟家主妇(我称她小常宝),还有我。我们三个谈家常或交流烹调经验，也互通有无，都很要好。孟家小弟成天在我们屋里玩。熊家小弟当初只会在床上蹦，渐渐地能扶墙行走，走入我们屋里来。

那时的锺书头发长了不能出去理发，满面病容，是真正的"囚首垢面"。但是熊家小弟却特别垂青，进门就对"爷爷"笑。锺书上厕，得经过他们家门口。小弟见了他，就伸出小手要爷爷抱。锺书受宠若惊。熊家奶奶常安慰我说："瞧！他尽对爷爷笑！爷爷的病一定好得快。"

可是熊家奶奶警觉地观察到锺书上厕走过他家时，东倒西歪。房子小，过道窄，东倒西歪也摔不倒。熊家奶奶叫我注意着点儿。锺书已经抢救过来，哮喘明显地好了。但是我陪他到医院去，他须我扶，把全身都靠在我身上，我渐渐地扶不动他了。他躺在椅里看书，也写笔记，却手不应心，字都歪歪斜斜地飞出格子。渐渐地，他舌头也大了，话也说不清。我怕是他脑子里长了什么东西。校医院的大夫说，当检查。

我托亲友走后门，在北京两个大医院里都挂上了号。事先还费了好大心思，求附近的理发店格外照顾；锺书由常来看顾他的所内年轻人扶着去理了发。

锺书到两个医院去看了病，做了脑电图。诊断相同：他因哮喘，大脑皮层缺氧硬化，无法医治，只看休息一年后能否恢复。但大脑没有损伤，也没有什么瘤子。

我放下半个心，悬着半个心。锺书得休养一个时期。那时候，各单位的房子都很紧张。我在小红楼已经住过寒冬，天气已经回暖，我不能老占着人家的房子不还。我到学部向文学所的小战士求得一间办公室，又请老侯为我保驾，回家取了东西，把那间办公室布置停当。一九七四年的五月二十二日,我们告别了师大的老年、中年、幼年的许多朋友,迁入学部七号楼西尽头的办公室。

十四

办公室并不大,兼供吃、喝、拉、撒、睡。西尽头的走廊是我们的厨房兼堆煤饼。邻室都和我们差不多,一室一家;走廊是家家的厨房。女厕在邻近,男厕在东尽头。锺书绝没有本领走过那条堆满杂物的长走廊。他只能"足不出户"。

不过这间房间也有意想不到的好处。文学所的图书资料室就在我们前面的六号楼里。锺书曾是文学研究所图书资料委员会主任,选书、买书是他的特长。中文的善本、孤本书籍,能买到的他都买。外文(包括英、法、德、意等)的经典作品以及现当代的主流作品,应有尽有。外宾来参观,都惊诧文学所图书资料的精当完美。而管理图书资料的一位年轻人,又是锺书流亡师大时经常来关心和帮忙的。外文所相离不远。住在外文所的年轻人也都近在咫尺。

我们在师大,有阿瑗的许多朋友照顾;搬入学部七楼,又有文学所、外文所的许多年轻人照顾。所以我们在这间陋室里,也可以安居乐业。锺书的"大舌头"最早恢复正常,渐渐手能写字,但两脚还不能走路。他继续写他的《管锥编》,我继续翻译《堂吉诃德》。我们不论在多么艰苦的境地,从不停顿的是读书和工作,因为这也是我们的乐趣。

钱瑗在我们两人都下放干校期间,偶曾帮助过一位当时被红卫兵迫使扫街的老太太,帮她解决了一些困难。老太太受过高等教育,精明能干,是一位著名总工程师的夫人。她感激阿瑗,和她结识后,就看中她做自己的儿媳妇,哄阿瑗到她家去。阿瑗哄不动。老太太就等我们由干校回京后,亲自登门找我。她让我和锺书见到了她的儿子;要求让她儿子和阿瑗交交朋友。我们都同意了。可是阿瑗对我说:"妈妈,我不结婚了,我陪着爸爸妈妈。"我们都不愿勉强她。我只说:"将来我们都是要走的,撇下你一个人,我们放得下心吗?"阿瑗是个孝顺女儿,我们也不忍多用这种话对她施加压力。可是老太太那方努力不懈,终于在一九七四年,我们搬入学部办公室的同一个月里,老太太把阿瑗娶到了她家。我们知道阿瑗有了一个美好的家,虽然身处陋室,心上也很安适。我的女婿还保留着锺书和老太太之间的信札,我附在此文末尾的附录二。

"斯是陋室",但锺书翻译毛主席诗词的工作,是在这间屋里完成的。

一九七四年冬十一月,袁水拍同志来访说:"江青同志说的,'五人小组'并未解散,锺书同志当把工作做完。"我至今不知"五人小组"是哪五人。我只知这项工作是一九六四年开始的。乔冠华同志常用他的汽车送锺书回家,也常到我们家来坐坐,说说闲话。"文化大革命"中工作停顿,我们和乔冠华同志完全失去联系。叶君健先生是成员之一。另二人不知是谁。这事我以为是由周总理领导的。但是我没有问过,只觉得江青"抓尖儿卖乖",抢着来领导这项工作。我立即回答袁水拍说:"钱锺书病着呢。他歪歪倒倒地,只能在这屋里待着,不能出门。"

对方表示:钱锺书不能出门,小组可以到这屋里来工作。我就没什么可说的了。

我们这间房,两壁是借用的铁书架,但没有横格。年轻人用干校带回的破木箱,为我们横七竖八地搭成格子,书和笔记本都放在木格子里。顶着西墙,横放两张行军床。中间隔一只较为完整的木箱,权当床头柜兼衣柜。北窗下放一张中不溜的书桌,那是锺书工作用的。近南窗,贴着西墙,靠着床,是一张小书桌,我工作用的。我正在翻译,桌子只容一叠稿纸和一本书,许多种大词典都摊放床上。我除了这间屋子,没有别处可以容身,所以我也相当于挪不开的物件。近门有个洗脸架,旁有水桶和小水缸,权充上下水道。铁架子顶上搭一条木板,放锅碗瓢盆。暖气片供暖不足,屋子里还找出了空处,生上一只煤炉,旁边叠几块蜂窝煤。门口还挂着夏日挡蚊子冬日挡风的竹帘子。

叶君健不嫌简陋,每天欣然跑来,和锺书脚对脚坐在书桌对面。袁水拍只好坐在侧面,竟没处容膝。周珏良有时来代表乔冠华。他挤坐在锺书旁边的椅上。据说:"锺书同志不懂诗词,请赵朴初同志来指点指点。"赵朴初和周珏良不是同时来,他们只来过两三次。幸好所有的人没一个胖子,满屋的窄道里都走得通。毛主席诗词的翻译工作就是在这间陋室里完成的。

袁水拍同志几次想改善工作环境,可是我和锺书很顽固。他先说,屋子太小了,得换个房子。我和锺书异口同声:一个说"这里很舒服";一个说"这里很方便"。我们说明借书如何方便,如何有人照顾等等,反正就是表示坚定不搬。袁辞去后,我和锺书咧着嘴做鬼脸说:"我们要江青给房子!"然后传来江青的话:"锺书同志可以住到钓鱼台去,杨绛同志也可以去住着,照顾锺书同志。"我不客气说:"我不会照顾人,我还要阿姨照顾呢。"过一天,江青又传话:"杨绛同志可以带着阿姨去住钓鱼台。"我们两个没有心理准备,两人都呆着脸,一言不发。我不知道袁水拍是怎么回话的。

一九七五年的国庆日,锺书得到国宴的请帖,他请了病假。下午袁水拍来说:"江青同志特地为你们准备了一辆小轿车,接两位去游园。"锺书说:"我国宴都没能去。"袁说:"锺书同志不能去,杨绛同志可以去呀。"我说:"今天阿姨放假,我还得做晚饭,还得看着病人呢。"我对袁水拍同志实在很抱歉,我并不愿意得罪他,可是他介于江青和我们俩之间,只好对不起他了。毛主席的诗词翻译完毕,听说还开了庆功会,并飞往全国各地征求意见。反正钱锺书已不复是少不了的人;以后的事,我们只在事后听说而已。钱锺书的病随即完全好了。

这年冬天,锺书和我差点儿给煤气熏死。我们没注意到烟囱管出口堵塞。我临睡服安眠药,睡中闻到煤气味,却怎么也醒不过来;正挣扎着要醒,忽听得锺书整个人摔倒在地的声音。这沉重的一声,帮我醒了过来。我迅速穿衣起床,三脚两步过去给倒地的锺书裹上厚棉衣,立即打开北窗。他也是睡中闻到煤气,急起开窗,但头晕倒下,脑门子磕在暖气片上,又跌下地。我把他扶上床,又开了南窗。然后给他戴上帽子,围上围巾,严严地包裹好;自己也像严冬在露天过夜那样穿戴着。我们挤坐一处等天亮。南北门窗洞开,屋子小,一会儿煤气就散尽了。锺书居然没有着凉感冒哮喘。亏得他沉重地摔那一跤,帮我醒了过来。不然的话,我们两个就双双中毒死了。他脑门子上留下小小一道伤痕,几年后才消失。

一九七六年,三位党和国家领导人相继去世。这年的七月二十八日凌晨唐山地震,余震不绝,使我们觉得伟人去世,震荡大地,老百姓都在风雨飘摇之中。

我们住的房间是危险房,因为原先曾用作储藏室,封闭的几年间,冬天生了暖气,积聚不散,把房子涨裂,南北二墙各裂出一条大缝。不过墙外还抹着灰泥,并不漏风。我们知道房子是混凝土筑成,很坚固,顶上也不是预制板,只二层高,并不危险。

但是所内年轻人不放心。外文所的楼最不坚固,所以让居住楼里的人避居最安全的圆穹顶大食堂。外文所的年轻人就把我们两张行军床以及日用必需品都搬入大食堂,并为我们占了最安全的地位。我们阿姨不来做饭了,我们轮着吃年轻人家的饭,"一家家吃将来"。锺书始终未能回外文所工作,但外文所的年轻人都对他爱护备至。我一方面感激他们,一方面也为锺书骄傲。

我们的女儿女婿都来看顾我们。他们做了更安全的措施,接我们到他们家去住。所内年轻朋友因满街都住着避震的人,一路护着我们到女儿家去。我回忆起地震的时期,心上特别温馨。

这年的十月六日"四人帮"被捕,报信者只敢写在手纸上,随手就把手纸撕毁。好振奋人心的消息!

十一月二十日,我译完《堂吉诃德》上下集(共八册),全部定稿。锺书写的《管锥编》初稿亦已完毕。我们轻松愉快地同到女儿家,住了几天,又回到学部的陋室。因为在那间屋里,锺书查阅图书资料特方便。校订《管锥编》随时需要查书,可立即解决问题。

《管锥编》是干校回来后动笔的,在这间办公室内完成初稿,是"文化大革命"时期的产物。有人责备作者不用白话而用文言,不用浅易的文言,而用艰深的文言。当时,不同年龄的各式红卫兵,正逞威横行。《管锥编》这类著作,他们容许吗?锺书干脆叫他们看不懂。他不过是争取说话的自由而已,他不用炫耀学问。

"嘤其鸣兮,求其友声。"友声可远在千里之外,可远在数十百年之后。锺书是坐冷板凳的,他的学问也是冷门。他曾和我说:"有名气就是多些不相知的人。"我们希望有几个知己,不求有名有声。

锺书脚力渐渐恢复,工作之余,常和我同到日坛公园散步。我们仍称"探险"。因为我们在一起,随处都能探索到新奇的事。我们还像年轻时那么兴致好,对什么都有兴趣。

十五

一九七七年的一月间,忽有人找我到学部办公处去。有个办事人员交给我一串钥匙,叫我去看房子,还备有汽车,让我女儿陪我同去,并对我说:"如有人问,你就说'因为你住办公室'。"

我和女儿同去看了房子。房子就是我现在住的三里河南沙沟寓所。我们的年轻朋友得知消息,都为我们高兴。"众神齐着力",帮我们搬入新居,那天正是二月四日立春节。

锺书擅"格物致知",但是他对新居"格"来"格"去也不能

"致知",技穷了。我们猜了几个人,又觉得不可能。"住办公室"已住了两年半,是谁让我们搬到这所高级宿舍来的呀?

何其芳也是从领导变成朋友的。他带着夫人牟决鸣同来看我们的新居。他最欣赏洗墩布的小间,也愿有这么一套房子。显然,房子不是他给分的。

八月间,何其芳同志去世。他的追悼会上,胡乔木、周扬、夏衍等领导同志都出现了。"文化大革命"终于过去了。

阿瑗并不因地震而休假,她帮我们搬完家就回学校了。她婆家在东城西石槽,离我们稍远。我们两人住四间房,觉得很心虚,也有点寂寞。两人收拾四个房间也费事。我们就把"阿姨"周奶奶接来同住。锺书安闲地校订他的《管锥编》,我也把《堂吉诃德》的稿子重看一过,交给出版社。

十月间,胡乔木同志忽来访,"请教"一个问题。他曾是英译毛选委员会的上层领导,和锺书虽是清华同学,同学没多久,也不相识,胡也许只听到钱锺书狂傲之名。

锺书翻译毛选时,有一次指出原文有个错误。他坚持说:"孙猴儿从来未钻入牛魔王腹中。"徐永煐同志请示上级,胡乔木同志调了全国不同版本的《西游记》查看。锺书没有错。孙猴儿是变作小虫,给铁扇公主吞入肚里的;铁扇公主也不能说是"庞然大物"。毛主席得把原文修改两句。锺书虽然没有错,他也够"狂傲"的。乔木同志有一次不点名地批评他"服装守旧",因锺书还穿长袍。

我们住办公室期间,乔木同志曾寄过两次治哮喘的药方。锺书承他关会,但无从道谢。这回,他忽然造访,我们猜想房子该是他配给的吧?但是他一句也没说到房子。

我们的新居共四间房,一间是我们夫妇的卧室,一间给阿瑗,一大间是我们的起居室或工作室,或称书房,也充客厅,还有一间吃饭。周奶奶睡在吃饭间里。周奶奶就是顺姐,我家住学部时,她以亲戚身份来我家帮忙,大家称她周奶奶。她说,不爱睡吃饭间。她看中走廊,晚上把床铺在走廊里。

乔木同志偶来夜谈,大门口却堵着一只床。乔木同志后来问我们:房子是否够住。我说:"始愿不及此。"这就是我们谢他的话了。

周奶奶坦直说:"个人要自由呢。"她嫌我们晚间到她屋去倒开水喝。我们把热水瓶挪入卧室,房子就够住了。

乔木同志常来找锺书谈谈说说,很开心。他开始还带个警卫,后来把警卫留在楼下,一个人随随便便地来了。他谈学术问题,谈书,谈掌故,什么都谈。锺书是个有趣的人,乔木同志也有他的趣。他时常带了夫人谷羽同志同来。到我们家来的乔木同志,不是什么领导,不带任何官职,他只是清华的老同学。虽然同学时期没有相识,经过一个"文化大革命",他大概是想起了清华的老同学而要和他相识。他找到锺书,好像老同学重又相逢。

有一位乔木同志的相识对我们说:"胡乔木只把他最好的一面给你们看。"

我们读书,总是从一本书的最高境界来欣赏和品评。我们使用绳子,总是从最薄弱的一段来断定绳子的质量。坐冷板凳的书呆子,待人不妨像读书般读;政治家或企业家等也许得把人当作绳子使用。锺书待乔木同志是把他当书读。

有一位乔木同志的朋友说:"天下世界,最苦恼的人是胡乔木。因为他想问题,总是从第一度想起,直想到一百八十度,往往走到自己的对立面去,自相矛盾,苦恼不堪。"乔木同志想问题确会这样认真负责。但是我觉得他到我家来,是放下了政治思想而休息一会儿。他是给自己放放假,所以非常愉快。他曾叫他女儿跟来照相。我这里留着一张他痴笑的照片,不记得锺书说了什么话,他笑得那么乐。

可是我们和他地位不同,身份不同。他可以不拿架子,我们却知道自己的身份。他可以随便来,我们决不能随便去,除非是接我们去。我们只能"来而不往"。我们受到庇护,心上感激。但是锺书所能报答的,只不过为他修润几个文字而已。锺书感到惭愧。

我译完《堂吉诃德》。外文所领导体谅我写文章下笔即错,所以让"年轻人"代我写序。可是出版社硬是要我本人写序。稿子压了一年也不发排。我并不懂生意经。稿子既然不付印,我就想讨回稿子,以便随时修改。据说这一来出版社要赔钱的。《堂吉诃德》就没有序文而出版了。后来乔木同志责备我为什么不用"文革"前某一篇文章为序,我就把旧文修改了作为序文。《堂吉诃德》第二次印刷才有序文。

《管锥编》因有乔木同志的支持,出版社立即用繁体字排印。锺书高兴说:"《管锥编》和《堂吉诃德》是我们最后的书了。你给我写三个字的题签,我给你写四个字的题签,咱们交换。"

我说:"你太吃亏了,我的字见得人吗?"

他说:"留个纪念,好玩儿。随你怎么写,反正可以不挂上你的名字。"我们就订立了一个不平等条约。

我们的阿瑗周末也可以回到父母身边来住住了。以前我们住的办公室只能容他们小两口来坐坐。

一九七八年她考取了留学英国的奖学金。她原是俄语系教师。俄语教师改习英语的时候,她就转入英语系。她对我说:"妈妈,我考不取。人家都准备一学期了,我是因为有人临时放弃名额,才补上了我,附带条件是不能耽误教课。我没一点儿准备,能考上吗?"可是她考取了。我们当然为她高兴。

可是她出国一年,我们想念得好苦。一年后又增加一年,我们一方面愿意她能多留学一年,一方面得忍受离别的滋味。

这段时期,锺书和我各随代表团出国访问过几次。锺书每和我分离,必详尽地记下所见所闻和思念之情。阿瑗回家后,我曾出国而他和阿瑗同在家,他也详尽地记下家中琐碎还加上阿瑗的评语附识。这种琐琐碎碎的事,我们称为"石子",比作潮退潮落滞留海滩上的石子。我们偶然出门一天半天,或阿瑗出差十天八天,回家必带回大把小把的"石子",相聚时搬出来观赏玩弄。平时家居琐琐碎碎,如今也都成了"石子",我把我家的"石子"选了一些附在附录三。

我们只愿日常相守,不愿再出国。阿瑗一九九〇年又到英国访问半年。她依恋父母,也不愿再出国。她一次又一次在国内各地出差,在我都是牵肠挂肚的离别。

一九八二年六月间,社科院人事上略有变动。文学所换了所长,锺书被聘为文学所顾问,他力辞得免。那天晚上,他特别高兴说:"无官一身轻,顾问虽小,也是个官。"

第二天早上,社科院召他去开会,有车来接。他没头没脑地去了。没料到乔木同志忽发奇想,要夏鼐、钱锺书做社科院副院长,说是社科院学术气氛不够浓,要他们为社科院增添些儿学术气氛。乔木同志先已和夏鼐同志谈妥,对锺书却是突然袭击。他说:"你们两位看我老同学面上……"夏鼐同志已应允,锺书着急说,他没有时间。乔木同志说:"一不要你坐班,二不要你画圈,三不要你开会。"锺书说:"我昨晚刚辞了文学所的顾问,人家会笑我'辞小就大'。"乔木同志说:"我担保给你辟谣。"锺书没什么说的,只好看老同学面上不再推辞。回家苦着脸对我诉说,我也只好笑他"这番捉将官里去也"。

我有个很奇怪的迷信,认为这是老天爷对诬陷锺书的某人开个玩笑。这个职位是他想望的,却叫一个绝不想做副院长的人当上了。世上常有这等奇事。

锺书对出国访问之类,一概推辞了。社科院曾有两次国际性的会议,一次是和美国学术代表团交流学术的会,一次是纪念鲁迅的会。这两个大会,他做了主持人。我发现锺书办事很能干。他召开半小时的小会,就解决不少问题。他主持两个大会,说话得体,也说得漂亮。

一年之后,他就向乔木同志提出辞职,说是"尸位素餐,于心不安"。乔木同志对我点着锺书说:"不著一字,尽得风流。"辞职未获批准。反正锺书也只挂个空名,照旧领研究员的工资。他没有办公室,不用秘书,有车也不坐,除非到医院看病。

三里河寓所不但宽适,环境也优美,阿瑗因这里和学校近,她的大量参考书都在我们这边,所以她也常住我们身边,只周末回婆婆家去。而女婿的工作单位就在我们附近,可常来,很方便。

十六

自从迁居三里河寓所,我们好像跋涉长途之后,终于有了一个家,我们可以安顿下来了。

我们两人每天在起居室静静地各据一书桌,静静地读书工作。我们工作之余,就在附近各处"探险",或在院子里来回散步。阿瑗回家,我们大家掏出一把又一把的"石子"把玩欣赏。阿瑗的石子最多。周奶奶也身安心闲,逐渐发福。

我们仨,却不止三人。每个人摇身一变,可变成好几个人。例如阿瑗小时才五六岁的时候,我三姐就说:"你们一家呀,圆圆头最大,锺书最小。"我的姐姐妹妹都认为三姐说得对。阿瑗长大了,会照顾我,像姐姐;会陪我,像妹妹;会管我,像妈妈。阿瑗常说:"我和爸爸最'哥们',我们是妈妈的两个顽童,爸爸还不配做我的哥哥,只配做弟弟。"我又变为最大的。锺书是我们的老师。我和阿瑗都是好学生,虽然近在咫尺,我们如有问题,问一声就能解决,可是我们决不打扰他,我们都勤查字典,到无法自己解决才发问。他可高大了。但是他穿衣吃饭,都需我们母女把他当孩子般照顾,他又很弱小。

他们两个会联成一帮向我造反,例如我出国期间,他们连床都不铺,预知我将回来,赶忙整理。我回家后,阿瑗轻声嘀咕:"狗窠真舒服。"有时他们引经据典的淘气话,我一时拐不过弯,他们得意说:"妈妈有点笨哦!"我的确是最笨的一个。我和女儿也会联成一帮,笑爸爸是色盲,只识得红、绿、黑、白四种颜色。其实锺书的审美感远比我强,但他不会正确地说出什么颜色。

我们会取笑锺书的种种笨拙。也有时我们夫妇联成一帮,说女儿是学究,是笨蛋,是傻瓜。

我们对女儿,实在很佩服。我说:"她像谁呀?"锺书说:"爱教书,像爷爷;刚正,像外公。"她在大会上发言,敢说自己的话。"大跃进"期间,她刚做助教,因参与编《英汉小词典》(商务出版),当了代表,到外地开一个极左的全国性语言学大会。有人提出凡"女"字旁的字都不能用,大群左派都响应赞成。钱瑗是最小的小鬼,她说:"那么,毛主席词'寂寞嫦娥舒广袖'怎么说呢?"这个会上被贬得一文不值的大学者如丁声树、郑易里等老先生都喜欢钱瑗。

钱瑗曾是教材评审委员会的审稿者。一次某校要找个认真的审稿者,校方把任务交给钱瑗。她像猎狗般嗅出这篇论文是抄袭。她两个指头,和锺书一模一样地摘着书页,稀里哗啦地翻书,也和锺书翻得一样快,一下子找出了抄袭的原文。

一九八七年师大英语系与英国文化委员会合作建立中英英语教学项目(TEFL),钱瑗是建立这个项目的人,也是负责人。在一般学校里,外国专家往往是权威。一次师大英语系新聘的英国专家对钱瑗说,某门课他打算如此这般教。钱瑗说不行,她指出该怎么教。那位专家不服。据阿瑗形容:"他一双碧蓝的眼睛骨碌碌地看着我,像猫。"钱瑗带他到图书室去,把他该参考的书一一拿给他看。这位专家想不到师大图书馆竟有这些高深的专著。学期终了,他到我们家来,对钱瑗说:"Yuan, you worked me hard."但是他承认"得益不浅"。师大外国专家的成绩是钱瑗评定的。

我们眼看着女儿在成长,有成就,心上得意。可是我们的

"尖兵"每天超负荷地工作——据学校的评价,她的工作量是百分之二百,我觉得还不止。她为了爱护学生,无限量地加重负担。例如学生的毕业论文,她常常改了又责令重做。我常问她:"能偷点儿懒吗?能别这么认真吗?"她总摇头。我只能暗暗地在旁心疼。

阿瑗是我生平杰作,锺书认为"可造之材",我公公心目中的"读书种子"。她上高中学背粪桶,大学下乡下厂,毕业后又下放四清,九蒸九焙,却始终只是一粒种子,只发了一点芽芽。做父母的,心上不能舒坦。

锺书的小说改为电视剧,他一下子变成了名人。许多人慕名从远地来,要求一睹钱锺书的风采。他不愿做动物园里的稀奇怪兽,我只好守住门为他挡客。

他每天要收到许多不相识者的信。我曾请教一位大作家对读者来信是否回复。据说他每天收到大量的信,怎能一一回复呢。但锺书每天第一事是写回信,他称"还债"。他下笔快,一会儿就把"债"还"清"。这是他对来信者一个礼貌性的答谢。但是债总还不清;今天还了,明天又欠。这些信也引起意外的麻烦。

他并不求名,却躲不了名人的烦扰和烦恼。假如他没有名,我们该多么清静!

人世间不会有小说或童话故事那样的结局:"从此,他们永远快快活活地一起过日子。"

人间没有单纯的快乐。快乐总夹带着烦恼和忧虑。

人间也没有永远。我们一生坎坷,暮年才有了一个可以安顿的居处。但老病相催,我们在人生道路上已走到尽头了。

周奶奶早已因病回家。锺书于一九九四年夏住进医院。我每天去看他,为他送饭,送菜,送汤汤水水。阿瑗于一九九五年冬住进医院,在西山脚下。我每晚和她通电话,每星期去看她。但医院相见,只能匆匆一面。三人分居三处,我还能做一个联络员,经常传递消息。

一九九七年早春,阿瑗去世。一九九八年岁末,锺书去世。我们三人就此失散了。就这么轻易地失散了。"世间好物不坚牢,彩云易散琉璃脆"。现在,只剩下了我一人。

我清醒地看到以前当作"我们家"的寓所,只是旅途上的客栈而已。家在哪里,我不知道。我还在寻觅归途。

附 录 一

钱瑗病中记。她患脊椎癌，住进医院时癌症已属末期，但她本人和父母都不知实情。她于一九九五年底腰痛求医，一九九六年一月住院；因脊骨一节坏死后不复有痛感，她虽然只能仰卧硬板床上，而且问病的人络绎不绝，她还偷功夫工作至阅读。十月间，她记起我曾说要记一篇《我们仨》，要求我把这题目让给她。我当然答应了。仰卧写字很困难，她却乐于以此自遣。十一月医院报病危，她还在爱惜光阴。我不忍向她实说。一九九七年二月二十六日，她写完第五篇。我劝她养病要紧，勿劳神。她实在也乏力了，就听话停笔。五天以後，她於沉睡中去世。这里发表部分草稿和一篇目录。

记事珠   余瑷

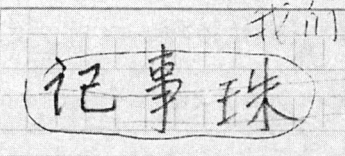

~~记得在小学学写作文时用的~~

"一寸光阴一寸金，寸金难买寸光阴。"这是上小学时，作文开头的套话。现在，活到六十岁的时候，多少也明白了这句话总结了千百年来最为大家接受的真理。人生在世，应该珍惜光阴。不久前，我因病住院，躺在床上，看着光阴随着滴。药液流走，我想着写点回忆父母如何教我的小事；①从识字到做人。也称是不敢浪费光阴的一点努力。

我们仨

目录

（一） 父亲逗我玩

（二） 母亲父亲教我读书

（三） "我们不离开中国，不愿做'白华'"

（四） 我犯"混"，大受批评

（五） 父母互相致诗——他俩喜爱的游戏

（六） 一次铭刻在心的庆祝会

（七） 我得了新的"绰号"，pedagogoose（说："你确有点此生了"）

（八）

（九）

(十)

(十一)

结构以及

(十二)

(一) 爸々逗我玩

我于1937年五月生于英国牛津，因我的哭声大，护士戏称我为"Miss Sing High"（"星海小姐"）。我〈出生〉百天随父母到法国，两岁后回国。父亲单身到内地教书，母亲则带我回到上海，她当上了一个中学校长。1941年父亲由内地辗转回到上海，我当时大约五岁。他夫々逗我玩，妈々埋他如我是"老鼠哥々同年伴"，我当然非常高兴，撒娇、"人来疯"，变得相当讨厌。

大的也要打一顿，小的也要打一顿。

爸々不仅在我脸〔用墨笔〕画胡子，还在肚上画鬼脸〈了〉。不过他的拿手戏是编顺口溜，起绰号。有一天我午睡后在大床上跳来跳去，化装号上〔形容我的样子是〕：〔糊弄抖〕"身上穿件火黄背心，面孔象只屁股〔是好话〕"我知道把我的脸比作猴子的红屁股不〔过〕，就猴咀，撑头表示抗议。他立刻把我比作猪撅咀，牛撑头，鱼蟹吐沫（鼓着腮帮子发出"pooh, pooh"的声音）。我一下子得了那么多的绰号，其实心里还是很得意的。

、蛙凸肚（凸出肚子假装生气）。

爸爸还教我说一些英语单词。、猪、猫、狗，最长的是 metaphysics（形而上学）。见还有潜力可挖，就又教我几个法语词德语单词，大都是带有屁尿的粗话，不过我当时并不知道。有朋友来时，他就要我出去卖弄。我就像八哥学舌那样回答，客人听了哈哈大笑。我以为自己很博学"……"，不免沾沾自喜，塌鼻子都翘起来了。

（四）花犯"浑"，大受批评

到清华后，我开始熟悉环境。先是到大礼堂、同方楼；后来又发现了航空馆后有几架旧废的飞机；然后来到天文台那里去"探险"；走累了，坐到荷花池边，等对面钟亭的悠悠钟声：每天定时有工人来撞一口大铜钟，以通报时辰。

走遍了校园的各个角落之后，我认定，水木清华是世界上最美丽的地方。

当然，也碰到过不顺心的事。西客厅屋前有是一块空地。有我看到此家邻有个月洞门，不觉好奇，就钻过去一探究竟。没有想到，里面又是个堂食，大师付正在杀鸡。然后就顺手扔到我家屋前的空地上。被割断喉管的鸡垂死挣扎，扑腾着翅膀、满脸被"飞"腿，凄厉的叫声令我胆战。这成了我以后领悟为什么"杀鸡"可以"儆猴"的最初实例。

到清华后，父母本打算让我上附中的初二，没有想到，按校方的新规定，我年龄不足，需降班到郑锦只的上初一。要浪费一年时间，很不值得，又见到我身体不够好，决定暂让我休学。他们当时对我的要求不高，每天练琴，每周和姐姐学点英语文法并做练习，读并译一篇英语课文。由爸爸定期检查。每天我有足够的自由支配时间。我到大楼（音乐楼）去弹琴。每月只需一元钱就可以每天练一小时。要弹多长空子，只要每天有别人空出时间，一见有人空着就去练，这样一往就多弹一到两小时。琴弹得不错乐于，把基本技巧做功课。一天我发现有几页大字没有老师批改过的笔迹，抱侥幸心理交上去，他竟居然没有察觉。到第三次，他发现了，大怒，骂我弄虚作假，是品德问题。气冲冲地把我文法书撕了，并发誓，再不教我读书。妈妈也狠狠地批评了我，责令我把书补好。这以后我倒不再犯"混"了，跟爸爸学完了初中的代数、几何、化学、物理等课程。

1952年，我考上了五一女中（即原来的贝满女中）上高一。这种"不知愁滋味"的生活也随着星移斗转而逐渐流逝了。

圆: Dear:

养病第一，好之休息，好之保养。勿劳神。

Heaps of love
mom

1997年 二月廿上日

1997. 图妈于3月四日去世。写此字之时，平躺床上刻阿波彩低勋其字写。 母记

附 录 二

上半頁我的字易辨認。"公私兼顧"起是鏡書寫的，"走筆成詩作，看不清楚，責抄一遍。

一身而三任
此事古未有
暫充兩頭蛇
莫作三頭狗（Cerberus）
不從父母誡
夫言當聽受
若還執己見
大棒叩汝首
"啊喲痛殺哉！"
要逃沒處走。

"九日"指1974年12月9日
"咱們流亡一周年"，當時住
社科院七樓西盡头一办公室。

鞠儿：

　　不知你是否通情达理，听取群众的意见（三人为众），今天乖乖在家休息。明天若多休一天，定获大效。我估计你未必听话，即使今天休息，明天仍么傻命。大雪天路滑车挤，若你仍欲"积极"，晚上挤上车直接回家吧，不要再绕道来了。早休息，我们也放心些。"公私兼顾"非高水平人不能，你无此能耐，只是"兔子萝卜一锅煮材料"而已。对了学校去充当 eager beaver, 就不必来让你 filial daughter, 还是回家你 dutiful wife 罢。去伴子平日也甚费力，病中更不宜。不发。

老爸戏话：一身兼三任，　　　Pop
若还轮巴大　此事古来未有，　Mom 字
棒吓呼首。　朝戏作西头蛇，　(Cerberus), 九日
"哎呀痛煞哉！"　暮作三头狗，　　　　　（1973年逝世
鼠逃没處去。　　莫言慈母识，　　　　　　一周年。）
　　　　　　　笑言当酷受。

阿妹：

託陳大媽送上購糧本，以便您輩買一月分好米。我家無需要，實多求爲萬希留爲要！即致

敬禮！

唐 D 同志

楊絳 不知送

外購糧本不下

此信是錢書寫的，阿奶是我們的親家媽，也即唐雲同志

阿嬷：

長遠冇見，儂好哦，府即向闢熱末西，像十四夜个月亮，大團圓則缺一眼眼，倪兩家頭搭儂開心。叫倪个奧國唔畀搋儂一塊鎢鋨（寫白字！），几个墨黑泥糰子阿辣鄉下人勿識貨！祝過節好！

也婿大寶丈
囡唔二小姐
五寶 阿憓 以及男世小囡旦冇增此

敏松

上卯日

「筆呈糊了，是寺叶走俏以一种上心不沈景否郛打牍」

钱瑗得知爸、特地坐起来为她写信，而写的字像天书，她就预先写了回信，请爸、不要劳神写信。

北京师范大学 外语系
FOREIGN LANGUAGES DEPARTMENT BEIJING NORMAL UNIVERSITY

Dear Pop, 　　　　　　七月十九日，星期五

听 mom 说，你昨天特意坐起来给我写信，我非常高兴。(信小王星期天送来) 我虽未看到信，先给您写回信。

星期一我去做了 C.T.，医生说胸水又少了，骨头的情况也有改善，不过仍不许我"轻举妄动"——不可以猛然翻身，左床乱滚。我就"文静"地移动，这也比完全仰卧不许动有很大进步。还可以侧身。

我每天晚上和 mom、老 guy 通过电话后，就看侦探小说，相当"乐乎"。

一切都好，勿念。Lots of love.
　　　　　　　　　　　Oxhead 敬上

Beijing Normal University
Beijing 100875, China

Pop 爷 收

航空 PAR AVION   牛头寄。

图：1997年新年给爸的信。"翻司法脆（face fat）脸发肥"是一句笑话书上的"洋泾浜诗"，爸常用来逗女儿的。

北京师范大学 外语系
FOREIGN LANGUAGES DEPARTMENT BEIJING NORMAL UNIVERSITY

Dear Pop:

拜年，拜年（学西藏前世活佛口气）

我没有粗笔了，只好请 mom 读给你听。

我听你要给我写信，其实可以不必有了，因为 mom 每天都与我通长电话，你的情况我都知道，我的情况她也告诉你，这样，咱们就都省事了。我现在吃得多，出得多。脸是翻句法的脸盘肥。😊 我的阿姨文化不高，不过最近她把我问倒。她问我"什么是哲学？"，"什么是散文"？我的医院里有不少你的fans 他们都祝你新年好！Oxhead. 除夕。

敬上

问候宝珍，祝她特别万事如意！

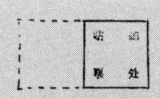

☐☐☐☐☐☐

Mom 娘 收

牛头 牛年 寄

北京师范大学
地址：北京市新街口外大街19号
电挂：8511　电话（总机）：2012288
邮政编码　100875

圆～新年给妈～信。她电话里请我代她押韵。我试改"母氏劬劳"，但嫌太文。她已满意，我也没心思再改。"牛兒不吃草"，就是不能进食了。

北京师范大学
Beijing Normal University
BEIJING 100875, CHINA

牛儿只吃草

想把娘恩报

愿采忘忧花

藉此 谢娘亲。(我母勤劳)

祝 mom 娘新年好,身体好,心情好。
打油诗"连韵也不押,但表达了我的心中
对你新年衷心的祝愿。
拜年,拜年。

丑年丑女拜年
1997,丁丑年。

"三妹"是我家阿姨，因丈夫中风，不来我家工作了。圆、很为妈、担心。

北京师范大学 外语系
FOREIGN LANGUAGES DEPARTMENT BEIJING NORMAL UNIVERSITY

Dear Mom, 这几天疾少，睡觉好，但一说话仍气短，所以电话中"拉手指头"也有些困难了。

我最近头发掉得很多，医生说是吃了克癀散的缘故。说如肯按发，就暂吃药。我想之，宁可秃（反正以没头发），还是坚持吃，你说对吗？

这一阵吃饭较好，但吃得多，就去得多。也是克癀散的"功劳"。

三妹不来，我甚不放心你，因为你了以"一套板"地炖羊肉。好了听你做各种呢，但你大约不会给他以三顿饭。所以我劝过你放慢我~~得~~的建议。你如果天天凑候，你又如何坚持下去呢？加之长了也吃不消吧。因为他还在跑胸外医院。

如方便，请找两大块三角巾（旧白布，花人棉都可）我想包个头，不让头发掉得~桃头，收拾起来很麻烦。

因此想要三滴，一只手写（邮子姨挑着点板），字不成样不知你看错出否。Lots of love   Oxhead

圆✝去世前不久，不放心妈：的一日三歺，特写信教妈、如何做简易饭食。她自己已经不能进食

圆是年三月四日去世，写此文时，平躺床上，刘阿姨持纸助其书写。　　　母识。

Dear Mom,

这次接胃管（减压哭）倒又又狠受，已罚我又来运作了。
号艺又反胀，不服排烧，困胃管伯，非主阎，不许喝水，要等良好以
反排我以对的问，依至中设估不至日给烧，何以也不好另怕好死
记得3D。昨天睡3一天，今天倒又胀，一切极以好。绝小脚胃已考
47末，送一大排盆花，就也飞'吃多'和记。

Guy本先于16秒末等及用面车代待,也一放心.
1号3到中2天5佐莱面.又以我变,1日更的.
头系期回来；并两公2十月马一十节书十南2一本+屋节面
为有的3+唇争呢.咸某是奋心.
1也大仍愈啦,1小视面让识,但好的时候.

Ahead.

艾1茅它

附 录 三

钱瑗为爸爸画像

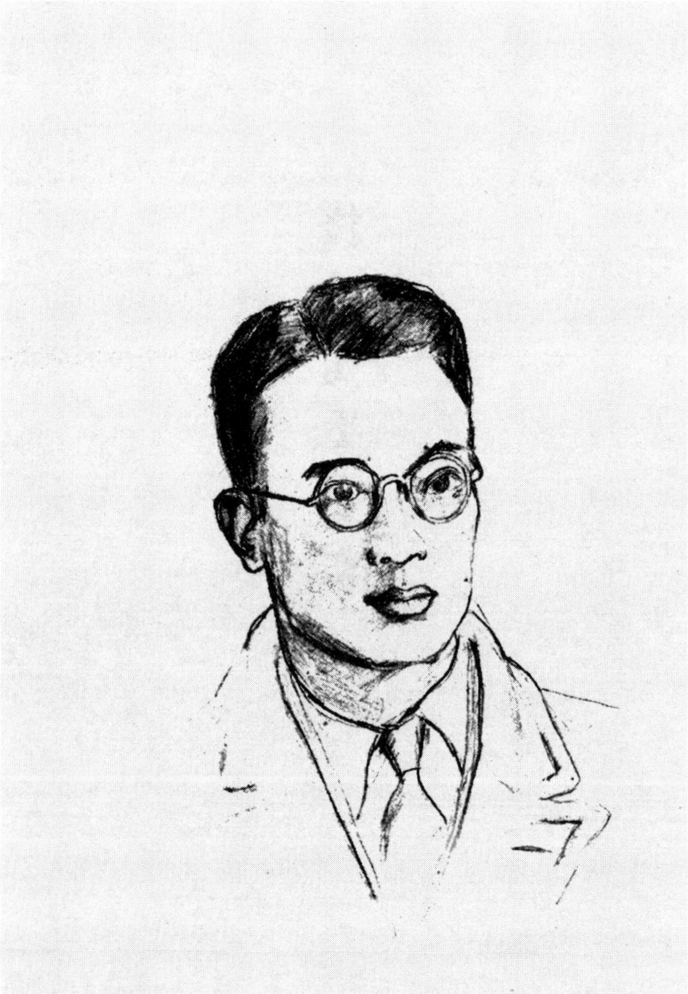

裤子太肥了!

1988.8月

爸：卧读书堆

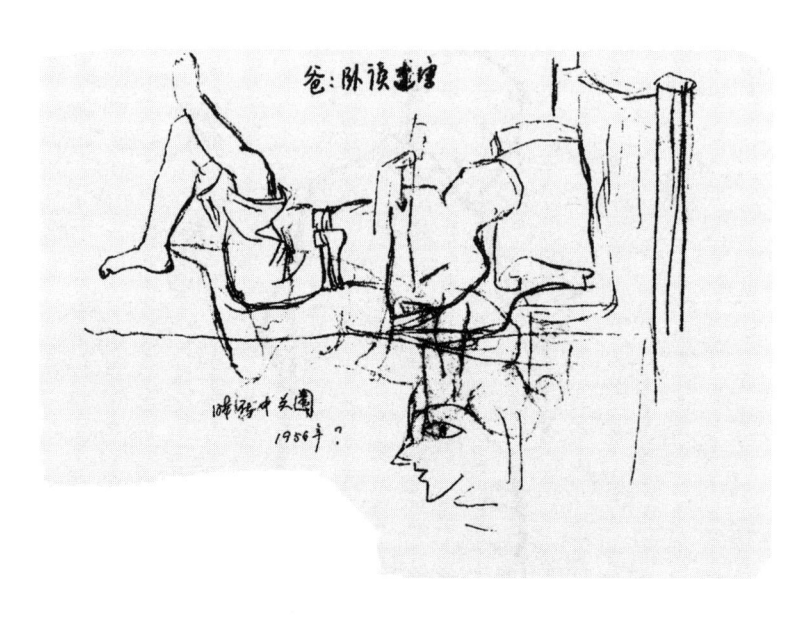

画于中关园
1956年？

1981.1.5

My father doing a major.

室内音乐

1988年3月

竹院长鲁迅读书图

永冠读正
来戴帽。

塞丑
1990,1,9日

书题为其唯一。识字，要求，先生画出来，镇镇书遣阿姨买菜，阿姨不

1. 鶏也
2. 蛋也
3. 黄瓜也
4. 東西也
5. 面包也

切片的方面包
或圆的大面包都行。

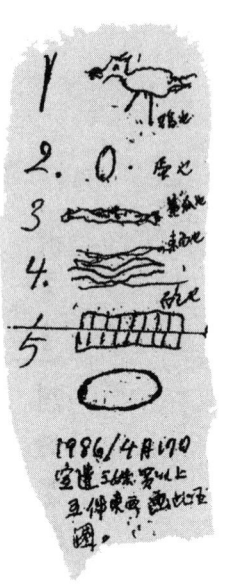

1986／4月17日
室遣56歳累以上
豆仔東西 画此上
圈。

1. 牛奶
2. 菜
3. 面包

牛奶画不出来了, 反正
阿姨肯会意

「中書君」「管城子」都是「筆」的別稱。《管錐編》「圍城」二書作者的筆名是「中書君」。——繹注

中書君即管城子
大學者兼小説家
戲贈"管"城作者
楊絳 壬申四月

走到人生边上

——自问自答

自　　序

二〇〇五年一月六日,我由医院出院,回三里河寓所。我是从医院前门出来的。如果由后门太平间出来,我就是"回家"了。

躺在医院病床上,我直在思索一个题目:《走到人生边上》。一回家,我立即动笔为这篇文章开了一个头。从此我好像着了魔,给这个题目缠住了,想不通又甩不开。我寻寻觅觅找书看,从曾经读过的中外文书籍——例如《四书》、《圣经》,到从未读过的,手边有的,或请人借的——例如美国白璧德（Irving Babbitt, 1865—1933）的作品,法国布尔热（Paul Bourget, 1852—1935）的《死亡的意义》。读书可以帮我思索,可是我这里想通了,那里又堵死了。

年纪不饶人。我又老又病又忙。我应该是最清闲的人,既不管家事,又没人需我照顾。可是老人小辈多,小辈又生小辈,好朋友的儿女又都成了小一辈的朋友。承他们经常关心,近在北京、远在国外的,过年过节,总来看望我。我虽然闭门谢客,亲近的戚友和许许多多小辈们,随时可以冲进门来。他们来,我当然高兴,但是我的清闲就保不住了。

至于病,与老年相关的就有多种,经常的是失眠、高血压、右手腱鞘炎不能写字等等。不能写字可以用脑筋,可是血压高了,失眠加剧,头晕晕的,就不能用脑筋,也不敢用脑筋,怕中风,再加外来的干扰,都得对付,还得劳心。

《走到人生边上》这个题目,偏又缠住人不放。二〇〇五年我出医院后擅自加重降压的药,效果不佳,经良医为我调整,渐渐平稳。但是我如果这天精神好,想动笔写文章,亲友忽来问好,这半天就荒废了。睡不足,勉强工作,往往写半个字,另一半就忘了,查字典吧,我普通话口音不准,往往查不到,还得动脑筋拐着弯儿找。字越写越坏。老人的字爱结成一团,字不成字,我也快有打结子的倾向了。

思路不通得换一条路再想,我如能睡个好觉,头脑清楚,我就呆呆地坐着转念头。吃也忘了,睡也忘了,一坐就是半天,往往能想通一些问题。真没想到我这一辈子,脑袋里全是想不通的问题。这篇短短的小文章,竟费了我整整两年半的时光。废稿写了一大叠,才写成了四万多字的《自问自答》。

在思索的过程中,发现几个可写散文的题目。我写下了本文的草稿,就把这几篇散文写成《注释》,因为都是注释本文的。费心的是本文,是我和自己的老、病、忙斗争中挣扎着写成的。

古罗马皇帝马可·奥勒留(Marcus Aurelius,121—180)的《自省录》是他和邻邦交战中写成的。我的《自问自答》是我和自己的老、病、忙斗争中写成的。在斗争中挣扎着写,也不容易。拉一位古代的大皇帝作陪,聊以自豪吧!

九十六岁的杨绛
二〇〇七年八月十五晚

前　　言

　　我已经走到人生的边缘边缘上,再往前去,就是"走了","去了","不在了","没有了"。中外一例,都用这种种词儿软化那个不受欢迎而无可避免的"死"字。

　　"生、老、病、死"是人生的规律,谁也逃不过。虽说:"老即是病",老人免不了还要生另外的病。能无疾而终,就是天大的幸运;或者病得干脆利索,一病就死,也都称好福气。活着的人尽管舍不得病人死,但病人死了总说"解脱了"。解脱的是谁呢?总不能说是病人的遗体吧?这个遗体也决不会走,得别人来抬,别人来埋。活着的人都祝愿死者"走好"。人都死了,谁还走呢?遗体以外还有谁呢?换句话说,我死了是我摆脱了遗体?还能走?怎么走好?走哪里去?

　　我想不明白。我对想不明白的事,往往就搁下不想了。可是我已经走到了人生边上,自己想不明白,就想问问人,而我可以问的人都已经走了。这类问题,只在内心深处自己问自己,一般是不公开讨论的。我有意无意,探问了近旁几位七十上下的朋友。朋友有亲有疏,疏的只略一探问。

　　没想到他们的回答很一致,很肯定,都说人死了就是没有了,什么都没有了。虽然各人说法不同,口气不同,他们对自己的见解都同样坚信不疑。他们都头脑清楚,都是先进知识分子。

我提的问题,他们看来压根儿不成问题。他们的见解,我简约地总结如下:

"老皇历了!以前还要做水陆道场超度亡灵呢!子子孙孙还要祭祀'作飨'呢!现在谁还迷信这一套吗?上帝已经死了。这种神神鬼鬼的话没人相信了。人死留名,雁过留声,人世间至多也只是留下些声名罢了。"

"人死了,剩下一个臭皮囊,或埋或烧,反正只配肥田了。形体已经没有了,生命还能存在吗?常言道:'人死烛灭。'蜡烛点完了,火也灭了,还剩什么呢?"

"人生一世,草生一秋。草黄了,枯了,死了。不过草有根,明年又长出来。人也一样,下一代接替上一代,代代相传吧。一个人能活几辈子吗?"

"上帝下岗了,现在是财神爷坐庄了。谁叫上帝和财神爷势不两立呢!上帝能和财神爷较量吗?人活一辈子,没钱行吗?挣钱得有权有位。争权夺位得靠钱。称王称霸只为钱。你是经济大国,国际间才站得住。没有钱,只有死路一条。咱们现在居然'穷则变,变则通了',知道最要紧的是理财。人生一世,无非挣钱、花钱、享受,死了能带走吗?"

"人死了就是没有了,什么都没有了。还有不死的灵魂吗?我压根儿没有灵魂,我生出来就是活的,就得活到死,尽管活着没意思,也无可奈何。反正好人总吃亏,坏人总占便宜。这个世界是没有公道的,不讲理的,可是有什么办法呢,什么都不由自主呀。我生来是好人,没本领做恶人,吃亏就吃亏吧。尽量做些能做的事,就算没有白活了。"

"我们这一辈人,受尽委屈、吃尽苦楚了。从古以来,多少人'搔首问青天',可是'青天',它理你吗?圣人以神道设教,'愚民'又'驭民',我们不愿再受骗了。迷信是很方便的,也顶称心。可是'人民的鸦片'毕竟是麻醉剂呀,谁愿意做'瘾君子'呢。说什么'上帝慈悲',慈悲的上帝在干什么?他是不管事还是没本领呀?这种昏聩无能的上帝,还不给看破了?上帝!哪有上帝?"

"我学的是科学。我只知道我学的这门学科。人死了到哪里去是形而上学,是哲学问题,和我无关。我只知道人死了就什么都没有了。"

他们说话的口气,比我的撮述较为委婉,却也够叫我惭愧的。老人糊涂了!但是我仔细想想,什么都不信,就保证不迷吗?他们自信不迷,可是他们的见解,究竟迷不迷呢?

第一,比喻只是比喻。比喻只有助于表达一个意思,并不能判定事物的是非虚实。"人生一世,草生一秋"只借以说明人生短暂。我们也向人祝愿"如松之寿"、"寿比南山"等等,都只是比喻罢了。

"人死烛灭"或"油干灯尽",都是用火比喻生命,油或脂等燃料比喻躯体。但另一个常用的比喻"薪尽火传"也是把火比喻生命,把木柴比喻躯体。脂、油、木柴同是燃料,同样比作躯体。但"薪尽火传"却是说明躯体消灭后,生命会附着另一个躯体继续燃烧,恰恰表达灵魂可以不死。这就明确证实比喻不能用来判断事物的真伪虚实。比喻不是论断。

第二,名与实必须界说分明。老子所谓"名可名,非常名"。如果名与实的界说不明确,思想就混乱了。例如"我没有灵魂"云云,是站不住的。人死了,灵魂是否存在是一个问题。活人有没有灵魂,不是问题,只不过"灵魂"这个名称没有定规,可有不同的名称。活着的人总有生命——不是虫蚁的生命,不是禽兽的生命,而是人的生命,我们也称"一条人命"。自称没有灵魂的人,决不肯说自己只有一条狗命。常言道:"人命大似天"或"人命关天"。人命至关重要,杀人一命,只能用自己的生命来抵偿。"一条人命"和"一个灵魂"实质上有什么区别呢?英美人称 soul,古英文称 ghost,法国人称 âme,西班牙人称 alma,辞典上都译作灵魂。灵魂不就是人的生命吗?谁能没有生命呢?

又例如"上帝"有众多名称。"上帝死了",死的是哪一门子的上帝呢?各民族、各派别的宗教,都有自己的上帝,都把自己信奉的上帝称真主,称惟一的上帝,把异教的上帝称邪神。有许多上帝有偶像,并且状貌不同。也有没有偶像的上帝。这许多既是真主,又是邪神,有偶像和无偶像的上帝,全都死了吗?

人在急难中,痛苦中,烦恼中,都会呼天、求天、问天,中外一例。上帝应该有求必应,有问必答吗?如果不应不答,就证明没有上帝吗?

耶稣受难前夕,在葡萄园里祷告了一整夜,求上帝免了他这番苦难,上帝答理了吗?但耶稣失去他的信仰了吗?

中国人绝大部分是居住农村的农民。他们的识见和城市里的先进知识分子距离很大。我曾下过乡,也曾下过干校,和他们交过朋友,能了解他们的思想感情,也能认识他们的人品性格。他们中间,当然也有高明和愚昧的区别。一般说来,他们的确思想很落后。但他们都是在大自然中生活的。他们的经历,先进的知识分子无缘经历,不能一概断为迷信。以下记录的,都是笃实诚朴的农民所讲述的亲身经历。

"我有夜眼,不爱使电棒,从年轻到现在六七十岁,惯走黑路。我个子小,力气可大,啥也不怕。有一次,我碰上'鬼打墙'了。忽然的,眼前一片漆黑,什么都看不见,只看到旁边许多小道。你要走进这些小道,会走到河里去。这个我知道。我就发话了:'不让走了吗?好,我就坐下。'我摸着一块石头就坐下了。我掏出烟袋,想抽两口烟。可是火柴划不亮,划了十好几根都不亮。碰上'鬼打墙',电棒也不亮的。我说:'好,不让走就不走,咱俩谁也不犯谁。'我就坐在那里。约莫坐了半个多时辰,那道黑墙忽然没有了。前面的路,看得清清楚楚。我就回家了。碰到'鬼打墙'就是不要乱跑。他看见你不理,没办法,只好退了。"

我认识一个二十多岁农村出身的女孩子。她曾读过我记的《遇仙记》(参看《杨绛文集》第二卷,228—233页,人民文学出版社2004年版),问我那是怎么回事。我说:"不知道,但都是实事。全宿舍的同学、老师都知道。我活到如今,从没有像那夜睡得像死人一样。"她说:"真的,有些事,说来很奇怪,我要不是亲眼看见,我决不相信。我见过鬼附在人身上。这鬼死了两三年了,死的时候四十岁。他的女儿和我同岁,也是同学。那年,挨着我家院墙北面住的女人刚做完绝育手术,身子很弱。这个男鬼就附在这女人身上,自己说'我是谁谁谁,我要见见我的家人,和他们说说话'。有人就去传话了。他家的老婆、孩子都赶来了。这鬼流着眼泪和家里人说话,声音全不像女人,很粗壮。我妈是村上的卫生员,当时还要为这女人打消炎针。我妈过来了,就掐那女人的上嘴唇——叫什么'人中'吧?可是没用。我妈硬着胆子给她打了消炎针。这鬼说:'我没让你掐着,我溜了。嫂子,我今儿晚上要来吓唬你!'我家晚上就听得哗啦啦的响,像大把沙子撒在墙上的响。响了两次。我爹就骂了:'深更半夜,闹得人不得安宁,你王八蛋!'那鬼就不闹了。我那时十几岁,记得那鬼闹了好几天,不时地附在那女人身上。大约她身子健朗了,鬼才给赶走。"

在"饿死人的年代",北京居民只知道"三年自然灾害"。十年以后,我们下放干校,才知道不是天灾。村民还不大敢说。多年后才听到村里人说:"那时候饿死了不知多少人,村村都是死人多,活人少,阳气压不住阴气,快要饿死的人往往夜里附上了鬼,又哭又说。其实他们只剩一口气了,没力气说话了。可是附上了鬼,就又哭又说,都是新饿死的人,哭着诉苦。到天亮,附上鬼的人也多半死了。"

鬼附人身的传说,我听得多了,总不大相信。但仔细想想,我们常说:"又做师娘(巫婆)又做鬼。"如果从来没有鬼附人身的事,就不会有冒充驱鬼的巫婆。所以我也相信莎士比亚的话:这个世界上,莫名其妙的事多着呢。

《左传》也记载过闹鬼的事。春秋战国时,郑国二贵胄争权。一家姓良,一家姓驷。良家的伯有骄奢无道,驷家的子晳一样骄奢,而且比伯有更强横。子晳是老二,还有个弟弟名公孙段附和二哥。子晳和伯有各不相下。子晳就叫他手下的将官驷带把伯有杀了。当时郑国贤相子产安葬了伯有。子晳擅杀伯有是犯了死罪,但郑国的国君懦弱无能,子产没能够立即执行国法。子晳随后两年里又犯了两桩死罪。子产本要按国法把他处死,但开恩让他自杀了。

伯有死后化为厉鬼,六七年间经常出现。据《左传》,"郑人相惊伯有",只要听说"伯有至矣",郑国人就吓得乱逃,又没处可逃。伯有死了六年后的二月间,有人梦见伯有身披盔甲,扬言:"三月三日,我要杀驷带。明年正月二十八日,我要杀公孙段。"那两人如期而死。郑国的人越加害怕了。子产忙为伯有平反,把他的儿子"立以为大夫,使有家庙",伯有的鬼就不再出现了。

郑子产出使晋国。晋国的官员问子产:"伯有犹能为鬼乎?"(因为他死了好多年了。)子产曰:"能。"他说:老百姓横死,鬼魂还能闹,何况伯有是贵胄的子孙,比老百姓强横。他安抚了伯有,他的鬼就不闹了。

我们称闹鬼的宅子为凶宅。钱锺书家曾租居无锡留芳声巷一个大宅子,据说是凶宅。他叔叔夜晚读书,看见一个鬼,就去打鬼,结果大病了一场。我家一九一九年从北京回无锡,为了找房子,也曾去看过那所凶宅。我记得爸爸对妈妈说:"凶宅未必有鬼,大概是房子阴暗,住了容易得病。"

但是我到过一个并不阴暗的凶宅。我上大学时,我和我的好友周芬有个同班女友是常熟人,家住常熟。一九三一年春假,她邀我们游常熟,在她家住几天。我们同班有个男同学是常熟大地主,他家刚在城里盖了新房子。我和周芬等到了常熟,他特来邀请我们三人过两天到他新居吃饭,因为他妈妈从未见过大学女生,一定要见见,酒席都定好了,请务必赏光。我们无法推辞,只好同去赴宴。

新居是簇新的房子,阳光明亮,陈设富丽。他妈妈盛装迎接。同席还有他爸爸和孪生的叔叔,相貌很相像;还有个瘦弱的嫂子带着个淘气的胖侄儿,还有个已经出嫁的妹妹。据说,那天他家正式搬入新居。那天想必是挑了"宜迁居"的黄道吉日,因为搬迁想必早已停当,不然的话,不会那么整洁。

  回校后,不记得过了多久,我又遇见这个男同学。他和我们三人都不是同系,不常见面。他见了我第一事就告诉我他们家闹鬼,闹得很凶。嫂子死了,叔叔死了,父母病了,所以赶紧逃回乡下去了。据说,那所房子的地基是公共体育场,不知道原先是处决死囚的校场。我问:"鬼怎么闹?"他说:"一到天黑,楼梯上脚步声上上下下不断,满处咳吐吵骂声,不知多少鬼呢!"我说:"你不是在家住过几晚吗?你也听到了?"他说他只住了两夜。他像他妈妈,睡得浓,只觉得城里不安静,睡不稳。春假完了就回校了。闹鬼是他嫂子听到的,先还不敢说。他叔叔也听到了。嫂子病了两天,也没发烧,无缘无故地死了。才过两天,叔叔也死了,他爹也听到闹,父母都病了。他家用男女两个用人,男的管烧饭,是老家带出来的,女的是城里雇的。女的住楼上,男的住楼下,上下两间是楼上楼下,都在房子西尽头,楼梯在东头,他们都没事。家里突然连着死了两人,棺材是老家账房雇了船送回乡的。还没办丧事,他父母都病了。体育场原是校场的消息是他妹妹的婆家传来的。他妹妹打来电话,知道父母病,特来看望。开上晚饭,父母都不想吃。他妹妹不放心,陪了一夜。他的侄儿不肯睡挪入爷爷奶奶屋的小床,一定要睡爷爷的大床。他睡爷爷脚头,梦里老说话。他妹妹和爹妈那晚都听见家里闹鬼了。他们屋里没敢关电灯。妹妹睡她妈妈脚头。到天亮,他家立即雇了船,收拾了细软逃回乡下。他们搬入新居,不过七八天吧,和我们同席吃饭而住在新居的五个人,死了两个,病了两个,不知那个淘气的胖侄儿病了没有。这位同学是谨小慎微的好学生,连党课《三民主义》都不敢逃学的,他不会撒谎胡说。

我自己家是很开明的,连灶神都不供。我家苏州的新屋落成,灶上照例有"灶君菩萨"的神龛。年终糖瓜祭灶,把灶神送上天了。过几天是"接灶"日。我爸爸说:"不接了。"爸爸认为灶神相当于"打小报告"的小人,吃了人家的糖瓜,就说人家好话。这种神,送走了正好,还接他回来干吗?家里男女用人听说灶神不接了,都骇然。可是"老爷"的话不敢不听。我家没有灶神,几十年都很平安。

可是我曾经听到开明的爸爸和我妈妈讲过一次鬼。我听大姐姐说,我的爷爷曾做过一任浙江不知什么偏僻小县的县官。那时候我大姐年幼,还不大记事。只有使她特别激动的大事才记得。那时我爸爸还在日本留学,爸爸的祖父母已经去世,大伯母一家、我妈妈和大姐姐都留在无锡,只爷爷带了奶奶一起离家上任。大姐姐记得他们坐了官船,扯着龙旗,敲锣打鼓很热闹。我听到爸爸妈妈讲,我爷爷奶奶有一天黄昏后同在一起,两人同时看见了我的太公,两人同时失声说:"爹爹喂!"但转眼就不见了。随后两人都大病,爷爷赶忙辞了官,携眷乘船回乡。下船后,我爷爷未及到家就咽了气。

这件事,想必是我奶奶讲的。两人同时得重病,我爷爷未及到家就咽了气,是过去的事实。见鬼是得病还乡的原因。我妈妈大概信了,我爸爸没有表示。

以上所说,都属"怪、力、乱、神"之类,我也并不爱谈。我原是旧社会过来的"老先生"——这是客气的称呼。实际上我是老朽了。老物陈人,思想落后是难免的。我还是晚清末代的遗老呢!

可是为"老先生"改造思想的"年轻人"如今也老了。他们的思想正确吗？他们的"不信不迷"使我很困惑。他们不是几个人。他们来自社会各界：科学界、史学界、文学界等，而他们的见解却这么一致、这么坚定，显然是代表这一时代的社会风尚，都重物质而怀疑看不见、摸不着的"形而上"境界。他们下一代的年轻人，是更加偏离"形而上"境界，也更偏重金钱和物质享受的。他们的见解是否正确，很值得仔细思考。

我试图摆脱一切成见，按照合理的规律，合乎逻辑的推理，依靠实际生活经验，自己思考。我要从平时不在意的地方，发现问题，解答问题；能证实的予以肯定，不能证实的存疑。这么一步一步自问自答，看能探索多远。好在我是一个平平常常的人，无党无派，也不是教徒，没什么条条框框干碍我思想的自由。而我所想的，只是浅显的事，不是专门之学，普通人都明白。

我正站在人生的边缘边缘上，向后看看，也向前看看。向后看，我已经活了一辈子，人生一世，为的是什么呢？我要探索人生的价值。向前看呢，我再往前去，就什么都没有了吗？当然，我的躯体火化了，没有了，我的灵魂呢？灵魂也没有了吗？有人说，灵魂来处来，去处去。哪儿来的？又回哪儿去呢？说这话的，是意味着灵魂是上帝给的，死了又回到上帝那儿去。可是上帝存在吗？灵魂不死吗？

一　神和鬼的问题

　　现在崇尚科学，时髦的口号是"上帝已经死了"。说到信念，就是唯心，也就是迷信了。唯心，可以和迷信画上等号吗？现在思想进步的人，也讲"真、善、美"。"真、善、美"看得见吗？摸得着吗？看不见、摸不着的，不是只能心里明白吗？信念是看不见的，只能领悟。从"知"到"悟"，有些距离，但并非不能逾越的，只是小小一步飞跃，认识从"量变"进而为"质变"罢了。是不是"迷"，可以笨笨实实用合理的方法和逻辑的推理来反证。比如说吧，假如我相信大自然有规律，我这点信念出于我累积的知识。我看到一代代科学家已发现了许多规律。规律可能是错误的（如早期关于天体运行的规律），可以推翻；规律可能是不全面的，可以突破，可以补充。反过来说，大自然如果没有规律，科学家又何从探索？何从发现？又何从证实呢？大自然有规律这点信念，是由知识的累积，进一步而领悟的。然后又由反证而肯定。相信大自然有规律，能说是迷信吗？是否可以肯定不是迷信呀？

　　科学愈昌明，自然界的定律也发现得愈多，愈精密。一切定律（指经过考验，全世界科学家都已承认的定律），不论是有关天文学、物理学、生物学等等，每一学科的定律，都融会贯通，互相补充，放之四海而皆准。我相信这个秩序井然的大自然，不可能是偶然，该是有规划、有主宰的吧？不然的话，怎能有这么多又普遍又永恒的定律呢？

有人说，物质在突发的运动中，动出了定律。但科学的定律是多么精确，多么一丝不苟，多么普遍一致呀！如果物质自己能动出这么精密的定律来，这物质就不是物质而有灵性了，该是成了精了。但精怪各行其道，不会动出普遍一致的定律来。大自然想必有神明的主宰，物质按他的规定运动。所以相信大自然的神明，是由累积的知识，进而成为信念，而这个信念，又经过合理的反证，好像不能推翻，只能肯定。相信大自然的神明，或神明的大自然，我觉得是合乎理性的，能说是迷信吗？

大自然的神明，或神明的大自然，按我国熟悉的称呼，就称"天"，老百姓称"老天爷"或"天老爷"，文雅些称"上天"、"天公"、"上苍"，名称不同，所指的实体都是相同的。

例如孔子曰："天何言哉？四时行焉，百物生焉，天何言哉？"（《阳货十七》）"吾谁欺，欺天乎？"（《子罕第九》）"知我者，其天乎！"（《宪问十四》）"获罪于天，无所祷也。"（《八佾第三》）"天生德于予……"（《述而第七》）以上只是略举几个《论语》里的"天"，不就是指神明的大自然或大自然的神明吗？

有人因为《论语》樊迟问知，子曰："敬鬼神而远之。"（《雍也第六》）就以为孔子对鬼神敬而远之。但孔子对鬼神并不敬而远之。《中庸》第十六章，子思转述孔子的话："鬼神之为德，其盛矣乎！视之而弗见，听之而弗闻，体物而不可遗；使天下之人齐明盛服以承祭祀，洋洋乎如在其上，如在其左右。《诗》曰：'神之格思，不可度思，矧可射思。'"又，《中庸》第一章："莫见乎隐，莫显乎微，故君子慎其独也。"

《中庸》所记的话,我按注解解释如下。第十六章说:"祭祀的时候,鬼神虽然看不见,听不见,万物都体现了神灵的存在;祭祀的时候,神灵就在你头顶上,就在你左右。"接着引用《诗经·大雅·抑》之篇:"神来了呀,神是什么模样都无从想象,我们哪敢怠慢呀。"这几句诗,表达了对神的敬畏。

《中庸》第一章里说:"最隐蔽的地方,最微小的事,最使你本相毕露;你以为独自一人的时候没人看见,就想放肆啦?小心呀!君子在独自一人的时候特别谨慎。"

读《论语》,可以看到孔子对每个门弟子都给予适当的答复。问同样的问题,从没有同样的回答。这是孔子因人施教。樊迟是个并不高明的弟子。他曾问孔子怎样种田,怎样种菜。孔子说他不如老农,不如老圃。接下说"小人哉,樊须也!"(《子路十三》)一次,樊迟问知(智)(《颜渊十二》),子曰:"知人。"樊迟不懂,问这话什么意思?孔子解释了一通。他还是不懂,私下又把夫子的解释问子夏。他大概还是没懂,又一次问知,孔子曰:"敬鬼神而远之。"这回他算是懂了吧,没再问。可是《论语》和《中庸》里所称的"鬼神",肯定所指不同。《中庸》里的"鬼神",能"敬而远之"吗?《中庸》和《论语》讲"鬼神"的话,显然是矛盾的。那么,我们相信哪一说呢?

孔子十九岁成家,二十岁生鲤,字伯鱼。伯鱼生伋,字子思。伯鱼先孔子死。据《史记·孔子世家》,伯鱼享年五十。那么,孔子已经七十岁了。而颜渊还死在他死以后,子路又死在颜渊之后,孔子享年七十三。他七十岁以后经历了那么多丧亡吗?而伯鱼几岁得子,没有记载。孔子去世时子思几岁,无从考证。反正孔子暮年丧伯鱼之后,子思是他惟一的孙儿。孔子能不教他吗？孔子想必爱重这个孙儿。他如果年岁已长，当然会跟着祖父学习。当时孔子的门弟子已有两位相当于助教的有若和曾参，称有子、曾子。子思师事曾参。如果他当时已有十五六岁，他是后辈，师事助教是理所当然。如果他还幼小，孔子一定把他托付给最信赖的弟子。

曾参显然是他最贴心的弟子。试看他们俩的谈话。孔子说："参乎！吾道一以贯之。"曾子曰："唯。"孔子走了，门人问曾子，夫子什么意思？曾子曰："夫子之道，忠恕而已矣。"（《里仁第四》）哪个门弟子能这么了解孔子呢？子思可能直接听到过祖父的教诲，也可能由曾参传授。

《论语》子贡曰："夫子之言性与天道，不可得而闻也"（《公冶长第五》）。这不过说明，孔子对有些重要的问题，不轻易和门弟子谈论。子思作《中庸》，第一章开宗明义就说："天命之谓性，率性之谓道。"这是孔子的大道理，也是他的心里话，如果不是贴心的弟子，是听不到的。子思怕祖父的心里话久而失传，所以作《中庸》。这是多么郑重的事，子思能违反祖父的心意而随意乱说吗？

"鬼神"二字，往往并称。但《中庸》所谓"鬼神"，从全篇文字和引用的诗，说的全是"神"。"洋洋乎如在其上，如在其左右"，就是《论语》"祭神如神在"的情景。所谓神，也就是《论语》里的天，也就是我所谓大自然的神明。加上子思在《中庸》里所说的话，就点染得更鲜明了。神是无所不在，无所不见，无所不知的。能"敬而远之"吗？神就在你身边，决计是躲不开的。

孔子每次答弟子的问题，总有针对性。樊迟该是喜欢谈神说鬼,就叫他"敬鬼神而远之"。这里所说的"鬼神",是鬼魅,决不是神。我国的文字往往有两字并用而一虚一实的。"鬼神"往往并用。子思在《中庸》里用的"鬼神","鬼"是陪用,"鬼"虚而"神"实。"敬鬼神而远之","神"是陪用,"神"字虚而"鬼"字实(参看《管锥编》第一册《周易正义》二一《系辞》五,93—95页,三联书店2001年版)。鬼魅宜敬而远之。几个人相聚说鬼,鬼就来了。西方成语:"说到魔鬼,魔鬼就来。"我写的《遇仙记》就是记我在这方面的经验。

我早年怕鬼,全家数我最怕鬼,却又爱面子不肯流露。爸爸看透我,笑称我"活鬼"——即胆小鬼。小妹妹杨必护我,说绛姐只是最敏感。解放后,钱锺书和我带了女儿又回清华,住新林院,与堂姊保康同宅。院系调整后,一再迁居,迁入城里。不久我生病,三姐和小妹杨必特从上海来看我。杨必曾于解放前在清华任助教,住保康姐家。我解放后又回清华时,杨必特地通知保康姐,请她把清华几处众人说鬼的地方瞒着我,免我害怕。我既已迁居城里,杨必就一一告诉我了。我知道了非常惊奇。因为凡是我感到害怕的地方,就是传说有鬼的地方。例如从新林院寓所到温德先生家,要经过横搭在上沟上的一条石板。那里是日寇屠杀大批战士或老百姓的地方。一次晚饭后我有事要到温德先生家去。锺书已调进城里,参加翻译《毛选》工作,我又责令钱瑗早睡。我独自一人,怎么也不敢过那条石板。三次鼓足勇气想冲过去,却像遇到"鬼打墙"似的,感到前面大片黑气,阻我前行,只好退回家。平时我天黑后走过网球场旁的一条小路,总觉寒凛凛地害怕,据说道旁老树上曾吊死过人。据说苏州庙堂巷老家有几处我特别害怕,都是用人们说神说鬼的地方。

我相信看不见的东西未必不存在。城里人太多了,鬼已无处可留。农村常见鬼,乡人确多迷信,未必都可信。但看不见的,未必都子虚乌有。有人不信鬼(我爸爸就不信鬼),有人不怕鬼(锺书和钱瑗从来不怕鬼)。但是谁也不能证实人世间没有鬼。因为"没有"无从证实;证实"有",倒好说。我本人只是怕鬼,并不敢断言自己害怕的是否实在,也许我只是迷信。但是我相信,我们不能因为看不见而断为不存在。这话该不属迷信吧?

有人说,我们的亲人,去世后不再回家,不就证明鬼是没有的吗?我认为,身后的事,无由得知,我的自问自答,只限于今生今世。

二　有关人的问题

有关人的问题,我不妨从最亲切、最贴身的"我"问起,就发现一连串平时没想到的问题。

"我",当然不指我个人,"我"是一切人的代名词。如问"我"是谁?答"我"是人——人世间每个具体的人。每个具体的人,统称人。这是一个抽象的代名词。具体各别的人,数说不尽,我们只用一个抽象的"人"字,代表一切具体的人。我经常受到批判:"只有具体的人,没有抽象的人,单用一个'人'字,是抹杀了人的阶级性。"抽象的代名词,当然不是具体的人,但每个自称"我"的人,都是具体的人,不同阶级,不同职业,不同区域,不同时代的一个个具体的人,都自称"我",所以可以说:"我"是人——人世间每一个具体的人。

一　人有灵魂

我首先要说,人有灵魂。每个人都有一个身体,而身体具有生命,称灵魂。灵魂是看不见的,但身体有没有生命却显而易见。死尸和活人的区别看得出,摸得着。所以每个活着的人,有肉体,也具有生命。上文已经说过,人的生命不是草木、虫蚁的生命,也不是禽兽的生命,我们称一条人命或一个灵魂;名称不同而所指同是人的生命。下文我避免用"一条人命"而采用"一个灵魂",因为在我国文字里,"命"字有两重意义。生命(life)称命;命运(fate)也称命,例如"薄命""贫贱命""命大""生死有命"等。同一个字而所指不同,在思维的过程中容易引起混乱,导致错误。灵魂是否不灭,可以是问题;而活着的人都有生命或灵魂,是不成问题的。可以肯定说:人有两部分,一是看得见的身体,一是看不见的灵魂。这不是迷信,是不可否认的事实。

二 人有个性

人的体质不同,性情各别。古希腊医学家认为人的性情取决于这人身体里某种液体的过剩。人的个性分四种类型:多血的性情活泼,多痰的性情滞缓,多黄胆汁的易怒,多黑胆汁的忧郁。欧洲人一直沿用这种分类。我们所谓"个性",也称"性子",也称"脾气"。活泼的我们称外向,滞缓的我们称慢性子,易怒的称急性子或脾气躁,忧郁的称内向。不过这种分类,只是粗粗地归纳,没多大意义,因为每一种类型包含许多不同的性情呢。急性子有豪爽的,敏捷的,冒失的,也有粗暴的。慢性子有沉静的,稳重的,死板的,也有傻呆的。反正性情脾气各人各样,而且各种类型的区别,也不能一刀切。有人内向,同时又是慢性子或急性子。我只求说明:体质不同,性情各别。老话:一棵树上的叶子叶叶不同,人性之不同各如其面。按脑科专家的定论,各人的脑子,各不相同。常言道:一个人,一个性;十个人,十个性。即使是同胞双生,面貌很相似,性情却迥不相同。

个性是天生的,到老不变。有修养的人可以约束自己。可是天生的急性子不能约束成慢性子;慢性子也不能修养成急性子。婴儿初生,啼声里就带出他的个性。急性子哭声躁急,慢性子哭声悠缓。从生到死,个性不变。老话:"从小看看,到老一半";"江山易改,本性难移";"七十二变,本性难变"。塞万提斯在他名著《堂吉诃德》里多次说:老话成语,是人类数千年智慧的结晶。韩非子说:"古无虚谚。"(《管锥编》第一册下,716页,三联书店2001年版)他们的话确是不错的。

我曾当过三年小学教员,专教初小一、二年级。我的学生都是穷人家孩子,很野,也很难管。我发现小学生像《太平广记》、《夷坚志》等神怪小说里的精怪,叫出他的名字,他就降伏了。如称"小朋友",他觉得与他无关。所以我有必要记住每个学生的姓名。全班约四十人。我在排座位时自己画个座位图,记上各人的姓名。上第一堂课,记住第一批姓名。上第二堂课,记住第二批姓名。上第三堂课,全班的姓名都记熟。第一批记住的是最淘气或最乖、最可爱、最伶俐的,一般是个性最鲜明的。最聪明的孩子,往往在第二批里,因为聪明孩子较深沉,不外露。末一批里,个性最模糊,一时分不清谁是谁,往往是班上最混沌的。

我班上秩序最好。如有新来的教师管不了最低班,主任就央我换教低班,不照例随级上升。所以我记住姓名的学生很多很多。三年共六个学期,我教过三四班新生,从未见到个性相同的学生。

每个人天生有个性,个性一辈子不变,这是可以证实的。天地生人,人多得不可胜数。但所有的人指纹不同,笔迹不同,也是个性不同的旁证。

三　人有本性

1　本性的意义

人有本性，指全人类共有的本性，而且是全人类所特有的。猫有猫性，狗有狗性，牛有牛性，狼有狼性，人也该有人性。人性是全人类所共有，同时也是全人类所特有的。不分贫富尊卑、上智下愚，只要是人而不是禽兽，普遍都有同样的人性。

2　什么是人的本性？

(1) **"食色性也"**，不是指人的本性吗？用"色"字就显然指人而不指禽兽。因为禽兽称"发情"（性欲发动），不称"好色"。每个人都有肉体。有肉体就和其他动物同样有兽性。不过人的兽性和其他动物不一样。禽兽发情有季节，发情是为了繁育后代。人类好色是不分季节的，而且没个餍足。有三宫六院的帝王还自称"寡人好色"哩。禽兽掠食只求餍足，掠食是为了保全生命。人的食欲却不仅仅是图生存，还图享受。人不仅要吃饱，还讲究美食。孔子不是说"食不厌精，脍不厌细"吗（《乡党第十》）？食与色，人之大欲，但人之大欲，不仅仅是为了自身和后代的生存，还都图享受呢。

(2) **灵性良心**。禽兽的天性不仅有食欲、性欲。禽兽都有良知良能，连虫蚁也有，例如蚂蚁做窠、蜂酿蜜、鹊营巢、犬守门，且忠于主人。人当然也有良知良能，不输禽兽虫蚁，而超越禽兽虫蚁。

我国孔孟之道,主张人性本善。孟子说:"人之所不学而能者,其良能也。所不虑而知者,其良知也。"注解说:"良者,本然之善也。"就是说,不由人为,天生就是好的(《孟子·尽心》)。注解的解释,不如《孟子·告子》一章里讲得具体。孟子说:恻隐之心,羞恶之心,恭敬之心,是非之心,都是每个人都有的。人有恻隐、羞恶、恭敬、是非之心,就表示人有仁、义、礼、智等美德。这都不是外加的,而是原来就有的。接下来,孟子引《诗经·大雅·烝民》之篇:"天生烝民,有物有则,民之秉彝,好是懿德。"孔子称赞这首诗:"为此诗者,其知道乎?……民之秉彝也(就是说,这种美德是人性本来就有的),故好是懿德(就是说,所以爱这种美德)。"《孟子》下文把恻隐之心、羞恶之心等等"仁义之心"称为"良心"。并着重指出,人性中原本有"良心",如果不保住"良心",而随它消失,"放其良心者……则其违禽兽不远矣。……"孔子曰:"操则存,舍则亡。……"注:操之则在此,舍之则失去。

从孔子、孟子的理论里,我们可以看到,人类不仅有良知良能,而且超越禽兽,还有良心。良心就是恻隐之心、羞恶之心等等仁义之心。人性中天生有仁义礼智等道德心,称良心。如果不能保住良心,随它消失,就和禽兽一样了。(荀子认为人性本恶,这里暂且不谈,留待下文。)

西方人把"良知良能"称"本能"或"本性"或"天性",而"良心"亦称"道德心"。就是说,每个人天生懂得是非、善恶等道德价值或标准,而在良心的督促下,很自然地追求真理,追求完善,努力按照良心上的道德标准为人行事。假如该做的不做,或做了不该做的事,就受到良心的谴责,内疚负愧(参见西方辞典上instinct 和 conscience 条)。我嫌这一堆解释太啰嗦,试图用一个融合中外而明白易晓的词儿,概括以上一大堆解释。禽兽都有良知良能。人的良知良能与禽兽不同而超越禽兽,我就称为"灵性、良心"。"灵性",是识别是非、善恶、美丑等道德标准的本能;"良心"是鼓动并督促为人行事都遵守上述道德标准的道德心。"灵性良心"是并存的,结合"知"与"行"两者。

下文我就使用"灵性良心"来代表人的良知良能了,并且也不用引号了。这是人所共有而又是人所特有的本性。凡是人,不论贫富尊卑、上智下愚,都有灵性良心。贫贱的人,道德品质绝不输富贵的人。愚笨的人也不输聪明人,他们同样识得是非,懂得好歹。我认识好几个一介不取于人而对钱财十分淡漠的人,他们都是极贫极贱,毫无学识的人。昧了良心,为名为利而为非作歹的,聪明人倒比愚人多。务农的人往往比经商的老实。据农村的人说,山里人最浑朴善良。乡里人和山里人,并未受到特殊的教育,只是本性未受污损。他们认为人愈奸,心愈黑,愈得意发财。当然这也不能一概而论,但不分贫贱尊卑、上智下愚,都有灵性良心是肯定的。我不妨从亲身经历中,拈出一两个实例。

我家曾收留过弱智低能的一男一女,都和我家门房同乡,都没有名字。我妈妈为男的取名阿福,我们姊妹为女的取名阿灵。阿福大约十四五岁,模样只像八九岁的儿童。他得了好的东西都要留给他娘,我妈妈总说阿福有良心。门房有一整套小型木匠用具。阿福并没人教,却会找些木板,锯呀、刨呀,把木板制成各式匣子,比猴子灵得多。后来他攒了钱被人骗走,离了我家,后悔不及,得了神经病,正也证明他是有灵性良心的。阿灵比阿福笨得多,数数只能数到二。她睡觉压死了自己的头胎儿子,气得她的公婆、丈夫见了她就毒打。她自己觉得挨打是活该,毫无怨尤。家务事她啥也不会,我家女佣们一件件教她,她乖乖地学,渐渐能从二数到五、六、七,家务事也学会不少。一两年后,她丈夫来接她回去,她欢天喜地,跟着回家了。如果是畜类,看见毒打它的人,不会欢天喜地。她是有灵性良心的。阿福、阿灵都是下愚中的下愚,但毕竟是人,不是畜类。这两个实例,只说明下愚的下愚,也有人性。阿灵比阿福笨,已接近畜类,比聪明的猫狗还不如,但他们毕竟是人。有很多聪明的父母,会生下全无智力的痴呆儿女;很聪明的姊妹兄弟间,会夹杂一个痴呆。这是父母最揪心的事。我认识好几个有痴呆子女的妈妈。社会上有专收养痴呆的机构。有一个生了痴呆儿子的妈妈告诉我:"送他到那里去,他也依依不舍地挨着我,不愿离开妈妈。可是他会把自己的大便送进嘴里吃,我实在看不过,只好硬硬心把他送走。"另一个生了痴呆儿子的妈妈,不忍把痴呆儿子送入专管痴呆的地方,只把他寄养在乡间亲戚家,也有留在家里的。这种孩子一般只能活到八岁或十一岁左右,便夭折了。父母看他们活着也伤心,死也伤心,因为毕竟是自己生的儿女啊。但他们虽具人形,却是没有长成的人,相当于未成品,不能指望他们有灵性了。其中也有长大成人的,我曾见过两人,但不是朝夕相处,不熟悉。看来他们和阿福、阿灵相似,都善良,和家人亲善,对外人也无恶意,也有或多或少的智力。在人与畜类的分界线上,得容许有些许混淆不分处吧?

我们也常说猫狗等畜类有灵性、有良心。但畜类的灵性,总和它本性相属,也受它本性的限制。我见过一只特灵的狗,是我上大学时期一位教师的伴侣。它只要听到主人一声口哨,立即奔向主人。一次这位教师和同事十来个人一起出差,刚离开苏州,就得急病死了。这只狗当夜长嚎,凄厉如哭。大家说这是狗哭呀,会死人的。当时这位教师去世的消息还没传到呢。狗连夜哭,滴水不入口,没几天就饿死了。大家诧异说:这狗是不是知道主人死了呢?这狗真忠心呀!但忠于主人是狗的本性,俗称"犬马之忠"。犬马救主的传说不少,某地还有一座"义犬冢"呢,笔记小说上都有记载。但是为狗立冢的是人,不是狗;称扬"犬马之忠"的也是人,不是狗。狗嗅觉灵敏远胜于人,能做人类所不能的事,但狗只是人所豢养、人所使用的牲畜。

我们会诧异某人毫无良心,说:"这家伙的良心给狼吃了!"小时候,妈妈会责骂我们孩子"没灵性!青肚皮猢狲!"这都说明,有灵性有良心是人所特有而且普遍共有的本性。凡是人,除了未成人的痴呆,虽属下愚,也都有这点本性。

3 每个人具有双重本性

人是灵魂与肉体的结合,灵与肉各有各的本性。"食色性也"是人的本性,灵性良心也是人的本性。这两重本性是矛盾的,不相容的。我们可以从日常生活中看到这两种不相容的本性。

初生的婴儿只要吃足奶,拉了屎,撒了尿,换上干净的尿布,就很满足地躺在床铺上,啃着自己的拳头或脚趾,自说自讲,或和旁边的亲人有说有讲,尽管说的话谁也不懂,婴儿纯是一团和爱。初生的婴儿还不会笑,但梦里会笑,法国人称"天使的微笑",做妈妈的多半见过,是无法形容的宁静甜美。以后婴儿能笑了,但不能笑出"天使的微笑"了。不过婴儿的笑总是可爱又令人快乐的。婴儿渐渐长大,能听懂大人的赞许,也会划手划脚表示欢欣;假如听到大人责骂,也会哭,或忍住不哭,嘴巴瘪呀瘪地表示委屈或无奈。一岁左右,都懂事了,不会说也会嗯嗯地比着指着示意。会说话了,会叫爸爸妈妈等亲人了,这时什么都懂,什么都学。小娃娃最令人感到他有灵性良心。他知好歹,识是非,要好。他们还没有代表个人意识的"自我"(self)。小娃娃都不会自称"我"。大人怎么称呼他,如"宝宝""娃娃""毛毛""臭臭"之类,他们知道指的就是他们,就自称"宝宝""娃娃""毛毛""臭臭",还要加上一个"乖";尽管"乖"字还不会说,咬着舌子也要自称"乖"。我认识亲友家不知多少"乖宝宝"或"乖毛毛"等娃娃呢。有人说,要好不是天性,是妈妈教的。小娃娃怎么教呀?无非说:孩子要乖啊,要听话啊。他们觉得这就是好。小娃娃都要求好,长大了才懂得犟,长大了才有逆反心理呢。天真未凿的婴儿,是所谓"赤子"——"大人者,不失其赤子之心者也"的"赤子"。婴儿都是善良的。有凶恶的婴儿吗?只有爱哭爱闹而惹人烦心的娃娃。那是因为身体不舒服。婴儿没有凶恶的。但婴儿期很短,赤子之心很快就会消失。

小孩子渐渐成长,渐渐不乖,随着身体的发育,个性也增强,食欲也增强。孩子到了能吃糕饼的时期,就嘴馋,爱吃的东西吃个没完。个性和善的,还肯听大人的劝阻,倔强的,会哭哭闹闹争食。父母出于爱怜,往往纵容。孩子吃伤了,肚子疼了,就得吃苦药。生病吃药都是苦恼的,聪明孩子或乖孩子会记住,就肯听话克制自己。食欲强而任性的孩子,就得大人把好吃的东西藏起来。一般孩子,越大越贪吃,越大越自私,甚至只要自己吃,不让别人吃。但两岁三岁,还是孩子最可爱的时期,四岁五岁就开始讨厌了。我们家乡有几句老话:"三克气(可爱),四有趣,五讨厌,六滞气(可厌),七岁八岁饶两年——或七岁八岁,猫也讨厌,狗也讨厌。"说的是虚岁。每个地方,都有类似的老话,因为这是普遍的情况,孩子越大越讨厌。为什么呢?

孩子的身体渐渐发育,虽然远未成熟,已能独立行动,能跑、能跳、能奔、能蹦。这个时期,孩子的"自我"冒出来了。孩子开始不乖的时候,还觉得自己应该乖;人家说他不乖,还觉得没趣或心虚。可是刚冒出头的"我",自我感觉良好,一心只想突出自己。"人来疯"不就是要招人注意吗?

孩子好争强,爱卖弄,会吹牛,会撒谎。孩子贪吃争食,还会抢,还会偷,还会打骂吵架,欺负弱小。

孩子五六岁,早熟的,性欲也在觉醒。欲念愈多,身体的兽性愈强。西方人说,人有七大罪恶:骄傲、贪婪、淫邪、愤怒、贪食、嫉妒、懒惰。这七种罪恶,也包含了佛家所谓贪、嗔、痴。这种种罪恶,都植根于人的血肉之躯。孩子开始有"我",各种罪恶都渐渐露出苗头来。

自高自大,争强好胜,就导致骄傲。要这要那,不论吃的、穿的、用的都要,就是贪婪。淫邪也就是佛家所谓"六欲",指容色、体态的娇美,巧言娇笑的姿媚,以及皮肤细腻柔滑等所挑逗的情欲。传说小和尚随老和尚第一次下山,看见了女人,问这是什么东西。老和尚说,这是老虎,要吃人的。但小和尚上山后,别的不想,只想老虎。"沙弥思老虎"就是现成的例子。欲望受阻,不就激发恼怒或愤恨吗?贪吃不用说,哪个健康的孩子不贪吃呢？嫉妒也是常情，我不如人，我就嫉妒他。懒惰也是天生的，勤快需自己努力，一放松就懒了。

每一种罪恶都引发另一种或多种罪恶。譬如我骄傲，就容不得别人比我强；我胜不过他，就嫉妒他。嫉妒人，妒火中烧，自己也不好受。一旦看到我嫉妒的人遭遇不幸，不免幸灾乐祸。妒引起恨，恨他就想害他，要害人就不择手段了。这样一连串地由一个恶念会产生种种恶念。例如贪吃贪懒，就饱暖思淫。这时期的孩子，可说"众恶皆备于我矣"。

这里就要谈谈荀子"性恶论"。荀子认为人性本恶，善者伪也。据荀子《性恶》："不可学，不可事而在人者，谓之性。可学而能，可事而成之在人者，谓之伪。"第一句说明"性"不是学来的，而是天生的。这话正可解释婴儿有灵性良心是婴儿的本性，是天生的。第二句说明：人能学，也能学好；这就是伪。"伪"指人为，不是虚伪。荀子认为人性本恶，要努力学好，才成好人。这确也是实情。但是人之初，性本善；人的劣根性是婴儿失去赤子之心以后，身体里的劣根性渐渐发展出来的。他说人性本恶，是忽略了人的婴儿阶段。忽略了最初的婴儿阶段，就否定了人的本性，也否定了他自己肯定的"不可学，不可事而在人者，谓之性"（这就是说，性是天生的）。"本性难移"是我们已经肯定的。如果本性恶，就改不好。人原先本性是好的，劣根性发展后变坏了，经过努力，还能改好。如本性是恶的，就改不好了。

我曾读到一则真实的记事。某英国人驯养了一头小老虎。老虎养大了，仍像猫狗似的跟在身边，和他很亲昵。一次，他睡熟了，老虎在旁舔他的手，表示亲爱。舔着舔着，舔出血来了。老虎舔到血腥，本性发作，把他的手咬来吃了。"本性难移"是不错的。能由人力改造自己，也说明人性本善，才改得好。荀子性恶之说是不全面的，有缺点的。但他说"善者伪也"，还得承认，人性本善，才学得好；否则荀子也难于自圆其说了。

一般五六岁的孩子都上幼儿班了。在家有家长管教，在学校由老师管教，同学间也互相竞赛、互相督促、勉励。在家娇惯的孩子，在学校就争取做好学生了。孩子到了九岁、十岁，渐渐会改好。

小孩子自己也会管自己。例如小孩子怕吃苦药、怕打针。可是他们很有灵性，也懂道理。如果给他们讲明得吃药、得打针的道理，有的孩子就能吃苦药，也能忍痛，尽管噙着眼泪，撇着小嘴要哭，也能在大人的鼓励下，说"不苦""不痛"或"不怕"。有的小孩尽管事先和他讲明道理，事到临头，就哭闹着不肯承受了，得大人捉住胳臂打针，捏着鼻子灌药。因为个性不同，而孩子的克制功夫也强弱不同。

孩子接受家里的管教，接受学校里师长同学的熏陶，再加自己有灵性良心，能管制自己，以前在纵容下养成的种种劣根性，会有所改善。如果顽劣不受管教，或亲人一味纵容，这孩子会变成坏孩子。坏孩子多半是十六七岁的未成年人。他们先是逃学，结交坏朋友，结成一伙，殴斗闯祸，无所不为，成了不受管教的坏孩子。这就是所谓"性相近也，习相远也"。不管不教，纵容放任，使未成年的苗子成了坏人。如果他幡然觉悟，仍然可以成为好人；而迷途知返，会比一般唯唯诺诺的人更好，所谓"浪子回头金不换"。西方人也说：浪子回家，该宰了肥牛款待。这是人的灵性良心，战胜了一己的私欲。

人，一方面有灵性良心，一方面又有个血肉之躯。灵性良心属于灵,"食色性也"属于肉,灵与肉是不和谐的。

  不和谐的两方,必然引起矛盾。有矛盾必有斗争,有斗争必有胜负。胜者或是消灭对方,或是制服对方,又形成统一。斗争可以不断,但矛盾必求统一。统一之后的"我",又成了什么面貌呢?这不是三言两语所能说明的。怎么斗,怎么统一,都值得另立专题,仔细探讨。

三 灵与肉的斗争和统一

一 灵与肉既有矛盾,必有斗争;
经过斗争,必有统一

1 斗争的双方

观察灵与肉的斗争,首先当分清双方阵容。

(1)一方面是肉体

肉体方面,我们往往只说"食色性也",而忘了身躯的顶端,还有一个脑袋呢!这颗脑袋是身躯的重要部分,不容忽视。要明了人性内部的灵肉之争,就得对这部分躯体,有点儿基本的科学知识。

我们向来以为心是管思想的,我国一切有关思想的字,都带一个"心"字。"心之官则思"。其实心脏只管身体的血液循环,管肺部的呼吸。左右上下四个心室,哪一室都不管思想。古埃及人也以为思想的是心,所以他们在保存尸体的时候,首先把生前无用而死后易腐的脑子挖掉。木乃伊是没有脑子的。古希腊人把思维归属头脑,把感情归属心,对了一半,错了一半。思想、感情、记忆、判断等,都靠脑子。脑子是一个非常精致而复杂的器官。

以下是撮述有名的美国《国家地理杂志》(National Geographic)二〇〇五年三月期里专论大脑的一节。我称基本知识,因为都是权威专家的定论了。

胎儿在母体四个星期后,母体每分钟产生五十万脑细胞。几星期后,脑细胞都聚集胎儿头部,三个月到六个月期间,脑细胞开始长出触须。一秒钟长两百万。触须互相联系成网络。胎儿不需要那么多脑细胞,所以胎儿出生前数星期间,过剩的脑细胞就按达尔文"适者生存"的规律淘汰了。胎儿出生时,对妈妈的声音已听惯了。胎儿在羊水里吸取妈妈的营养,所以对妈妈的口味也熟悉。各种感官,在大脑上各有划定的区域,各有名称。发明这一区界线的是哪位权威专家,他(她)的名字就是这一专区的名字。假如专管视觉的脑区有病——例如生了肿瘤,眼科医生在脑部动手术,只能在专管眼神经的区域动手术。如稍一不慎,侵入邻区,就把邻区所主管的器官损坏了。五官中发育最晚的是视觉。但胎儿出生两天后就认识妈妈。以后十八个月里,婴儿的头脑,好比浸泡在种种感觉里,从中汲取知识。一岁半的孩子,什么都学,什么都懂,是最可爱也最有趣的时期。

婴儿没有自我。他们的自我还没有产生呢。"自我"的意识,是在前额延伸至两耳的大脑皮层产生的。但"自我"在脑子里没有独自的领域,只在各种感觉的交流中逐渐形成,而且要在两岁以后才开始发展。发展的时期各人不同,都是逐渐成熟的。

记忆的细胞深藏在大脑的"海马区"(hippo-campus)内。这个"海马区",在婴儿四岁时才成熟。所以婴儿四岁才记事。但早年的事也不是全不记得。大脑深处另有一个核状体(amygdala），在婴儿刚出生就起作用，能感受强烈的感情。婴儿出生后如果受到感情强烈的刺激，以后会在不知不觉中影响这孩子的感情和行为。

孩子在逐渐成长的过程中，脑子各区的生长发育各各不同。青春期之前，脑子的灰白质又会有突然的增长。成熟最晚的是前额的大脑皮层，人到二十五岁才算成熟。这个部分，决定我们的选择去取，策划未来，管制行为。这就是说，人的智力，要到二十五岁才开始成熟。

脑子成熟以后还在生长，还在改造，还能重组头脑。人生一世间，头脑直在不断地改造，老人的头脑也直在推陈出新。

以上种种专家的定论，和我们实际生活里能观察到的情况，都不谋而合。例如婴儿不自称"我"，一岁半最有趣懂事，三四岁起开始有"我"（自我意识）等等。

脑子是感觉的中枢，脑科专家比作电脑的因特网。肉体各种感官感受到的种种感觉，形成各种情感和或强或弱的智力。强烈的情感，无论是喜、怒、哀、乐、爱、恶、惧七情中的哪一种，都要求满足或发泄，都和食、色一样不能压抑。而头脑里的智力，即使是开始成熟的智力，也不是人性中的灵性良心。头脑里的智力，首先是回护肉体。智力和感情同在一个躯体之内，是一帮的，总回护自己的感情，替感情想出种种歪理。有修养的人，能喜怒不形于色。但不形于色，未必喜怒不影响他的判断选择。要等感情得到了相当的满足或发泄，平静下来，智力才不受感情的驱使。

（2）另一方面是灵性良心

灵性良心是人的本性，不依仗本性以外的任何支持。灵性良心不争不斗,只是屹立不动。灵性良心如日月之光,暂时会被云雾遮没,云消雾散之后,依然光明澄澈。肉的力量很强大,而灵的力量也不弱。

(3)**在灵与肉的斗争中,灵魂在哪一面?**

我最初认为灵魂当然在灵的一面。可是仔细思考之后,很惊讶地发现,灵魂原来在肉的一面。

每个人具有一个附有灵魂的肉体。没有灵魂,肉体是死尸。死尸没有欲念,活人才要这要那。死尸没有知觉,没有感情,没有智力。死尸不会享受,压根儿不会斗争。灵魂附上肉体,结合为一,和肉体一同感受,一同有欲念,一同享受,一同放纵。除非像柏拉图对真正的哲学家所要求的那样,灵魂能"凝静自守,处于死的状态",才不受肉体的干扰。但是活着的人,谁能让灵魂处于死的状态呢?我们的灵魂和肉体贴合成一体,拧成一股,拆不开,割不断。一旦分开,人就死了。灵魂要脱离肉体,那个肉体想必不好受。英国十八世纪的约翰生博士是最通达人情的。他说得妙:这么多的诗人文人作诗写文章表示死并不可怕,正好说明死是可怕的。我们得承认灵魂和肉体是难分难舍的一体。在灵与肉的斗争中,灵魂和肉体是一伙,自称"我"。灵性良心是斗争的对方,是"我"的敌对面。

灵魂虽然带上一个"灵"字,并不灵,只是一条人命罢了。在灵与肉的斗争中,灵魂显然是在肉体的一面。这是肯定又肯定的。

2 灵与肉怎样斗

肉体的一面自称"我"。这个"我",有无穷的欲念,要吃好的,要喝好的,要讲究衣着,要居处舒适,要游玩嬉戏,要恋爱,又喜新厌旧,要恣意享受,纵情逞欲,没个餍足。人的灵性良心却时时刻刻在管制自己的肉体,不该要这要那,不该纵欲放肆,这事不该做,那事不合适。"我"如果听受管制,就超越了原先的"我"而成了另一个"我"。原先的"我"是代表肉体的"我",称"小我"。超越了肉体的"我"称"大我"或"超我"。这个"大我"或"超我"就是斗争统一以后的另一个面貌。

从前《伦理学》或哲学教科书上都有"小我"、"大我"之称。据十九世纪八九十年代的心理哲学家弗洛伊德(Sigmund Freud,1856—1939)的学识,人的心理结构分为三个部分:"本我"、"自我"和"超我"。"本我"是生理的、本能的、无意识的东西,缺乏逻辑性,只是追求满足,无视社会价值。这个"我",恰恰相当于上文的"小我"。"自我"是理性的,通达事理的,与激情的"本我"相对,是可以控制的。"超我"负有监督"本我"的使命,有道德良心、负罪感,具有自我观察、为自我规划理想的功能。这第二、第三个"我",恰恰就是我所说的听受灵性良心管制的"我",也就是上文所称"大我"或"超我"(参看《弗洛伊德的智慧》第一章,1页,中国电影出版社2005年版)。

弗洛伊德的分析是专门之学,我这里只用来解释我们通用的"大我"、"小我",同时也证明我采用"灵性良心"之称,和他的理论正也合拍。下文我仍用"小我"、"大我"或"超我",免得弗洛伊德所使用的许多名称,干扰本文的思路。

孔子曰"已矣乎,吾未见能见其过而内自讼者也"(《公冶长第五》)。"内自讼"就是灵与肉的斗争,通常称"天人交战",也就是"小我"与"大我"的斗争。斗争在内心,当着孔夫子,当然不敢暴露了。

我倒是有缘见过一瞥。一九三八年,我自海外来到上海的"孤岛",我的两个女友邀我同上馆子吃晚饭。我们下了公交车还要跨越四马路,恰逢"野鸡"拉客。一个个浓施脂粉的"野鸡"由鸨母押着在马路边上拉客。穿长衫或西装的她们不拉,只喊"来嘘！嘘！"有的过客不待拉,看中一个"野鸡",跟着就走。我看见一个穿粗布短褂的小伙子,一望而知是初到上海的乡下佬。"野鸡"和老鸨拉住死拽。我看见那小伙子在"天人交战"。他忽也看见我在看他,脸上露出尴尬的似笑非笑。当时我被两位女友挟持着急急前行,只看到那一瞥,不过我已拿定那小伙子的灵性良心是输定了。

二　灵与肉的统一

肉体的欲望,和人性里的灵性良心是不一致的。同在一个躯体之内,矛盾不得解决,会导致精神分裂。矛盾必然要求统一。如果是计较个人的利害得失,就需要反复考虑,仔细斟酌。如果只是欲念的克制,斗争可以反复,但往往是比较快速的。如果是一时一事,斗争的结果或是东风压倒西风,或西风压倒东风。每个人一辈子的行为,并不是一贯的。旁人对他的认识,也总是不全面的。尽管看到了他的一生,各人所见也各不相同。不过灵与肉的斗争,也略有常规。灵性良心不能压倒血肉之躯,只能适度让步。灵性良心完全占上风的不多。血肉之躯吞没灵性良心,倒也不少。而最常见的,是不同程度的妥协。

1 灵性良心占上风

灵性良心人人都有。经常凭灵性良心来克制自己,就是修养。这是一种功力,在修炼中逐渐增强,逐渐坚定。灵性良心占上风是能做到的;灵性良心完全消灭肉欲,可说办不到。我见过两位与众不同的修士,他们是职业修士,衣、食、住都现成,如果是普通老百姓,要养家糊口,教育儿女,赡养父母,就不能专心一意地修行了。

我偶在报上看到一则报道(2006 年 10 月 18 日《文汇报》),说上海徐汇商业区有一栋写字楼,原先是上海最大的天文台。我立即记起徐汇区天文台的创始人劳神父(Père Robert)。徐汇区天文台是马相伯领导下,由劳神父创办的小天文台扩大的。原先那个小天文台,只怕见过的没几个人了。那是一座简陋的小洋房,上面虚架着一间小屋,由露天的一架梯子和一条扶手通连上下。架空的小屋里有一架望远镜,可观察天体。劳神父每夜在那里观看天象。楼下是物理实验室,因为劳神父是物理学家。他的职业是徐家汇圣母院的驻堂神父,业余研究物理,曾有多种发明,如外白渡桥顶的气球,每日中午十二点准时升起,准确无误,相当于旧时北京正午十二时放的"午时炮"。劳神父日日夜夜工作,使我想起有道行的和尚,吃个半饥不饱,晚上从不放倒头睡觉,只在蒲团上打坐。不过,劳神父是日夜工作。我在启明上学时,大姐姐带我去看劳神父,他就和我讲有趣的故事,大概这就是他的休息。在我心目中,他是克制肉欲,顺从灵性良心的模范人物。上海至今还有一条纪念他的劳神父路。

还有一位是修女礼姆姆,我在启明上学时的校长姆姆。教会也是官场。她没有后台,当了二十多年校长,暮年给一位有后台的修女挤出校长办公室,成了一名打杂的劳务工。她驯顺勤谨地干活儿,除了晚上规定的睡眠,一辈子没闲过,直到她倒地死去。她的尸体,由人抬放床上,等待装入棺材。她死了好半天,那颗心脏休闲了一下,忽又跳动起来。她立即起身下床工作,好像没死过一样。她又照常工作了好多天,不记得是十几天或几十天后,又倒地死了。这回没有再活过来。

这两位修士,可说是灵性良心占上风,克制了肉欲。但他们是职业修士。在我们普通人之间,道高德劭,能克己为人的也不少,很多默默无闻的人都做到了克制"小我"而让灵性良心占上风。尽管他们达不到十全十美,人毕竟是血肉之躯,带些缺点,更富有人情味吧。只要能认识自己的缺点,不自欺欺人,就很了不起了。

2 灵性良心被弃置不顾

修养不足就容易受物欲的引诱,名利心重就顾不到灵性良心了。我们这个人世原是个名利场,是争名夺利、争权夺位的战场。不是说吗,一部二十四史只是一部战争史。争城、争地、争石油、争财富,哪一时、哪一处不是争夺呢?官场当然是战场,商场也是战场,国际间更是赤裸裸的战场。战场上就是你死我活的打仗了。打仗讲究的是兵法。兵不厌诈。愈奸愈诈,愈能出奇制胜。哪个迂夫子在战场上讲仁义道德,只好安于"君子固穷"了。战场上,进攻自卫都忙得措手不及,哪有闲暇讲究是非、曲直、善恶、公正呢?灵性良心都一笔抹杀了。

我九岁家居上海时,贴邻是江苏某督军的小公馆,全弄堂的房子都是他家出租的。他家正在近旁花园里兴建新居。这位督军晚年吃素念佛,每天高唱南无阿弥陀佛。我隔窗看得见他身披袈裟,一面号佛,一面跪拜。老人不停地下跪又起身,起身又下跪,十分吃力。他声音悲怆,我听了很可怜他。该是他在人间的"战场上"造孽多端,当年把灵性良心撇开不顾,垂老又良心发现了。

我十二岁迁居苏州。近邻有个无恶不作的猪仔议员。常言:"好事不出门,恶事传千里。"他怎样不择手段,巧取豪夺,同巷人家都知道。他晚年也良心发现,也信佛忏悔,被一个和尚骗去大量钱财。这种人,为一身的享受,肯定把灵性良心弃置不顾了,但灵性良心是压不灭的。

也有一种人,自我膨胀,吞没了灵性良心。有一句至今还流行的俏皮话:"墨索里尼永远是正确的,尤其是他错误的时候。"他的自我无限膨胀,灵性良心全给压抑了。希特勒大规模屠杀犹太人,已是灭绝天良。只有极权独裁的魔君,才能这般骄横。他们失败自杀的时候,不知他们的灵性良心会不会再现。

曹操因怀疑而杀了故人吕伯奢一家八口,不由得感到凄怆。但他自有歪理:"宁我负人,毋人负我。"这两句名言,出自几部正史。曹操也确是这样待人的。他的《短歌行》末首:"山不厌高,水不厌深,周公吐哺,天下归心。"流露了他的帝皇思想。虽然他一辈子只是挟天子以令诸侯,没自己称帝,他显然野心极高,要天下人都归心于他呢。而他又心地狭隘,只容得一个自己,谁碍着他的道儿,就该杀。他杀了多少有才华、有识见的人啊!难怪他为了这两句话,被人称为奸雄。西方成语"说到魔鬼,魔鬼就到";我国成语"说到曹操,曹操就到"。曹操竟和魔鬼并称了。他临死的遗命是矛盾的。他先要把身边那许多侍妾嫁掉,后来又要她们殉葬。他始终没让灵性良心克制他的私心。

3 灵与肉的妥协

所谓妥协,需要解释。因为灵性良心既然不争不斗,屹立不动,灵性良心是不妥协的。妥协的是代表肉体和灵魂的"我"。不断斗争是要求彻底消灭对方。可是"彻底"是做不到的。斗争的双方都做不到。灵性良心不能彻底消灭,"我"的私心也不能彻底消灭。就连只有显微镜才能看到的细微的病菌,哪一种病菌能彻底消灭呀?人情好逸恶劳,斗来斗去,疲倦了,就想歇歇了。而人之常情又不肯认输。倦怠了,就对自己说:"行了,可以了。"于是停止了战斗而对自己放松了。我们往往说:"世上还是好人多。"这就是说,大凶大恶只是少数,完美的圣人也只是极少数的。处于中间地位的大多数,虽然不是圣人,也算是好人了,其实他们只是对自己不够明智,不自觉地宽容了自己,都自以为已经克制了"小我",超脱了私心,不必再为难自己,可以心安理得了。其实他们远没有达到这个境界,只是不同程度的自欺欺人。自欺不是故意,只是自知之明不足,没看透自己。

我偶读传记,读到一位科学家,一生淡泊名利,孜孜矻矻钻研他的专业,他也称得"躬行君子"了。他暮年听说他的同学得了诺贝尔奖金,怅然自失,可见他求的不仅仅是学识,还有点名利思想吧?还有一位爱国爱人的军官,视士兵如家人子弟,自奉菲薄而待人宽厚,他也是人人称道的英雄了。忽一天他听说他的同僚升任大元帅了,他怅然自失。可见他还未超脱对名位的企慕。他们称得上是有修养的人了,可是多少人能修养得完全超脱"我"的私心呢？多少人能看透自己呢？认识自己，岂是容易！

照镜子可以照见自己的相貌。如果这人的脸是歪的，天天照镜子，看惯了，就不觉得歪了。丑人照镜子，总看不到自己多么丑，只看到别人所看不到的美。自命潇洒的"帅哥"，照不见他本相的浮滑或鄙俗。因为我们镜子里的"镜中人"，总是自己心目中的"意中人"，并不是自己的真面目。面貌尚且如此，何况人的品性呢！每个人自负为怎样的人，就以为自己是这样的人。每个人都不同程度地自欺欺人，这就是所谓"妥协"。

孔子常常说："不患人之不己知，患不知人也。"我还要进一步说，患不自知也。

三　灵与肉的斗争中，谁做主？

每个人如回顾自己一生的经历，会看到某事错了，某事是不该的。但当时或是出于私心，或是出于无知，或虚荣，或骄矜等等，于是做了不该做的事，或该做的没做，犯了种种错误。而事情已成过去。灵性良心事后负疚抱愧，已追悔莫及。当时却是不由自主。

我曾读过柏格森（Henri Bergson, 1859—1941）的《时间与自由意志》（*Time and Free Will*）。读时想必半懂不懂，所以全书的内容和结论全都忘了，只记得一句时常萦回心头的话：人在当时处境中，像漩涡中的一片落叶或枯草，身不由己。

不错啊，人做得了主吗？

四　命与天命

一　人生有命

　　神明的大自然,对每个人都平等。不论贫富尊卑、上智下愚,都有灵魂,都有个性,都有人性。但是每个人的出身和遭遇、天赋的资质才能,却远不平等。有富贵的,有贫贱的,有天才,有低能,有美人,有丑八怪。凭什么呢?人各有"命"。"命"是全不讲理的。孔子曾慨叹:"命矣夫!斯人也而有斯疾也!斯人也而有斯疾也!"(《雍也第六》)是命,就犟不过。所以只好认命。"不知命,无以为君子也。"(《尧曰二十》)曾国藩顶讲实际,据说他不信天,信命。许多人辛勤一世,总是不得意,老来叹口气说:"服服命吧。"

　　我爸爸不信命,我家从不算命。我上大学二年级的暑假,特地到上海报考转学清华,准考证已领到,正准备转学考试。不料我大弟由肺结核忽转为急性脑膜炎,高烧七八天后,半夜去世了。全家都起来了没再睡。正逢酷暑,天亮就入殓。我那天够紧张的。我妈妈因我大姐姐是教徒,入殓奉行的一套迷信规矩,都托付了我。有部分在大弟病中就办了。我负责一一照办,直到盖上棺材。丧事自有家人管,不到一天全办完了。

下午,我浴后到后园乘凉,后园只有二姑妈和一个弟弟、两个妹妹,(爸爸妈妈都在屋里没出来)忽听得墙外有个弹弦子的走过,这是苏州有名的算命瞎子"梆冈冈"。因为他弹的弦子是这个声调,"梆冈冈"就成了他的名字。不记得是弟弟还是七妹妹建议叫瞎子进来算个命,想借此安慰妈妈。二姑妈懂得怎样算命,她常住我们家,知道每个人的"八字"。她也同意了。我们就叫女佣开了后门把瞎子引进园来。

瞎子一手抱着弦子,由女佣拉着他的手杖引进园来,他坐定后,问我们算啥。我们说"问病"。二姑妈报了大弟的"八字"。瞎子掐指一算,摇头说:"好不了,天克地冲。"我们怀疑瞎子知道我家有丧事,因为那天大门口搭着丧棚呢。其实,我家的前门、后门之间,有五亩地的距离,瞎子无从知道。可是我们肯定瞎子是知道的,所以一说就对。我们要考考他。我们的三姐两年前生的第一个孩子是男孩,不到百日就夭折了。他的"八字"二姑妈也知道。我们就请瞎子算这死孩子的命。瞎子掐指一算,勃然大怒,发作道:"你们家怎么回事,拿人家'寻开心'(苏州话,指开玩笑)的吗!这个孩子有命无数,早死了!"瞎子气得脸都青了。我和弟弟妹妹很抱歉,又请他算了爸爸、妈妈、弟弟和三姊姊的命——其他姐妹都是未出阁的小姐,不兴得算命。瞎子虽然只略说几句,都很准。他赚了好多钱,满意而去。我第一次见识了算命。我们把算命瞎子的话报告了妈妈,妈妈听了也得到些安慰。那天正是清华转学考试的第一天,我恰恰错过。我一心要做清华本科生,末一个机会又错过了,也算是命吧?不过我只信"梆冈冈"会算,并不是对每个算命的都信。而且既是命中注定,算不算都一样,很不必事先去算。

我和钱锺书结婚前,钱家要我的"八字"。爸爸说:"从前男女不相识,用双方八字合婚。现在已经订婚,还问什么'八字'?如果'八字'不合,怎办?"所以钱家不知道我的"八字"。我公公《年谱》上,有我的"八字",他自己也知道不准确。我们结婚后离家出国之前,我公公交给我一份钱锺书的命书。我记得开头说:"父猪母鼠,妻小一岁,命中注定。"算命照例先要问几句早年的大事。料想我公公老实,一定给套出了实话,所以我对那份命书全都不信了。那份命书是终身的命,批得很详细,每步运都有批语。可是短期内无由断定准不准。末一句我还记得:"六旬又八载,一去料不返。"批语是:"夕阳西下数已终。"

我后来才知道那份命书称"铁板算命"。一个时辰有一百二十分钟,"铁板算命"把一个时辰分作几段算,所以特准。锺书沦陷在上海的时候,有个拜门弟子最迷信算命,特地用十石好米拜名师学算命。"铁板算命"就是他给我讲的。他也曾把钱先生的命给他师父算,算出来的结果和"铁板算命"的都相仿,只是命更短。我们由干校回北京后,"流亡"北师大那年,锺书大病送医院抢救,据那位算命专家说,那年就可能丧命。据那位拜门学生说,一般算命的,只说过了哪一年的关,多少年后又有一关,总把寿命尽量拉长,决不说"一去料不返"或"数已终"这等斩绝的话。但锺书享年八十八岁,足足多了二十年,而且在他坎坷一生中,运道最好,除了末后大病的几年。不知那位"铁板算命"的又怎么解释。

这位拜门弟子家赀巨万,早年丧父,寡母善理财,也信命。她算定家产要荡尽,儿子赖贵人扶助,贵人就是钱先生。所以她郑重把儿子托付给先生。她儿子相貌俊秀,在有名的教会大学上学,许多漂亮小姐看中他,其中有一位是钱家的亲戚。小姐的妈妈央我做媒。可是这个学生不中意。他说,除非钱先生、杨先生命令他。我说:婚姻是终身大事,父母都不能命令,我们怎能命令;只是小姐顶好,为什么坚决不要。他觉得不便说明他迷信命,只悄悄告诉我什么理由,嘱我不要说出来。原来他生肖属鼠,鼠是"子","子"是水之源。小姐属猪,猪是"亥","亥"是"壬","壬"水是大水。子水加壬水,不就把他家赀全都冲掉了吗?所以这位小姐断断娶不得。我不能把他嘱我不说的"悄悄话"给捅出来,只说他们两个是同学,何必媒人。但男方无意提亲,女方极需媒人。我一再推辞,女方的妈妈会怀疑我有私心,要把她女儿钟情的人留给自己的妹妹杨必呢。这个学生真的看中杨必,因为杨必大他两岁,属狗,狗是戌,戌是火土,可以治水。那时我爸爸已去世。这学生的妈妈找了我的大姐姐和三姐姐,正式求亲,说结了婚一同出国留学。杨必断然拒绝。我对这学生说:你该找你的算命师父找合适的人。他说,算命师父说过,最合适是小他两岁的老虎。

解放后,我们一家三口离开上海,到了清华。院系调整后,一九五三或一九五四年,我们住中关园的时候,这位学生陪着他妈妈到北京游览,特来看望我们。他没头没脑地悄悄对我说:"结婚了,小我两岁的老虎,算命师父给找的。"

不久后,他的妈妈被捕了。这位拜门弟子曾告诉我:他妈妈不藏黄金,嫌笨重;她收藏最珍贵的宝石和钻石,比黄金值钱得多。解放后她交出了她的厂和她的店,珍宝藏在小型保险柜里,保险柜砌在家中墙内,她以为千稳万妥了。一次她带了少许珍宝到香港去变卖,未出境就被捕,关押了一年。家中全部珍宝都由国家作价收购。重很多克拉、熠熠闪蓝光的钻石,只作价一千人民币。命中注定要荡尽的家产,就这么荡尽了。

接下来,柯庆施要把上海城中居民迁往农村的计划虽然没有实施,这个学生的户口却是给迁入农村了。他妈妈已经去世,他妻子儿女仍住上海,只他单身下乡。他不会劳动,吃商品粮,每月得交若干元伙食费。我们寄多少钱,乡里人全知道。寄多了,大家就来借,所以只能寄十几元。他过两三个月可回上海探亲,就能汇几百。直到改革开放之后,他才得落实政策,恢复户籍,还当上了上海市政协委员。那时出国访问的人置备行装,往往向他请教,因为他懂得怎样打扮有派头,怎样时髦。"贵人扶助"云云,实在惭愧,不过每月十数元而已,但是他的命确也应了。

我妹妹杨必有个极聪明的中学同学,英文成绩特好。解放后,她听信星命家的话,想到香港求好运,未出境就半途被捕,投入劳改营。她因为要逃避某一劳役,疏通了医生,为她伪造了患严重肝炎的证明。劳改期满,由人推荐,北京外文出版社要她任职,但得知她有严重肝炎,就不敢要她了。她出不了劳改营,只好和一个劳改人员结了婚,一辈子就在劳改营工作。好好一个人才,可惜了。这也只好说是命中注定了。

上海有个极有名的星命家,我忘了他的姓名,但想必有人记得,因为他很有名。抗日胜利前夕,盛传上海要遭美军地毯式轰炸。避难上海的又纷纷逃出。这位专家算定自己这年横死。算命的都妄想趋吉避凶,他就逃到香港去,以为横死的灾厄已经躲过。有一天在朋友家吃晚饭,饭后回寓,适逢戒严,他中弹身亡。这事一时盛传,许多人都惊奇他命理精确。但既已命定,怎又逃得了呢？我料想杨必的那个朋友到香港去，也是趋吉避凶。

"生死有命"是老话。人生的穷通寿夭确是有命。用一定的方式算命，也是实际生活中大家知道的事。西方人有句老话："命中该受绞刑的人，决不会淹死。"我国的人不但算命，还信相面，例如《麻衣相法》就是讲相面的法则。相信相面的，认为面相更能表达性格。吉卜赛人看手纹，预言一生命运。我翻译过西班牙的书，主人公也信算命，大概是受摩尔人的影响。西方人只说"性格即命运"或"性格决定命运"。反正一般人都知道人生有命，命运是不容否定的。

二　命　理

我认为命运最不讲理。傻蛋、笨蛋、浑蛋安享富贵尊荣，不学无术的可以一辈子欺世盗名。有才华、有品德的人多灾多难，恶人当权得势，好人吃苦受害。所以司命者称"造化小儿"。"造化小儿"是胡闹不负责任的任性孩子。我们常说"造化弄人"。西方人常说"命运的讽刺"（irony of fate），并且常把司命之神比作没头脑的轻浮女人，她不知好歹，喜怒无常。所以有句谚语："如果你碰上好运，赶紧抓着她额前的头发，因为她背后没有可抓的东西了。"也就是说，好运错过就失掉了，这也意味着司命之神的轻浮任性。

可怪的是我认为全不讲理的命，可用各种方式计算，算出来的结果可以相同。这不就证明命有命理吗？没有理，怎能算呢？精通命理的能推算得很准。有些算命的只会背口诀，不知变通，就算不准。

算命靠"八字"。"八字"分年、月、日、时"四柱"。每一"柱"由一个"天干"一个"地支"组成。甲乙丙丁戊己庚辛壬癸十个天干,子丑寅卯辰巳午未申酉戌亥十二个地支,搭配成六十种不同的天干地支。六十年称一个甲子。第一柱决定出生的时间和境地,父母和家世等等。第三柱是命主。阴阳五行金、木、水、火、土,各有不同的性质,也就成了这个人的性格。甲乙是木,丙丁是火,戊己是土,庚辛是金,壬癸是水。"八字"称"命造",由"命造"推算出"运途"。"命造"相当于西方人所谓"性格"(character);"运途"相当于西方人所谓"命运"(destiny)。一般星命家把"命造"譬喻"船","运途"譬喻"河"。"船"只在"河"里走。十年一运,分两步走。命有好坏,运亦有好坏。命造不好而运途通畅的,就是上文所说的笨蛋、浑蛋安享富贵尊荣,不学无术可以欺世盗名。命好而运不好,就是有才能、有品德的人受排挤,受嫉妒,一生困顿不遇。命劣运劣,那就一生贫贱。但"运途"总是曲曲弯弯的,经常转向。一步运,一拐弯。而且大运之外还有岁运,讲究很多。连续二三十年好运的不多,一辈子好运的更不多。我无意学算命,以上只是偶尔听到的一些皮毛之学。

孔子晚年喜欢《周易》,作《说卦》、《序卦》、《系辞》、《文言》等,都是讲究阴阳、盈虚、消长的种种道理,类似算命占卜。反正有数才能算,有一定的理才能算。不然的话,何从算起呢?

三 人能做主吗?

既然人生有命,为人一世,都不由自主了。那么,"我"还有什么责任呢？随遇而安，得过且过就行了。

人能不能自己做主，可以从自己的经验来说。回顾自己一生，许多事情是不由自主的，但有些事是否由命定，或由性格决定，或由自由意志，值得追究。

抗日胜利后，国民党政府某高官曾许钱锺书一个联合国教科文组织的职位。锺书一口拒绝不要。我认为在联合国任职很理想，为什么一口拒绝呢？锺书对我解释："那是胡萝卜。"他不受"胡萝卜"的引诱，也不受"大棒"的驱使。我认为他受到某高官的赏识是命。但他"不吃胡萝卜"是他的性格，也是他的自由意志。因为在那个时期，这个职位是非常吃香的。要有他的聪明，有他的个性，才不加思考一口拒绝。

抗日胜利不久，解放战争又起。许多人惶惶然只想往国外逃跑。我们的思想并不进步。我们读过许多反动的小说，都是形容苏联"铁幕"后的生活情况，尤其是知识分子的处境，所以我们对共产党不免害怕。劝我们离开祖国的，提供种种方便，并为我们两人都安排了很好的工作。出国也不止一条路。劝我们留待解放的，有郑振铎先生、吴晗、袁震夫妇等。他们说共产党重视知识分子。这话我们相信。但我们自知不是有用的知识分子。我们不是科学家，也不是能以马列主义为准则的文人。我们这种自由思想的文人是没用的。我们考虑再三，还是舍不得离开父母之邦，料想安安分分，坐坐冷板凳，粗茶淡饭过日子，做驯顺的良民，终归是可以的。这是我们自己的选择，不是不得已。

又如我二十八岁做中学校长，可说是命。我自知不是校长的料，我只答应母校校长王季玉先生帮她把上海分校办成。当初说定半年,后来延长至一年。季玉先生硬是不让我辞。这是我和季玉先生斗志了。做下去是千顺百顺,辞职是逆水行舟,还兼逆风,步步艰难。但是我硬是辞了。当时我需要工作,需要工资,好好的中学校长不做,做了个代课的小学教员。这不是不得已,是我的选择。因为我认为我如听从季玉先生的要求,就是顺从她的期望,一辈子承继她的职务了。我是想从事创作。这话我不敢说也不敢想,只知我绝不愿做校长。我坚决辞职是我的选择,是我坚持自己的意志。绝不是命。但我业余创作的剧本立即上演,而且上演成功,该说是命。我虽然辞去校长,名义上我仍是校长,因为接任的校长只是"代理",学生文凭上,校长仍是我的名字,我的印章。随后珍珠港事变,"孤岛"沉没,分校解用,我要做校长也没有机缘了。但我的辞职,无论如何不能说是命,是我的选择。也许可说,我命中有两年校长的运吧。

  我们如果反思一生的经历,都是当时处境使然,不由自主。但是关键时刻,做主的还是自己。算命的把"命造"比作船,把"运途"比作河,船只能在河里走。但"命造"里,还有"命主"呢? 如果船要搁浅或倾覆的时候,船里还有个"我"在做主,也可说是这人的个性做主。这就是所谓个性决定命运了。烈士杀身成仁,忠臣为国捐躯,能说不是他们的选择而是命中注定的吗? 他们是倾听灵性良心的呼唤,宁死不屈。如果贪生怕死,就不由自主了。宁死不屈,是坚决的选择,绝非不由自主。做主的是人,不是命。

  第二次大战开始,日寇侵入中国。无锡市沦陷后,钱家曾有个男仆家居无锡农村,得知南京已失守,无锡又失守,就在他家晒粮食的场上,用土法筑了一座能烧死人的大柴堆,全家老少五六口人，一个个跳入火中烧死。南京失守，日寇屠杀人民、奸污妇女的事，很快就传到无锡了。他们不愿受奸污、被屠杀，全家投火自焚。老百姓未必懂得什么殉国，但他们的行为就是殉国呀！能说他们的行为不是自己的选择，而是不由自主吗？这事是逃到上海的本乡人特到钱家报告的。钱锺书已去昆明，我不知道他们的姓名。

四　命由天定，故称天命

我们看到的命运是毫无道理的，专开玩笑，惯爱捉弄人，惯爱捣乱。无论中外，对命运的看法都一致。神明的天，怎能让造化小儿玩弄世人，统治人世呢？不能服命的人，就对上天的神明产生了怀疑。

我们思考问题，不能轻心大意地肯定，也不能逢到疑惑就轻心大意地否定。这样，我们就失去思考的能力，走入迷宫，在迷茫中怀疑、失望而绝望了。我们可以迷惑不解，但是可以设想其中或有缘故。因为上天的神明，岂是人人都能理解的呢。

造化小儿的胡作非为，造成了一个不合理的人世。但是让我们生存的这么一个小小的地球，能是世人的归宿处吗？又安知这个不合理的人间，正是神明的大自然故意安排的呢？如果上天神明，不会容许造化小儿统治人间。孔子不止一次称"天命"，不仅仅称"天命"，还说"君子有三畏"。第一就是"畏天命……小人不知天命而不畏也"（《季氏十六》）。这是带着敬畏之心，承认命由天定。

五　万物之灵

　　我们很不必为了人世的不合理而沮丧。不论人世怎么不合理，人类毕竟是世间万物之灵。

　　人是动物里最灵的，因为人是有智慧的动物。狮子称百兽之王，只是兽中之王。狮子猎得小动物，只会连毛带血吃。人类却懂得熟食。我幼年的教科书上说，燧人氏钻木取火，后稷教民稼穑，不记得哪位圣贤又教民畜牧，豢养了马牛羊、鸡犬豕，有的帮人干活儿，有的供人食用。人类还发明了一系列的烹调用具，烹调出连汤带汁的美味。西方没有燧人氏，却有天神相助，盗取了天上的火种送给人类。反正不论东方西方，人类都知道取火用火的方法。稼穑，就是把土地耕耘种植，地里就出产稻、粱、菽、麦、黍、稷，供人当饭吃。嫘祖教民养蚕，丝绸是中国最早发明的。中国先有麻布，后有棉布。棉布也是由中国输入欧洲的（参看《老圃遗文辑》512页，《梧桐布由华入欧考》，长江文艺出版社1993年版）。人类不仅穿衣服，还讲究服饰的精致美观。人类不穴居野处，而建造宫室，又造桥、造路、造车、造船。

　　仓颉又创造了文字，可以保存文化，传布文化。人类出类拔萃的精英，很自然地成了群众的领袖。他们建立学校，教育人民怎样去寻求真理，泛爱众人，讲求仁义道德。人类由物质文明，进入精神文明了。

人类并不靠天神教导，人的本性里有灵性良心。在灵性良心的指引下，人人都有高于物质的要求。古今中外，都追求真理，追求善良，追求完美公正等等美德。

比如说，人类知道天圆地方之说是错误的，知道地球中心论是错误的，伽利略（Galileo，1564—1642）发明了望远镜，证实地球是太阳系里的一颗小小的行星，他虽然遭天主教会的压迫，险得判处火刑，一辈子受尽委屈，可是一代又一代的科学家，懂得明辨是非，坚持真理，认识到错误，就纠正错误，直到放之四海而皆准，还无休无止地追求完善详尽。

我上小学的时候，课程表上不称星期一、星期二、三、四、五、六等，也不称星期日，称日曜日。星期一到星期六都以行星命名，依次为月、火、水、木、金、土。英文、法文的星期名称，也同样是采用星球的名称，例如星期一，英文、法文都是月曜日。从前只有六个行星。现在八大行星之外，又发现了新的行星。这也不过一百年之间的事呀！人类对真实世界追求认识，无休无止。求真实，就不肯停留在错误的认识上。

我们的正义感也是出于本性的。一代又一代的志士仁人，为了维持正义，不怕和暴力斗争。尽管有权有势的人以权谋私，贪污腐败；尽管推翻了一代暴君，又产生一代暴君，例如法国十八世纪推翻路易王朝的罗伯斯庇尔（Robespierre，1758—1794）高呼自由、平等、博爱，掌权得势后杀人如麻，称为"恐怖的统治"，随后自己也上了断头台；贪污腐败的官吏清除了一批，又会滋生一批，但是清廉的官，终究是老百姓希望而又爱戴的"青天大老爷"。我国的包拯不就成了"包青天"吗？敢对当朝暴行提出抗议的还代代有人，不惜杀身成仁。

我国的孔子最平易近人。他曾一再说:"不在其位,不谋其政"(《泰伯第八》《宪问十四》),他曾说:"道不行,乘桴浮于海……"(《公冶长第五》),也曾说:"用之则行,舍之则藏",也曾赞许曾点:"春服既成……"带几个青少年"浴乎沂,风乎舞雩,咏而归"(《先进十一》)。可是他暮年看定自己"莫我知也夫"(《宪问十四》);"道之不行,已知之矣"(《微子十八》);"吾已矣夫"(《子罕第九》)。可是他并没有乘桴浮于海,也没有春游散心,孔子六十八岁了,退而删《诗》《书》,作《春秋》。作《春秋》,就是在左丘明的传记上,加上按语,用简约而恰当的一字、两字,或贬或褒,评点了某人某事的是与非、该或不该。他的评语真是一字千钧,能"使天下乱臣贼子惧"。他尽可以教教学生,不问世事了。可是还是要用他的春秋笔法来维持正义,和乱臣贼子做斗争。不管别人是了解或责怪,他只顺从自己的灵性良心行事。

当时流行的诗歌有三千多,孔子从中选了三百零五首。不仅文字美,音韵也美。《诗经》成了一件完美的艺术品。

人类已有六千多年的文明,和其他动物相比,人类卓然不同了。世界各国的博物馆、图书馆、美术馆所储藏的哲学、科学、文学、政治、经济、历史和艺术等书籍,以及工艺品、美术品等文物,不都具体证明人是万物之灵吗?

六　人类的文明

人类的智力,超越了其他动物的智力;人类本性的灵性良心,也超越了其他动物的良知良能。人类很了不起,天生万物,数人类最灵,创造了人类的文明。禽兽是不会创造的,禽兽只能在博物馆里充当标本而已。万物之灵,果然是万物之灵。

人类创造了人类的文明,证实了人是万物之灵。但是本末不能颠倒:人称万物之灵,并不因为创造了人类的文明;人的可贵,也不在于人类创造的文明。人类的文明只是部分人类的成绩,人类中还有许许多多没有文化的呢。没有文化的人,怎能创造文化? 但他们并不因此就成了禽兽而不是万物之灵呀!

一　人的可贵在于人的本身

天生万物,人为万物之灵。人的可贵在于人的本身,不在于他创造的文明。人类的文明,当然有它的价值,价值还很高呢,但决不是天地生人的目标。理由有四:

(1)如果天地生人是为了人类的文明,那么,人类的文明,该是永恒不灭的。但是人类的文明能持久吗? 例如古埃及的文明,古希腊的文明,巴比伦的文明,大食古国的文明,玛雅人的文明等等,不都由盛而衰,由衰而亡了吗?

（2）如果天地生人是为了人类的文明，那么，人类的文明，该是有益于人类发展生存的。的确，社会各界的医学家、经济学家、法学家、社会学家、农业学家、建筑学家以至文学艺术家等等，以及各国领导人，都尽心竭力为人民谋福利。可是文明社会要求经济发达，要求生产增长、消费增长，于是工厂增多，大自然遭受污染，大自然的生态受到破坏，水源污染了，地下水逐渐干涸，臭氧层已经破裂，北极的冰山正在迅速融化，海水在上涨，陆地在下沉，许多物种濒临灭绝。人间的疾病在增多，抗药的病菌愈加顽强了。满地战火，人间还在玩火，孜孜研制杀伤性更为狠毒的武器，商略冷战、热战的种种手段。人类的文明确很可观。人能制造飞船，冲出太空，登上月球了。能在太空行走了。能勘探邻近的星球上哪里可能有水，哪里可能有空气，好像准备在邻近的星球上争夺地盘了。我们这个破旧的地球，快要报废了吧？

（3）如果天地生人，目的是人类的文明，那么，天地生就的人，不该这么无知，这么无能，虽是万物之灵，却是万般无奈，顾此失彼，而大部分人还醉生梦死，或麻木不仁。我们只能看到宇宙无限大，而我们这么渺小，人生又如此短促。数千年来，哪一位哲人解答了世人所探求的真理呢？数千年已过去了，有灵性有良心的人，至今还在探求人生的真谛，为人的准则。一生寻求智慧的苏格拉底，只知道自己一无所知。我们的万世师表孔夫子说："朝闻道、夕死可矣"（《里仁第四》），他急于了解什么是"道"，"吾尝终日不食，终夜不寝，以思，无益，不如学也。"（《卫灵公十五》）怎么学呢？《论语》里没有说。《大学》是曾子转述孔子的话。讲了怎么教，学什么。"大学之道，在明明德，在亲民（一作'在新民'），在止于至善。"我参考了宋代理学家的注释,试图照我自己的见解,解释如下:教诲成年的人,就是要他们"明'明德'"——"明"就是明白,"明德"就是按照天理,为人行事,"在新民"就是要他们去掉旧时的污染,"亲民"就是"推己及人";"在止于至善"就是对自己要追求完善,达到至善的境界。《中庸》是子思转述他祖父孔子的话。开头第一段说:"天命之谓性,率性之谓道。……道也者,不可须臾离也。"我照样参考了注释,照我自己的见解,解释如下:"人的本性是天生的;顺着灵性良心为人行事,就是该走的道路。……应该时时刻刻随顺着自己的灵性良心。"

这是中国的"孔孟之道"。西方各国各派的哲学家有他们的"道"。各宗教派别又各有他们的"道"。究竟什么是"道",知识界、文化界并未得到统一的共识。我们读到的经典书籍都是经过时间淘汰的作品了,我们承袭了数千年累积的智慧,又增长了多少智慧?几千年来,有灵性有良心的人至今还在探索人生的真理、为人的准则。好几千年过去了,世道有所改变吗?进步了吗?古谚:"直如弦,死道边;曲如钩,反封侯。"现在又有多大的不同?现代的书籍,浩如烟海,和古代的书籍不能比了。现代的文化,比古代普遍多了,各专业的研究,务求精密,远胜古人了;但是对真理的认识,突破了多少呢?古代珍奇的文物、工艺美术品,当今之世,超越了多少呢?

(4)我们且回头看看,人类文明最受称道的人间奇迹,何等惨烈。

秦始皇少年得志,十三岁即位称王,二十六年后,兼并天下,统一中国,自称始皇帝。在位三十四年后,为了抵御匈奴,命将军蒙恬驱使当时曾犯错误的人(例如现代的"右派"或"五·一六")去筑长城。相传孟姜女的丈夫给抓去筑长城,一去不返。孟姜女寻夫,到长城下痛哭,哭得长城都塌下了一角,她丈夫的尸体,赫然压在长城下。当时民谣:"生男慎勿举,生女哺用脯,不见长城下,尸骸相支柱。"南梁周兴嗣编缀的《千字文》,把长城称为"紫塞"。据孙谦益参注(上海古籍出版社1995年版),"紫塞"即长城也。秦始皇筑长城,西起临兆,东至朝鲜,其长万里,土色皆紫,故称"紫塞"。注解虽简约,也说明问题。我曾考证"紫塞"的出典,只知长城之下土尽紫。一说长城之下有紫色花。我国各地土色不同,有黄土地、红土地、黑土地等。长达万里的长城下,土尽紫。为什么呢?筑长城的老百姓有生还的吗?一批批全都死在城下了。"尸骸相支柱",不全都烂在城下了?老百姓血肉之躯掺和了泥土,恰是紫色。这种泥土里花开紫色,真是血泪之花了。好大喜功的帝皇奴役人民,创建了人间文明的奇迹。可怜多年来全国各地的老百姓,千千万万的老百姓,辛辛苦苦的劳役,拿生命做牺牲,造成了人类文明的奇迹。埃及的金字塔,不也是帝皇奴役了千千万万、万万千千的人民造成的吗?世界各地历代文明的创始人,都是一代天骄,都是南征北伐,创立了自己的皇朝,建立了一个朝代又一个朝代的文明。各朝代的精英,都对本朝文明做了有价值的贡献。但是为他们打仗的兵丁,被他们征服的人民,受他们剥削的老百姓呢,都只是牺牲品。

　　天地生人,能是为了人类的文明吗?人类的文明,固然有它的价值,可是由以上种种理由,是否可以肯定说:人类的文明,虽然有价值,却不是天地生人的目的。

二　天地生人的目的

天生万物，人为万物之灵。天地生人的目的，该是堪称万物之灵的人。人虽然渺小，人生虽然短促，但是人能学，人能修身，人能自我完善。人的可贵在人自身。

七 人生实苦

在这个物欲横流的人世间，人生一世实在是够苦的。你存心做一个与世无争的老实人吧，人家就利用你、欺侮你。你稍有才德品貌，人家就嫉妒你、排挤你。你大度退让，人家就侵犯你、损害你。你要保护自己，就不得不时刻防御。你要不与人争，就得与世无求，同时还要维持实力，准备斗争。你要和别人和平共处，就先得和他们周旋，还得准备随处吃亏。你总有知心的人、友好的人。一旦看到他们受欺侮、吃亏受气，你能不同情气愤，而要尽力相帮相助吗？如果看到善良的人受苦受害，能无动于衷吗？如果看到公家受损害，奸人在私肥，能视而不见吗？

当今之世，人性中的灵性良心，迷蒙在烟雨云雾间。头脑的智力愈强，愈会自欺欺人。信仰和迷信画上了等号。聪明年轻的一代，只图消费享受，而曾为灵性良心奋斗的人，看到自己的无能为力而灰心绝望，觉得人生只是一场无可奈何的空虚。上帝已不在其位，财神爷当道了。人间只是争权夺利、争名夺位的"名利场"，或者干脆就称"战场"吧。争得了名利，还得抱住了紧紧不放，不妨豚皮老脸，不识羞耻！享受吧，花了钱寻欢作乐，不又都是"将钱买憔悴"？天灾人祸都是防不胜防的。人与人、党派与党派、国与国之间为了争夺而产生的仇恨狠毒，再加上人世间种种误解、猜忌、不能预测的烦扰、不能防备的冤屈，只能叹息一声:"人生实苦!"多少人只是又操心、又苦恼地度过了一生。贫贱的人,为了衣、食、住、行,成家立业,生育儿女得操心。富贵的,要运用他们的财富权势,更得操心。哪个看似享福的人真的享了福呢?为什么总说"身在福中不知福"呢?旁人看来是享福,他本人只在烦恼中!为什么说"家家都有一本难念的经"呢?因为逼近了看,人世处处都是苦恼啊!为什么总说"需知世上苦人多"啊?最阘茸无能之辈,也得为生活操心;最当权得势的人,当然更得操心。上天神明,创造了有头有脑、有灵性良心的人,专叫他们来吃苦的吗?

八　人需要锻炼

大自然的神明,我们已经肯定了。久经公认的科学定律,我们也都肯定了。牛顿在《原理》一书里说:"大自然不做徒劳无功的事。不必要的,就是徒劳无功的。"(Nature does nothing in vain. The more is in vain when the less will do.)(参看三联书店的《读书》2005 年第三期 148 页,何兆武《关于康德的第四批判》)哲学家从这条原理引导出他们的哲学。我不懂哲学,只用来帮我自问自答,探索一些家常的道理。

大自然不做徒劳无功的事,那么,这个由造化小儿操纵的人世,这个累我们受委屈、受苦难的人世就是必要的了。为什么有必要呢?

有一个明显的理由。人有优良的品质,又有许多劣根性杂糅在一起,好比一块顽铁得火里烧,水里淬,一而再,再而三,又烧又淬,再加千锤百炼,才能把顽铁炼成可铸宝剑的钢材。黄金也需经过烧炼,去掉杂质,才成纯金。人也一样,我们从忧患中学得智慧,苦痛中炼出美德来。孟子说:"故天将降大任于斯人也,必先苦其心志,劳其筋骨,饿其体肤,空乏其身,行拂乱其所为,所以动心忍性,增益其所不能。"(《孟子·告子》)就是说,如要锻炼一个能做大事的人,必定要叫他吃苦受累,百不称心,才能养成坚忍的性格。一个人经过不同程度的锻炼,就获得不同程度的修养,不同程度的效益。好比香料,捣得愈碎,磨得愈细,香得愈浓烈。这是我们从人生经验中看到的实情。谚语:"十磨九难出好人","人在世上炼,刀在石上磨","千锤成利器,百炼变纯钢","不受苦中苦,难为人上人",都说明以上的道理。

我们最循循善诱的老师是孔子。《论语》里孔子的话,都因人而发,他从来不用教条。但是他有一条重要的教训。最理解他的弟子曾参,怕老师的教训久而失传,在《大学》章里记下老师二百零五字的教训。其中最根本的一句是:"自天子以至庶人,壹是皆以修身为本"。修身,不就是锻炼自身吗?

修身不是为了自己一身,是为了齐家、治国、平天下。平天下不是称王称霸,而是求全世界的和谐和平。有的国家崇尚勇敢,有的国家高唱自由、平等、博爱。中华古国向来崇尚和气,"致中和",从和谐中求"止于至善"。

要求世界和谐,首先得治理本国。要治国,先得齐家。要齐家,先得修身。要修身,先得正心,就是说,不能偏心眼儿。要摆正自己的心,先得有诚意,也就是对自己老老实实,勿自欺自骗。不自欺,就得切切实实了解自己。要了解自己,就得对自己有客观的认识,所谓格物致知。

了解自己,不是容易。头脑里的智力是很狡猾的,会找出种种歪理来支持自身的私欲。得对自己毫无偏爱,像侦探侦查嫌疑犯那么窥伺自己,在自己毫无防备、毫无掩饰的时候——例如在梦中,在醉中,在将睡未睡的胡思乱想中,或心满意足、得意忘形时,捉住自己平时不愿或不敢承认的私心杂愿。在这种境界,有诚意摆正自己的心而不自欺的,会憬然警觉:"啊!我自以为没这种想头了,原来是我没有看透自己!"一个人如能看明自己是自欺欺人,就老实了,就不偏护自己了。这样才会认真修身。修身就是管制自己的情欲,超脱"小我",而顺从灵性良心的指导。能这样,一家子可以很和洽。家和万事兴。家家和洽,又国泰民安,就可以谋求国际间的和谐共荣,双赢互利了。在这样和洽的境界,人类就可以齐心追求"至善"。这是孔子教育人民的道理。孟子继承发挥并充实了孔子的理论。我上文所讲的,都属"孔孟之道"。"孔孟之道"无论能不能实现,总归是一个美好的理想,比帝国主义、民族主义、资本主义都高出多多了。

理想应该是崇高的,难于实现而令人企慕的,才值得悬为理想。如果理想本身就令人不满,就够不上理想了。比如西方宗教里的天堂:上帝坐在宝座上,圣人环坐左右,天使吹喇叭,好人都在天堂上齐声欢唱,赞美上帝,什么事也不干。这种天堂不是无聊又无趣吗?难怪有些诗人、文人说,天堂上太无聊,他们连宗教也不热心了。我国有自称的道家,讲究烧炼的法术,要求做"半仙"或"地仙",能带着个肉体,肆无忌惮地享受肉欲而没有人世间的苦恼。这是我国历代帝王求仙的目的。只是人世间没有这等仙道,只能是妄想而已。

修身——锻炼自身,是做人最根本的要求。天生万物的目的,该是堪称万物之灵的人。但是天生的人,善恶杂糅,还需锻炼出纯正的品色来,才有价值。这个苦恼的人世,恰好是锻炼人的处所,好比炼钢的工厂,或教练运动员的操场,或教育学生的教室。这也说明,人生实苦确是有缘故的。

九　修身之道

人的躯体是肉做的,不能锤打,不能火烧水淬。可是人的灵性良心,愈炼愈强。孔子强调修身,并且也指出了修身之道。

灵性良心锻炼肉体,得有合适的方法。肉体需要的"饮食男女",不得满足,人就会病死;强烈的感情不得发泄,人就会发疯。灵性良心在管制自己的时候,得宽容,允许身心和谐。克制自己,当恰如其分。所谓"齐之以礼,和之以乐",就是用礼乐来调节、克制并疏导。

孔子很重视"礼"和"乐"。《礼记》里讲得很周到,但《礼记》繁琐。我免得舍本逐末,只采用《礼记》里根本性的话,所谓"礼之本"。孔子曰"礼者,理也。……理从宜……"(《曲礼》)这就是说,"礼"指合理、合适。礼"以治人之情……"(《礼运》)喜、怒、哀、惧、爱、恶、欲,是人的感情,都由肉体的欲念而来,需用合理、合适的方法来控制。要求"达天道,顺人情……"(《礼运》)肉体的基本要求不能压抑,要给以适度的满足。这个适度,就是"理"和"宜"。孔子爱音乐,往往"礼乐"二字并用。"乐者天地之和也,礼者天地之序也……""礼也者,理也;乐也者,节也;……言而履之,礼也;行而乐之,乐也。"(《仲尼燕居》)这就是说,感情当用合适的方法来控制,并由音乐而得到发泄和欢畅。

《论语》"颜渊问仁。子曰:'克己复礼为仁。……'颜渊曰:'请问其目。'子曰:'非礼勿视,非礼勿听,非礼勿言,非礼勿动。'"(《颜渊十二》)这里的"礼",不是繁琐的礼节,而指灵性良心所追求的"应该",也就是《礼记》所说的"理"和"宜"。

人必需修身,而修身需用又合适又和悦的方法。

十　受锻炼的是灵魂

一　人受锻炼

人受锻炼或"我"受锻炼,受锻炼的是有生命的人。一个有生命的人,有肉体又有灵魂。这两者之间,有个主次问题。肉体为主呢,还是灵魂为主?

看得见的是肉体,肉体没有灵魂是尸体。所以毫无疑问,主要的是灵魂。但灵魂得附着在肉体上,才有可受锻炼的物体。没有肉体,灵魂怎么锻炼呢?

运动员受训练,练出了壮健的肌肉筋骨,同时也练出了吃苦耐劳、坚持不懈的意志。肌肉筋骨属肉体,吃苦耐劳、坚持不懈的意志属精神,肢体能伤残,意志却和生命同存,这是不容置疑的。

奥运会原是古希腊享神的赛会。古希腊灭亡后早已废弃。十九世纪法国顾拜旦男爵(Baron Pierre de Coubertin)有鉴于当代商业化的弊端,提倡公平竞赛和古希腊运动员胜不骄、败不馁的品德,重兴了奥运会。奥运会的精神:争取提高自身的能力,胜人一筹;比赛讲究公正合理,光明磊落,不容欺骗作伪。训练体格,也锻炼人的品格。孔子曰:"君子无所争,必也射乎,揖让而升,下而饮,其争也君子。"(《八佾第三》)"其争也君子"的君子之风,和奥运精神略有相似处。每个人都要有争取胜人一筹的志气,而在与人竞赛中,练就公正合理、崇尚道义的品格。当今商业化的社会,很需要这种作风,推而广之,无论商业界或其他各行各业,都该有奥运精神。受锻炼的肉体不免死亡,崇尚道义的精神就像点燃的圣火,遍传天下,永恒不灭。

所以受锻炼的是肉体,由肉体的媒介,锻炼出来的是精神。

二 在肉体和灵魂之间,"我"在哪一边?

一个有生命的人,自称"我"。"我"在肉体的一边呢,还是在灵魂一边?据脑科专家的定论,人的脑袋像一架精密的电脑或互联网。自我的意识,从大脑前额延伸至两耳的区内产生,但大脑里没有"自我"的领域。大脑不同区域的感觉,在交流的时候,才产生"自我"的意识。所以一位哲学家说:我思维,所以感觉到我的存在。

脑子确像精密的电脑,确像复杂的互联网,可是我如果不按电钮,这架机器,不会自动操作。

肉体有许多本能,不用动脑筋,而且不由自主,例如饮、食、男女、便、溺等等。虽然不由自主,在文明社会里,也得自己管制。我偶见同院一个三四岁的小男孩急急往家跑,一面对我说:"奶奶,我糊涂了,我溺裤裤了!"他糊涂了,因为没管住自己。不会说话的小娃娃,也懂得便溺要及早向大人示意。所以连吃、喝、拉、撒等全不用脑筋的事,也不得自由,得由"我"管着。肉体既然由"我"管着,就不会自称"我"。"我"是灵魂的自称。

三 锻炼的成绩

受锻炼的肉体和灵魂虽有主次之分,肉体和灵魂却结合得非常紧密,是不可分割的整体。灵魂和肉体一同追求情欲,一同享受情欲满足的快乐,一同感受情欲不得满足的抑郁,一同享受满足以后的安静,或餍足、或厌倦、或满足了还不足,还要重复,或要求更深的满足。一句话,肉体和灵魂是一体,灵魂凭借肉体而感受肉体的享乐。例如仙女思凡,她得投生人世,凭借肉体,才能满足她的凡心。又如"半仙""地仙"之流,不都是凭借肉体,才能享受肉欲吗?

每个人经过顺人情又合理性的锻炼,就能超脱原先的"小我"而随着灵性良心的指导,成为有道德修养的人。但人的劣根性是顽强的。少年贪玩,青年迷恋爱情,壮年汲汲于成名成家,暮年自安于自欺欺人。人寿几何,顽铁能炼成的精金,能有多少?但不同程度的锻炼,必有不同程度的成绩;不同程度的纵欲放肆,必积下不同程度的顽劣。人皆可以为尧舜,也可以成为恶劣的刁徒或卑鄙的小人。锻炼必定留下或多或少的成绩。

肉体和灵魂是拧成一股的。一同作恶,也一同为善。一同受锻炼,一同不受锻炼。灵魂随着肉体在苦难的人世度过一辈子,如果随着肉体的劣根性纵欲贪欢,这个灵魂就随着变坏了。"好恶无节于内,知诱于外,不能反躬,天理灭矣。……灭天理而穷人欲者也。"(《礼记·乐记》)如果这个人顺从灵性良心的指引,接受锻炼,就能炼成一个善良的灵魂。善良的灵魂,体质未必壮健,面貌未必美好。刁恶的灵魂、体质未必羸弱,面貌未必丑陋；灵魂的美恶，不体现在肉体上。

　　肉体和灵魂的结合有完了的时候。人都得死。人死就是灵魂和肉体的分离。肉体离开了灵魂就成了尸体。尸体烧了或埋了，只剩下灰或土了。但是肉体的消失，并不影响灵魂受锻炼后所得的成果。因为肉体和灵魂在同受锻炼的时候，是灵魂凭借肉体受锻炼，受锻炼的其实是灵魂，肉体不过是一个中介。肉体和灵魂同享受，是灵魂凭借肉体而享受。肉体和灵魂一同放肆作恶，罪孽也留在灵魂上，肉体不过是个中介。所以人受锻炼，受锻炼的是灵魂，肉体不过是中介，锻炼的成绩，只留在灵魂上。

　　灵魂接受或不接受锻炼，就有不同程度的成绩或罪孽。灵魂和肉体结合之后，同在人世间过了一辈子。这一辈子里，灵魂或为善，或作恶，或受锻炼，或不受锻炼。受锻炼的品质会改好，不受锻炼而肆欲放纵的，品质就变坏。为善或作恶的程度不同，受锻炼的程度又不同，灵魂就有不同程度的改好或变坏。灵魂的品质就有不同程度的改变，不复是当初和肉体结合的灵魂了。改变的程度各各不同，灵魂就成了各各不同、各各特殊的灵魂。"我"的灵魂虽然变了，还一贯是"我"的灵魂，还自称"我"。"我"活着的时候，"我"的灵魂自称"我"。"我"死之后，"我"的灵魂还自称"我"。所以"我"死之后，肉体没有了，"我"的灵魂还和"我"在一起呢！不过没有肉体的魂，我们称鬼魂了。

十一　人生的价值

　　人生一世,为的是什么?

　　按基督教的说法,人生一世是考验。人死了,好人的灵魂升天。不好不坏又好又坏的人,灵魂受到了该当的惩罚,或得到充分的净化之后,例如经过炼狱里的烧炼,也能升天。大凶大恶,十恶不赦的下地狱,永远在地狱里烧。我认为这种考验不公平。人生在世,遭遇不同,天赋不同。有人生在富裕的家里,又天生性情和顺,生活幸运,做一个好人很现成。若处境贫困,生情顽劣,生活艰苦,堕落比较容易。若说考验,就该像入学考试一样,同等的学历,同样的题目,这才公平合理。

　　佛家轮回之说,说来也有道理。考验一次不够,再来一次。但因果之说,也使我困惑。因因果果,第一个因是什么呢?人生一世,难免不受人之恩,或有惠于人,又造成新的因果,报来报去,没完没了。而且没良心的人,受惠于人,只说是前生欠我。轻率的人,想做坏事,只说反正来生受罚,且图眼前便宜。至于上刀山、下油锅等等酷刑,都是难为肉体的。当然,各种宗教的各种说法,我都不甚理解。不过,我尊重一切宗教。但宗教讲的是来世,我只是愚昧而又渺小的人,不能探索来世的事。我只求知道,人在这个世界上,生活了一辈子,能有什么价值。

　　天地生人,人为万物之灵。神明的大自然,着重的该是人,不是物；不是人类创造的文明，而是创造人类文明的人。只是人类能懂得修炼自己，要求自身完善。这也该是人生的目的吧！

坚信"人死了，什么都没有了"的聪明朋友们，他们所谓"什么都没有了"，无非断言人死之后，灵魂也没有了。至于人生的价值，他们倒并未否定。不是说，"留下些声名"吗？这就是说，能留下的是身后之名。但名与实是不相符的。"一将成名万骨枯"。但战争中奉献生命的"无名英雄"更受世人的崇敬与爱戴，我国首都天安门广场上，正中不是有"人民英雄纪念碑"吗？欧洲许多国家，总把纪念"无名英雄"的永不熄灭的圣火，设在大教堂的大门正中，瞻仰者都深怀感念，驻足致敬。我们人世间得到功勋的人，都赖有无数默默无闻的人，为他们做出贡献。默默无闻的老百姓，他们活了一辈子，就毫无价值吗？从个人的角度看，他们自己没有任何收获，但是从人类社会集体的角度看，他们的功绩是历代累积的经验和智慧。人类的文明是社会集体共同造成的。况且身后之名，又有什么价值呢？声名显赫的人，死后没多久，就被人淡忘了。淡忘倒也罢了，被不相识、不相知的人说长道短，甚至戏说、恶搞，没完没了，死而有知，必定不会舒服。声名，活着也许对自己有用，死后只能被人利用了。

聪明的年轻朋友们，坚信人死了什么都没有了，至多只能留下些名气。那么，默默奉献的老实人，以及所有死后没有留下名气的人，活了一辈子，就是没有价值的了！有名的，只是绝少数；无名的倒是绝大多数呢。无怪活着的人一心要争求身后之名了！一代又一代的人，从生到死、辛辛苦苦、忙忙碌碌，只为没有求名，或没有成名，只成了毫无价值的人！反而不如那种自炒自卖、欺世盗名之辈了！这种价值观，太不合理了吧？

匹夫匹妇，各有品德。为人一世，都有或多或少的修养。俗语："公修公得，婆修婆得，不修不得。""得"就是得到的功德。有多少功德就有多少价值。而修来的功德不在肉体上而在灵魂上。所以，只有相信灵魂不灭，才能对人生有合理的价值观，相信灵魂不灭，得是有信仰的人。有了信仰，人生才有价值。

其实，信仰是感性的，不是纯由理性推断出来的。人类天生对大自然有敬畏之心。统治者只是借人类对神明的敬畏，顺水推舟，因势利导，为宗教定下了隆重的仪式，借此维护统治的力量。其实虔信宗教的，不限于愚夫愚妇。大智大慧、大哲学家、大科学家、大文学家等信仰上帝的虔诚，远胜于愚夫愚妇。例如博学多识的约翰生博士就是非常虔诚的基督徒。创作《堂吉诃德》的塞万提斯，在战役中被俘后，"三位一体"教会出了绝大部分赎金把他赎回。他去世后，他的遗体，埋在"三位一体"修道院的墓园里（参看 Juan Luis Alborg《西班牙文学史》第二册第二章，Gredos 书店 1981 年马德里版）。修道院的墓园里，绝不会容纳异教徒的遗体；必定是宗教信仰相同的人，才愿意死后遗体相守在一起。

据说，一个人在急难中，或困顿苦恼的时候，上帝会去敲他的门——敲他的心扉。他如果开门接纳，上帝就在他心上了，也就是这个人有了信仰。一般人的信心，时有时无，若有若无，或是时过境迁，就淡忘了，或是有求不应，就怀疑了。这是一般人的常态。没经锻炼，信心是不会坚定的。

在人生的道路上，如一心追逐名利权位，就没有余暇顾及其他。也许到临终"回光返照"的时候，才感到悔惭，心有遗憾，可是已追悔莫及，只好饮恨吞声而死。一辈子锻炼灵魂的人，对自己的信念,必老而弥坚。

一个人有了信仰,对人生才能有正确的价值观。如果说,人死了什么都没有了,只能留下些名声,或留下一生的贡献,那就太不公平了。没有名气的人呢?欺世盗名的大师,声名倒大得很呢!假如是残疾人,或疾病缠身的人,能有什么贡献?他们都没价值了?

英国大诗人弥尔顿(John Milton,1608—1674)四十四岁双目失明,他为自己的失明写了一首十四行诗,大意我撮述如下。他先是怨苦:还未过半生,已失去光明,在这个茫茫黑暗的世界上,他唯有的才能无从发挥,真是死一般的难受;他虽然一心要为上帝效劳,却是力不从心了。接下,"忍耐之心"立即予以驳斥:"上帝既不需要人类的效劳,也不需要他赋与人类的才能。谁最能顺从他的驾御,就是最出色的功劳。上帝是全世界的主宰。千千万万的人,无休无止地听从着他的命令,在陆地上奔波,在海洋里航行。仅仅站着恭候的人,同样也是为上帝服务。"这首诗也适用于疾病缠身的人。如果他们顺从天意,承受病痛,同样是为上帝服务,同样是功德,因为同样是锻炼灵魂,在苦痛中完善自己。

佛家爱说人生如空花泡影,一切皆空。佛家否定一切,唯独对信心肯定又肯定。"若复有人……能生信心……乃至一念生净信者……得无量福德……若复有人于此经中受持,乃至四句偈等,为他人说,其福胜彼……"(《金刚般若波罗密经》)。为什么呢?因为我佛无相,非但看不见,也无从想象。能感悟到佛的存在,需有"宿根""宿慧",也就是说,需有经久的锻炼。如能把信仰传授于人,就是助人得福,功德无量。

基督教颂扬信、望、爱三德。有了信仰,相信灵魂不死,就有永生的希望。有了信仰,上帝就在他心里了。上帝是慈悲的,心上有上帝,就能博爱众庶。

苏格拉底坚信灵魂不灭,坚信绝对的真、善、美、公正等道德概念。他坚持自己的信念,宁愿饮鸩就义,不肯苟且偷生。因信念而选择死亡,历史上这是第一宗,被称为仅次于基督之死。

苏格拉底到死很从容,而耶稣基督却是承受了血肉之躯所能承受的最大痛苦。他不能再忍受了,才大叫一声,气绝身亡。我读《圣经》到这一句,曾想,他大叫一声的时候,是否失去信心了?但我立即明白,大叫一声是表示他已忍无可忍了,他也随即气绝身亡。为什么他是救世主呢?并不因为他能变戏法似的把水变成酒,把一块面包变成无数面包,也并不因为他能治病救人,而是因为他证实了人是多么了不起,多么伟大,虽然是血肉之躯,能为了信仰而承受这么大的痛苦。他证实了人生是有意义的,有价值的。耶稣基督是最伟大的人,百分之百的克制了肉体。他也立即由人而成神了。

我站在人生边上,向后看,是要探索人生的价值。人活一辈子,锻炼了一辈子,总会有或多或少的成绩。能有成绩,就不是虚生此世了。向前看呢,再往前去就离开人世了。灵魂既然不死,就和灵魂自称的"我",还在一处呢。

这个世界好比一座大熔炉,烧炼出一批又一批品质不同而且和原先的品质也不相同的灵魂。有关这些灵魂的问题,我能知道什么?我只能胡思乱想罢了。我无从问起,也无从回答。孔子曰:"未知生,焉知死"(《先进十一》),"不知为不知",我的自问自答,只可以到此为止了。

结 束 语

我是旧社会过来的"老先生"。"老先生"是"老朽"的尊称。我向来接受聪明的年轻人对我这位老先生的批判。这篇文字还是我破题儿第一遭向他们提出意见,并且把我头脑里糊里糊涂的思想,认真整理了一番,写成这一连串的自问自答。"结束语"远不是问答的结束,而是等待着聪明的读者,对这篇"自问自答"的批判,等待他们为我指出错误。希望在我离开人世之前,还能有所补益。

注　释

　　作者按：注释不以先后排列，长短不一，每篇皆独立完整。

一　阿菊闯祸

钱锺书沦陷在上海的时候,想写《围城》。我为了省俭,兼做灶下婢。《围城》足足写了两年。抗日战争胜利前夕,传说美军将地毯式轰炸上海,锺书已护送母亲回无锡。一九四五年秋,日寇投降后,我们生活还未及好转,《围城》还未写完,我三姐怜我劳悴,为我找了个十七岁的女孩阿菊,帮我做做家事。阿菊从未帮过人,到了我家,未能为我省事,反为我生事了。她来不久就闯了个不小的祸。

我照常已把晚饭做好,圆圆和锺书已把各人的筷子、碟子摆上饭桌,我已坐在饭桌的座位上等候吃晚饭了。他们两个正准备帮助阿菊端上饭菜。忽见圆圆惊惶慌张地从厨房出来急叫:"娘!娘!!不好了!!!快快快,快,快,快!!!!"接着锺书也同样惊惶慌张地喊:"娘!快快快快快!!!"我忙起身赶到厨房去,未及进门,就看见当门一个面盆口那么粗的火柱子熊熊燃烧,从地面直往上升,几个火舌头,争着往上舔,离房顶只一寸两寸了。地上是个洋油炉。厨房极小,满处都是易燃物,如盛煤球的破筐子,边上戳出一根根薄薄的篾片,煤炉四围有劈细的木柴,有引火用的枯炭,还有满小筐子钢炭,大堆未劈的木柴;破旧的木桌子下,堆满了待我做成煤饼的纯煤末子,还有一桶洋油。如爆落几点火星,全厨房就烘烘地着火了。洋油桶如爆炸,就是一场火灾了。

胜利前夕,柴米奇缺的时候,我用爸爸给的一两黄金,换得一石白米,一箱洋油。一两黄金,值不知多少多少纸币呢。到用的时候,只值一石大米,一箱洋油。一石是一百六十斤。洋油就是煤油,那时装在洋铁箱里,称一箱,也称一桶。洋油箱是十二寸乘二十寸高的长方箱子,现在很少人见过洋油箱了,从前用处可大呢。斜着劈开,可改成日用的洋铁簸箕。一只洋油箱,可改做收藏食品的容器。洋油箱顶上有绊儿可提,还有个圆形的倒油口,口上有盖子。

洋油炉呢,底下储油的罐儿只有小面盆底那么大小,高约一寸半,也有个灌油的口子,上面也有盖。口子只有五分钱的镍币那么大。洋油箱的倒油口,有玻璃杯底那么大。要把洋油箱里的油灌入洋油炉,不是易事。洋油炉得放到破木桌上,口子上插个漏斗。洋油箱得我用全力抱上桌子,双手抱住油箱,往漏斗里灌入适量的洋油,不能太多,少也不上算,因为加一次油很费事。这是我的专职。我在学生时代,做化学试验,"操作"是第一名,如倒一试管浓盐酸,总恰好适量,因为我胆大而手准。

用洋油炉,也只为省俭。晚饭是稠稠的白米粥,煮好了焐在"暖窝"里——"暖窝"是自制的,一只破网篮垫上破棉絮,着了火很经烧呢。煤炉就能早早熄灭,可以省煤。放上水壶,还能利用余热赚些温水。贫家生活,处处费打算,灶下婢这等俭啬,不知能获得几分同情。凉菜只需凉拌,中午吃剩的菜,就在洋油炉上再煮煮,很省事。

阿菊嫌洋油炉的火太小。她见过我灌油。她提一箱洋油绰有余力,不用双手抱。洋油炉她懒得端上桌子,就放在地上。幸亏她偷懒,如搬上桌子,火柱子就立即烧上屋顶了。她在漏斗里注满洋油,油都溢出来,不便再端上桌,准备在地上热菜了,她划一支火柴一点,不料冒出了这么大的一个火柱子,把她吓傻了,幸亏阿圆及时报警,锺书也帮着"叫娘",我赶到厨房,她还傻站着呢。

我向来能镇静,也能使劲想办法。小时候在启明上学时,一同学陷泥里,我就是使劲一想,想出办法,就发号施令,在小鬼中当上了大王。这时我站在火柱旁边,非常平静,只说:"你们一个都不许动。"六只眼睛盯着我急切等待。我在使劲想。洋油燃烧,火上加水万万使不得。炉灰呢,洋铁簸箕里只有半簸箕,决计压不灭这炎炎上腾的火柱。压上一床厚被吧,非浸透了水,也还不保险。火柱子上的舌头,马上要舔上屋顶了。形势和时间,都刻不容缓了。我想,得用不怕火的东西,把火柱罩上。面盆太大,我要个洋磁痰盂,扣上。厨房门外,有小小一方空地,也称院子。院子通往后门,也通往全宅合用的厕所。这院子里晾着许多洗干净的洋磁尿罐,这东西比痰盂还多个把手,更合用。说时慢,想时快。我轻轻挨出厨房,拿了个大小合度的小洋磁尿罐,翻过来,伸进火柱,往洋油炉上一扣,火柱奇迹般立即消灭,变成七八条青紫色的小火蛇,在扣不严的隙缝里乱窜。我说:"拿炉灰来堵上。"阿菊忙搬过盛炉灰的簸箕。我们大家把炉灰一把一把抓来堵住隙缝,火蛇一会儿全没了。一个炎炎上腾的大火柱,一会儿就没有了。没事了!!

洋油炉上那锅没有热透的剩菜,凑合着吃吧。开上饭来,阿圆快活得嘻嘻哈哈地笑,锺书和女儿一样开心。阿菊看到大事化为没事,忍不住溜上楼去,把刚才失火的事,讲给楼上两个老妈妈听。据说,和我们住同样房子的邻居也曾厨房失火,用棉被压火,酿成火灾,叫了救火车才扑灭。

我看着锺书和阿圆大小两个孩子快活得嘻嘻哈哈,也深自庆幸。可是我实在吃惊不小,吃了一碗粥都堵在心口,翻腾了半夜才入睡。

二　温德先生爬树

一九四九年全国解放后,钱锺书和我得到了清华大学的聘书,又回母校当教师。温德先生曾是我们俩的老师。据说他颇有"情绪",有些"进步包袱"。我们的前辈周培源、叶企孙等老师,还有温德先生的老友张奚若老师,特别嘱咐我们两个,多去看望温德老师,劝导劝导。我因为温先生素有"厌恶女人"(woman hater)之名,不大敢去。锺书听我说了大笑,说我这么大年纪了,对这个词儿的涵意都不懂。以后我就常跟着锺书同去,温先生和我特友好。因为我比锺书听话,他介绍我看什么书,我总像学生般服从。温先生也只为"苏联专家"工资比他高三倍,心上不服,经我们解释,也就心平气和了。不久锺书被借调到城里参与翻译《毛泽东选集》工作,看望温先生的任务,就落在我一人身上了。

温先生有事总找我。有一天他特来我家,说他那儿附近有一架长竹梯他要借用,请我帮他抬。他告诉我,他特宠的那只纯黑色猫咪,上了他家东侧的大树,不肯下来。他准备把高梯架在树下,上梯把猫咪捉下来。他说,那只黑猫如果不回家,会变成一只野猫。

梯子搬到他家院子里,我就到大树下找个可以安放梯子的地方。大树长在低洼处,四周都是大大小小的石块和土墩。近树根处，杂草丛生，还有许多碎石破砖，实在没个地方可以安放这架竹梯。温先生也围着树根找了一转，也没找到哪个地方可以安放那架长梯。近了，梯子没个立足之地；远了，靠不到树上。这架梯子干脆没用了。我们仰头看那黑猫高踞树上，温先生做出种种呼唤声，猫咪傲岸地不理不睬。

我脱口说："要是我小时候，我就爬树。"

没想到这话激得温先生忘了自己的年纪，或不顾自己的年纪了。他已有六十多岁，人又高大，不像他自己估计的那么矫捷了。他说："你以为我就不能上树了吗?!"

我驷不及舌，忙说："这棵树不好上。"因为最低的横枝，比温先生还高出好老远呢。这话更是说坏了。温先生立即把外衣脱下，扔了给我，只穿着一件白色衬衣，走到树下，爬上一块最大的石头，又从大石头跳上最高的土墩，纵身一跳，一手攀上树枝，另一手也搭上了，整个人挂在空中。我以为他会知难而退，可是他居然能用两臂撑起身子，然后骑坐树枝上。他伸手把衬衫口袋里的眼镜盒儿掏了出来，叫我过去好生接着。我知道温先生最讨厌婆婆妈妈，到此境地，我不敢表示为他害怕，只跑到树下去接了他扔下的眼镜盒儿。他嫌那盒儿塞在胸前口袋里碍事。他像蛇一般贴在那横枝上，向猫咪踞坐的高枝爬去。我捏着一把汗，屏息而待。他慢慢地爬过另一树枝，爬向猫咪踞坐的高枝。但是猫咪看到主人来捉，就轻捷地更往高处躲。温先生越爬越高，猫咪就步步高升。树枝越高越细。这棵树很老了，细树枝说不定很脆。我不敢再多开口，只屏息观望。如果温先生从高处摔下，后果不堪设想。树下不是松软的泥土，是大大小小的石块，石缝里是碎石破砖。幸亏温先生看出猫咪刁钻，决不让主人捉住。他只好认输,仍从原路缓缓退还。我没敢吭一声,只仰头屏息而待。直到他重又双手挂在树枝上,小心地落在土墩上,又跳下大石,满面得意,向我讨还了他的眼镜盒儿又接过了他的外衣,和我一同回到他的屋里。

我未发一声。直到我在他窗前坐下,就开始发抖,像发疟疾那样不由自主的牙齿捉对儿厮打,抖得心口都痛了。我不由得双手抱住胸口,还只顾抖个不了。温先生正等待着我的恭维呢!准备自夸呢!瞧我索索地抖个不了,诧异地问我怎么回事,一面又笑我,还特地从热水瓶里为我倒了大半杯热水。我喝了几口热水,照样还抖。我怕他生气,挣扎着断断续续说:"温先生,你记得 Sir William James 的 *Theory of Emotion* 吗?"温先生当然读过 Henry James(1843—1916)的小说,但他也许并未读过他哥哥 William James(1842—1910)的心理学。我只是偶然读过一点点。照他的学说,感情一定得发泄。感情可以压抑多时,但一定要发泄了才罢休。温先生只是对我的发抖莫名其妙,我好容易抖完,才责怪他说:"你知道我多么害怕吗?"他虽然没有捉住猫咪,却对自己的表演十分得意。我抖完也急急回家了,没和他讲究那套感情的理论。

李慎之先生曾对我说:"我觉得最可怕是当'右派',至今心上还有说不出的怕。"我就和他讲了我所读到的理论,也讲了我的亲身经验,我说他还有压抑未泄的怕呢。

三 劳 神 父

我小时候,除了亲人,最喜欢的是劳神父。什么缘故,我自己也不知道。也许因为每次大姐姐带了我和三姐姐去看他,我从不空手回来。我的洋玩意儿都是他给的。不过我并不是个没人疼的孩子。在家里,我是个很娇惯的女儿。在学校,我总是师长偏宠的学生。现在想来,大约因为劳神父喜欢我,所以我也喜欢他。

劳神父第一次赠我一幅信封大小的绣片,并不是洋玩意儿。绣片是白色绸面上绣一个红衣、绿裤、红鞋的小女孩儿,拿着一把扇子,坐在椅子上乘凉。上面覆盖一张卡片,写着两句法文:"在下学期再用功上学之前,应该好好休息一下了。""送给你最小的妹妹"。卡片是写给大姐姐的,花字签名的旁边,还画着几只鸟儿,上角还有个带十字架的标记。他又从自己用过的废纸上,裁下大小合度的一方白纸,双叠着,把绣片和卡片夹在中间,面上用中文写了一个"小"字,是用了好大功力写的。我三姐得的绣片上是五个翻跟斗的男孩,比我的精致得多。三姐姐的绣片早已丢到不知哪里去了。我那张至今还簇新的。我这样珍藏着,也可见我真是喜欢劳神父。

他和我第一次见面时,对我说:他和大姐姐说法语,和三姐姐说英语,和我说中国话。他的上海话带点洋腔,和我讲的话最多,都很有趣,他就成了我很喜欢的朋友。

他给我的洋玩意儿,确也是我家里没有的。例如揭开盒盖就跳出来的"玩偶盒"(Jack-in-the-box);一木盒铁制的水禽,还有一只小轮船,外加一个马蹄形的吸铁石,玩时端一面盆水,把铁制的玩物浮在水上,用吸铁石一指,满盆的禽鸟和船都连成一串,听我指挥。这些玩意儿都留在家里给弟妹们玩,就玩没了。

一九二一年暑假前,我九岁,等回家过了生日,就十岁了。劳神父给我一个白纸包儿,里面好像是个盒子。他问我知不知道亚当、夏娃逐出乐园的故事。我已经偷读过大姐姐寄放在我台板里的中译《旧约》,虽然没读完,这个故事很熟悉。劳神父说:"好,我再给你讲一个。"故事如下:

"从前有个叫花子,他在城门洞里坐着骂他的老祖宗偷吃禁果,害得他吃顿饭都不容易,讨了一天,还空着肚子呢。恰好有个王子路过,他听到了叫花子的话,就把他请到王宫里,叫人给他洗澡,换上漂亮衣服,然后带他到一间很讲究的卧室里,床上铺着又白又软的床单。王子说:这是你的卧房。然后又带他到饭厅里,饭桌上摆着一桌香喷喷、热腾腾的好菜好饭。王子说:这是我请你吃的饭;你现在是我的客人,保管你吃得好,穿得好,睡得好;只是我有一道禁令,如果犯了,立刻赶出王宫。

"王子指指饭桌正中的一盘菜,上面扣着一个银罩子。王子说:'这个盘子里的菜,你不许吃,吃了立即赶出王宫。'

"叫花子在王宫里吃得好,穿得好,睡得好。日子过得很舒服,只是心痒痒地要知道扣着银罩子的那盘菜究竟是什么。过了两天,他实在忍不住了,心想:我不吃,只开一条缝缝闻闻。可是他刚开得一缝,一只老鼠从银罩子下直蹿出来,逃得无影无踪了。桌子正中的那只盘子空了,叫花子立即被赶出王宫。"

劳神父问我:"听懂了吗?"

我说:"懂。"

劳神父就把那个白纸包儿交给我,一面说:"这个包包,是我给你带回家去的。可是你得记住:你得上了火车,才可以打开。"我很懂事地接过了他的包包。

从劳神父处回校后,大姐姐的许多同事——也都是我的老师,都知道我得了这么个包包。她们有的拿来掂掂,摇摇;有的拿来闻闻,都关心说:包包里准是糖。这么大热天,封在包包里,一定化了,软了,坏了。我偷偷儿问姐姐:"真的吗?"姐姐只说:"劳神父怎么说的?"我牢记劳神父嘱咐的话,随她们怎么说,怎么哄,都不理睬。只是我非常好奇,不知里面是什么。

这次回家,我们姐妹三个,还有大姐的同事许老师,同路回无锡。四人上了火车,我急不可待,要大姐姐打开纸包。大姐说:"这是'小火车',不算数的。"(那时有个小火车站,由徐家汇开往上海站。现在早已没有了。)我只好再忍着,好不容易上了从上海到无锡的火车。我就要求大姐拆开纸包。

大姐姐撕开一层纸,里面又裹着一层纸;撕开这层,里面又是一层。一层一层又一层,纸是各式各样的,有牛皮纸,报纸,写过字又不要的废稿纸,厚的、薄的、硬的、软的……每一层都用糨糊粘得非常牢固。大姐姐和许老师一层一层地剥,都剥得笑起来了。她们终于从十七八层的废纸里,剥出一只精致美丽的盒子,一盒巧克力糖!大姐姐开了盖子,先请许老师吃一颗,然后给我一颗,给三姐一颗,自己也吃一颗,就盖上盖子说:"这得带回家去和爸爸妈妈一起吃了。"她又和我商量:"糖是你的,匣子送我行不行?"我点头答应。糖特好吃,这么好的巧克力,我好像从没吃过呢。回家后,和爸爸妈妈一起吃,尤其开心。我虽然是个馋孩子,能和爸爸妈妈及一家人同吃,更觉得好吃。

一九三〇年春假,我有个家住上海的中学好朋友,邀我和另一个朋友到她家去玩。我到了上海,顺便一人回启明去看看母校师友,我大姐还在启明教书呢。我刚到长廊东头的中文课堂前,依姆姆早在等待了,迎出来"看看小季康",一群十三四岁的女孩子都跑出来看"小季康"。我已过十八周岁,大学二年了,还什么"小季康"!依姆姆刚把学生赶回课堂,我就看见劳神父从长廊西头走近来。据大姐姐告诉我,劳神父知道我到启明来,特来会我的。他已八十岁了。劳神父的大胡子已经雪白雪白。他见了我很高兴,问我大学里念什么书。我说了我上的什么课,内有论理学,我说的是英文 Logic,劳神父惊奇又感慨地说:"Ah!Loguique!Loguique!"我又卖弄我自己学到的一点点天文知识,什么北斗星有八颗星等等,劳神父笑说:"我欢迎你到我的天文台来,让你看一晚星星!"接下他轻吁一声说:"你知道吗?我差一点儿死了。我不久就要回国,不回来了。"他回国是落叶归根的意思吧。他轻轻抱抱我说:"不要忘记劳神父。"我心上很难受,说不出话,只使劲点头。当时他八十,我十八。劳神父是我喜爱的人,经常想念。

我九十岁那年,锺书已去世,我躺在床上睡不着,忽然想到劳神父送我那盒巧克力时讲的故事,忽然明白了我一直没想到的一点。当时我以为是劳神父勉励我做人要坚定,勿受诱惑。我直感激他防我受诱惑,贴上十七八层废纸,如果我受了诱惑,拆了三层、四层,还是有反悔的机会。但是劳神父的用意,我并未了解。

我九十岁了,一人躺着,忽然明白了我九岁时劳神父那道禁令的用意。他是一心要我把那匣糖带回家,和爸爸妈妈等一起享用。如果我当着大姐那许多同事拆开纸包,大姐姐得每人请吃一块吧?说不定还会被她们一抢而空。我不就像叫花子被逐出王宫,什么都没有了吗!九岁听到的话,直到九十岁才恍然大悟,我真够笨的!够笨的!

我从书上读到有道行的老和尚,吃个半饥不饱,夜里从不放倒头睡觉,只在蒲团上打坐。劳神父也是不睡的,他才有闲空在赠我的糖盒上包上十七八层的废纸。劳神父给我吃的、玩的,又给我讲有趣的故事,大概是为他辛勤劳苦的生活,添上些喜爱欢乐的色彩吧!

四　记比邻双鹊

我住的楼是六号楼，卧室窗前有一棵病柏，因旁边一棵大柳树霸占了天上的阳光、地下的土壤。幸亏柳树及时斫去，才没枯死，但是萎弱得失去了柏树的挺拔，也不像健旺的柏树枝繁叶茂，钻不进一只喜鹊。病柏枝叶稀疏，让喜鹊找到了一个筑巢的好地方。二〇〇三年，一双喜鹊就衔枝在病柏枝头筑巢。我喜示欢迎，偷空在大院里拾了大量树枝，放在阳台上，供它们采用。不知道喜鹊筑巢选用的建材颇有讲究。我外行，拣的树枝没一枝可用。过了好几天我知道不见采纳，只好抱了大把树枝下楼扔掉。

鹊巢刚造得像个盆儿，一夜狂风大雨，病柏上端随风横扫，把鹊巢扫落地下。幸好还没下蛋。不久后，这对喜鹊就在对面七号楼下小道边的胡桃树顶上重做了一个。我在三楼窗里看得分明，下楼到树下抬头找，却找不到，因为胡桃树枝叶扶疏，鹊巢深藏不露。但这个巢很简陋，因为是仓促建成的。胡桃树不是常青树，冬天叶落，鹊巢就赤裸裸地挂在光秃秃的树上，老远都看得见。

二〇〇四年的早春二月间，胡桃树的叶子还没发芽呢。这年的二月二十日，我看见这双喜鹊又在病柏的高枝上筑巢了。这回有了经验，搭第一枝，左放右放，好半天才搭上第一枝，然后飞到胡桃树上又拆旧巢。原来喜鹊也拆迁呢！它们一老早就上工了。我没想到十天后,三月三日,旧巢已拆得无影无踪了。两只喜鹊每天一老早就在我窗外建筑。一次又风雨大作,鹊巢没有掉落。它们两个每天勤奋工作,又过两星期,鹊巢已搭得比鸟笼还大一圈了,上面又盖上个巢顶,上层牢牢地拴在柏树高一层的树枝上。我看见鹊儿衔着一根树枝,两脚使劲蹬,树枝蹬不下,才满意。

鹊巢有两个洞,一向东,一向西。喜鹊尾巴长,一门进,一门出,进巢就不必转身。朝我窗口的一面,交织的树枝比较疏,大概因为有我家屋子挡着,不必太紧密,或许也为了透气吧？因为这对喜鹊在这个新巢里同居了。阿姨说,不久就下蛋了。它们白天还不停地修补这巢,衔的都是软草羽毛之类。我贡献了旧扫把上的几枝软草,都给衔去铺垫了。

四月三日,鹊巢完工。以后就看见身躯较小的母鹊经常卧在巢内。据阿姨说,鸡孵蛋要三个星期,喜鹊比鸡小,也许不用三个星期之久。父鹊每日进巢让母鹊出来舒散一下,平时在巢外守望,想必也为母鹊觅食。它们两个整天守着它们这巢。巢里肯定有蛋了。这时已是四月十九日了。下雨天,母鹊羽毛湿了,显得很瘦。我发现后面五号楼的屋檐下有四五只喜鹊避雨。从一号到五号楼的建筑和六号以上的楼结构不同,有可供喜鹊避雨的地方,只是很窄。喜鹊尾巴长,只能横着身子。避雨的,大概都是邻近的父鹊,母鹊大概都在巢内。我窗前巢里的父鹊,经常和母鹊一出一入,肯定是在抱蛋了。

五月十二日,我看见五六只喜鹊(包括我窗外巢里的父鹊)围着柏树打转,又一同停在鹊巢旁边,喳喳喳喳叫。我以为是吵架,却又不像吵架。喳喳叫了一阵,又围着柏树转一圈,又一同落在树上,不知是怎么回事。

十三日,阿姨在我卧室窗前,连声叫我"快来看!"我忙赶去看,只见鹊巢里好像在闹鬼似的。对我窗口的一面,鹊巢编织稀疏。隙缝里,能看到里面有几点闪亮的光,和几个红点儿。仔细看,原来巢里小喜鹊已破壳而出,伸着小脑袋在摇晃呢。闪亮的是眼睛。嘴巴张得很大,嘴里是黄色,红点儿该是舌头。看不清共有三只或四只,都是嗷嗷待哺的黄口。

我也为喜鹊高兴。抱蛋够辛苦的,蛋里的雏儿居然都出来了!昨天那群喜鹊绕树飞一转,又落在巢边喳喳叫,又绕树一圈,又一齐落在树上喳喳叫,该是为了这对喜鹊喜生贵子,特来庆贺的。贺客都是身躯较大的父鹊,母鹊不能双双同来,想必还在抱蛋,不能脱身。

阿姨说,小鹊儿至少得七到十天,身上羽毛丰满之后才开始学飞。我不急于看小鹊学飞,只想看小鹊儿聚在巢口,一个个张着黄口,嗷嗷待哺。自从小鹊出生,父鹊母鹊不复进巢,想是怕压伤了小雏。

阿姨忽然记起,不久前榆树上刚喷了杀虫药。想来全市都喷药了。父母鹊往哪儿觅食呢?十四日我还听见父母鹊说话呢,母鹊叫了好多声才双双飞走。但摇晃的脑袋只有两个了。天气转冷,预报晚上中雨。小鹊儿已经三朝了,没吃到东西,又冻又饿,还能活命吗?

晚饭前就下雨了,下了一晚。鹊巢上面虽然有顶,却是漏雨的。我不能为鹊巢撑把伞,因为够不着,也不能找些棉絮为小雏垫盖。出了壳的小鸟不能再缩回壳里,我愁也没用。一夜雨,是不小的中雨。早上起来,鹊巢里寂无声音,几条小生命,都完了。这天饭后,才看见父母鹊回来。父鹊只向巢里看了一眼,就飞走了。母鹊跳上树枝,又跳近巢边,对巢里再看一眼,于是随父鹊双双飞走。

五月十六日,早上八点半,我听见两只喜鹊在说话,急看窗口,只见母鹊站在柏树枝上,跳上一枝,又一跳逼近巢口,低头细看巢里,于是像啼哭似的悲啼,喳喳七声,共四次。随后就飞走了。未见父鹊,想是在一起。柏树旁边胡桃树上湿淋淋的树叶上,还滴着昨宵的雨,好像替它们流泪。这天晚饭后,父母鹊又飞来,但没有上树,只站在对面七号楼顶上守望。

又过了两天,五月十八日上午,六天前曾来庆贺小鹊生日的四五只大喜鹊,又飞集柏树枝上,喳喳叫了一阵。有两只最大的,对着鹊巢喳喳叫,好像对殇儿致辞,然后都飞走了。父母鹊不知是否在我们屋顶上招待,没看见它们。午后四时,母鹊在巢边前前后后叫,父鹊大约在近旁陪着,叫得我也伤心不已。下一天,五月十九日,是我女儿生忌。下午三时多,又来站在柏树枝上,向巢悲啼三四分钟。下一天,也是下午三时多,老时候。母鹊又来向巢叫,又跳上一枝,低头向巢叫,又抬头叫,然后和陪同前来的父鹊一同飞走。

五月二十七日,清早六时起,看见母鹊默默站在柏树旁边的胡桃树上,父鹊在近旁守望。看见了我都飞走了。五月二十八日,小鹊已死了半个月了。小鹊是五月十二日生,十三、十四日死的。父母鹊又同来看望它们的旧巢。母鹊站上巢顶悲啼。然后父母同飞去。从此以后,它们再也不站上这棵柏树,只在邻近守望了。晚饭后,我经常看到它们站在对楼屋顶上守望。一次来了一只老鸦,踞坐巢上。父母鹊呼朋唤友,小院里乱了一阵,老鸦赶走才安定下来。我们这一带是喜鹊的领域,灰鹊或老鸦都不准入侵的。我怀疑,小雏的遗体,经雨淋日晒,是不是发臭了,老鸦闻到气息,心怀不善吧?

这个空巢——不空,里面还有小雏遗体,挂在我窗前。我每天看到父鹊母鹊在七号楼屋脊守望,我也陪着它们伤心。冬天大雪中,整棵病柏,连带鹊巢都压在雪里,父鹊母鹊也冒寒来看望。

转眼又是一年了。二○○五年的二月二十七日,鹊巢动工约莫一年之后,父鹊母鹊忽又飞上柏树,贴近鹊巢,向里观望。小鹊遗体经过雨淋雪压、日晒风吹,大概已化为尘土,散失无遗。父母鹊登上旧巢,用嘴扭开纠结松枝的旧巢。它们又想拆迁吧?它们扭开纠结松枝的旧树枝,衔住一头,双脚使劲蹬。去年费了好大工夫牢牢拴在树巅的旧巢,拆下不易,每拆一枝,都要衔住一头,双脚使劲蹬。出主力拆的是父鹊,母鹊有时旁观,有时叫几声。渐渐最难拆的部分已经松动。这个坚固的大巢,拆得很慢,我却不耐烦多管它们的闲事了。直到五月五日,旧巢拆尽。一夕风雨,旧巢洗得无影无踪。五月六日,窗前鹊巢已了无痕迹。过去的悲欢、希望、忧伤,恍如一梦,都成过去了。

五　三叔叔的恋爱

我最爱听爸爸讲他的小弟弟。爸爸的小弟弟是我的三叔叔。他比我爸爸小十一岁。我总觉得爸爸爱三叔，正像我爱小妹妹阿必（杨必），她也比我小十一岁。

我爸爸爱讲他小弟弟小时候的事，小弟弟临睡自己把被子盖好，学着大人要孩子快睡吓唬孩子的话："老虎来了！"一面自己抓抓被子作老虎扒门声，一面闭上眼睛乖乖地睡。三叔叔是又聪明、又乖觉的孩子。

他考入上海南洋公学，虚岁十九就由学校派送美国留学，和我爸爸到美国留学差不多同时。他有公费，生活富裕。但我爸爸从不用他的钱，他们两兄弟也不住在一起。据我爸爸说：美国女人都说他漂亮。他个儿高，相貌也好，活泼可爱。他留美期间，和一位学医的华侨林小姐恋爱了。三叔学的是审计，他学成回国比我爸爸略早。回国前夕，他告诉我爸爸他爱上了学医的林小姐，回国就要解除婚约。三叔叔是十一岁就由父母之命订了婚的。

据我爸爸说，三叔的丈人是举人，任"学老师"。他在我三叔十一岁时，看中了这个女婿。我爸爸说他善于选择女婿。只是女婿可以挑选，女儿都不由他挑选。他的女儿都不得人喜爱。另两个未婚女婿都出国留学，回国都退了婚。两位退婚的小姐都郁郁而死。我爸爸听三叔说要退婚,迟疑了一下,不得不提醒他说:"要解约,当在出国前提出。人家小姐比你大两岁,又等了你三年了。"如果退婚,她肯定是嫁不出去的了。三叔叔想必经过了一番内心斗争,和林小姐有情人未成眷属。他回国就和三婶结婚了。

三叔叔和三婶婶新婚也满要好。三叔叔应酬多,常带着新夫人一同出去。据我三婶自己告诉我妈妈,有一次,她不知说了一句什么话,三叔满面涨得通红,连脖子带耳朵都红了。从此以后,再也不带她一同出去应酬了。过些时,他把三婶送回无锡老家,自己一人留居北京。他当时任审计局长。

三叔叔吃花酒,认识了当时最红的名妓林××。这位名妓,不愿嫁阔佬,而钟情于三叔这么个穷书生。三叔也准备娶她,新床都买好了。他原有肺结核病,在美国留学时期治好了。这时忽然大吐血,娶林××事只好作罢。当时我父母同在无锡省视祖母,他们俩回北京时,我妈妈好心,带了三婶同回北京。我三婶不懂事,还嫌跟着我爸爸妈妈回北京,不如丈夫接她风光。我妈妈是知道三叔病了,特地把她带回北京的。

三叔叔大吐血就住进医院了,住的是德国医院——现在北京医院的前身。林××天天到医院看望。一次,三婶看见林××从三叔病房出来,就卷起洋伞打她,经护士劝开。三婶回家,气愤愤地告诉我妈妈。我妈妈说:"你怎么可以打人呀?"三婶说:"她是婊子。"当时,大太太率领仆妇捣毁姨太太的小公馆是常有的事,但没嫁人的名妓,身份是很高的。

后来林××嫁了一位富贵公子。妓女从良,照例要摆一桌酒席,宴请从前的"恩客",表示以后不再叙旧情。据我爸爸讲,三叔叔是主客。他身负重病,特地赶去赴宴。此后,三叔叔自知病重,不能工作,就带了三婶和孩子同回老家。几年后因病去世,遗下寡婶和堂妹由我爸爸抚养。后来我堂妹嫁了阔人,但三婶已得老年性痴呆,也没有享福。

我上大学的时期,回家总爱跟着爸爸或妈妈,晚上还不愿回自己房间。有一夜,我听爸爸对妈妈说:"小弟弟若娶了林小姐,他不致这样斲丧自己吧?"妈妈默然没有回答。我很为爸爸伤心,妈妈也知道爸爸是怜惜小弟弟而伤心自责。但是他作为年长十一岁的哥哥,及时提醒小弟弟,爸爸错了吗?三叔经过斗争,忍痛和有情人分手,三叔错了吗?我认为他们都没有错。我妈妈真好,她一声也不响,她是个知心的好老伴儿。我回到自己屋里来回地想,爸爸没错,三叔叔也没错。不过感情是很难控制的,人是很可怜的。

六　孔夫子的夫人

孔子曰："惟女子与小人为难养也。"这句话，得罪了好几位撑着半边天的女同志。其实"周公制礼"，目中就没有女子。虽有男多女少的部族，女贵于男，女子专权，但未见哪一位"周婆制礼"。从前我们可怜的女人被轻视是普遍现象，怪不到孔子。

苏格拉底比孔子后生八十多年。他和老伴儿生过三个儿子，看来也有女儿。因为他喝毒药之前，三个儿子都到监狱里见了父亲，然后，"家里的女人"也来了。"家里的女人"显然不只有一个老伴儿，想必还有女儿呢。苏格拉底对老伴儿一点情分都没有，只看作不明事理的人，打发开就算，没有丝毫怜惜爱护之情。

我读孔子的书，肯定他是一位躬行君子，自己没做到的事是不说的。他栖栖一代中，要求修身、齐家、治国、平天下，他的家一定是和洽的。所以我对孔夫子家的女人，很有兴趣，尤其想见见孔夫子的夫人。

可是我读书不多，一门心思寻找孔子家里的女子，书上绝少记载。据《史记·孔子世家》，他父亲生了九个女儿，没有儿子。年纪过了六十四，娶了颜家最小的女儿，才生了儿子，名丘字仲尼。丘生而父死。《索隐》据《孔子家语》，说孔子三岁而父死。他的年轻妈妈去世之前，当然母子同在一家。究竟他父亲几岁生他,他那位年轻的寡母哪年去世,记载都不详,好像没活多久。孔子十几岁就父母双亡,他的九个姐姐也不知下落。孔子十九岁,娶了一位复姓亓官的夫人,一年就生下一个儿子,名鲤,字伯鱼。伯鱼年五十,先孔子死。伯鱼只生了一个儿子。孔子肯定有女儿,公冶长不就是他的女婿吗?孔子有多少女儿我无从知道,孔子生前,记载中没有提到夫人去世,该是和亓官夫人白头到老的吧?孔子三岁父亲去世时,九个姐姐未必都已出嫁。亓官夫人不会只生一子一女就不再生育。伯鱼年五十,也不会只生一个儿子。从前女人不会节制生育,都生不少孩子呢。书上根本没提伯鱼的妻子,也没说伯鱼生几个女儿。书上就是不屑记载女人的。伯鱼年五十,我也怀疑,因为伯鱼死在颜渊之前,而颜回短命,只活到三十二岁。全部《论语》里,伯鱼只提到两次,据孔子所教导的话,他还很年轻。我记得子路是孔子六十九岁上死的,伯鱼比颜回还死得早呢。

我们读《论语》,就知道孔子的日常生活,无论饮食起居,都很讲究。这种种讲究,他老夫子自己决计是管不了的,当然是由家里女人照料。亓官夫人肯定很能干,对丈夫很体贴,夫妇之间很和洽。"女子小人"虽然难养,孔夫子一定"养"得很有办法。

就看他怎么讲究吃吧。"食不厌精,脍不厌细",饭煮糊了,鱼肉变味了,他就不吃。饭煮得夹生,他也不吃。五谷果实没熟的不吃。肉得切得方方正正,如果一片厚、一片薄,一块大、一块小,或歪歪斜斜、乱七八糟的,他不吃。市上买的熟食,他不吃。祭肉过了三天,他也不吃。

他穿衣服也讲究。红的紫的不做内衣。我们的内衣,也不爱这么娇艳的颜色。我们也爱用浅淡的素色,否则脏了看不出。

暑天穿了薄薄的绸衣，必定要衬衬衣。冬衣什么色儿的皮毛，配用什么色儿的衣料，例如黑羔羊皮配黑色的衣料，白鹿皮配素淡的衣料。家常衣服，右边的袖子短些，便于工作。睡觉一定要穿睡衣，睡衣比身体长一半，像西洋的婴儿服。穿了这么长的睡衣还能下床行走吗？当然得别人伺候了。"食不语，寝不言"，吃饭细嚼缓吞，不宜谈话。躺下再谈话就睡不着了，我有经验。"席不正，不坐"，我更能体会。椅子凳子歪着，我坐下之前必定要放放正，除非是故意放在侧面的。如果我的床垫歪了，我必定披衣下床推正了再睡，否则睡不稳。这不过是生性爱整齐罢了。

孔子出门必坐车，不是摆架子，只是按身份行事。譬如我们从前大人家小姐出门必坐车，不徒步走。他住的房子决不在陋巷，显然有厅堂、有内寝，所以他才说"由也升堂矣，未入室也"。

孔子能齐家，亓官夫人也顶着半个家呢。在我的想象里，亓官夫人想必治家严谨。孔夫子对日常生活够挑剔的，而家里却很和洽。孔子的女儿，儿媳，孙女，以及伺候的女佣，一大群呢，孔子想必"养"得很好，一方面相当亲近，一方面也不让放肆。他认为"君子之道，造端乎夫妇"，所以他和亓官夫人，必定感情很好。亓官夫人即使不是贤能的夫人，至少也是以顺为正，能按照夫子的意愿管理这一大家女人的。

现在咱们家里，如果请了一个没教养的"阿姨"，好养吗？

七 《论语》趣

我很羡慕上过私塾的人,"四书五经"读得烂熟。我生在旧时代的末端,虽然小学、中学、大学的课程里都有国文课,国文并不重要,重要的是数学、理科和英文。我自知欠读的经典太多了,只能在课余自己补读些。

"四书"我最喜欢《论语》,因为最有趣。读《论语》,读的是一句一句话,看见的却是一个一个人,书里的一个个弟子,都是活生生的,一人一个样儿,各不相同。孔子最爱重颜渊,却偏宠子路。钱锺书曾问过我:"你觉得吗?孔子最喜欢子路。"我也有同感。子路很聪明,很有才能,在孔子的许多弟子里,他最真率,对孔子最忠诚,经常跟在夫子身边。孔子一声声称赞"贤哉回也",可是和他讲话,他从不违拗("不违如愚")。他的行为,不但表明他对夫子的教诲全部领悟,而且深有修养。孔子不由得说"回也非助我者也",因为他没有反应。孔子只叹恨"吾见其进也,未见其止也"。子路呢,夫子也常常不由自主地称赞,例如"由也兼人","片言可以折狱者,其由也欤?""子路无宿诺"等。子路听到夫子的称赞就喜形于色,于是立即讨得一顿训斥。例如孔子说:"道不行,乘桴浮于海,从我者,其由欤?""子路闻之喜"。孔子接下就说:"由也,好勇过我,无所取材。"孔子曾称赞他假如穿了破棉袍儿,和穿狐皮袍的人站在一起,能没有自卑感,引用《诗经·邶风》的"不忮不求,何用不臧",子路终身诵之。孔子就说,这是做人的道理,有什么自以为美的。又如孔子和颜回说心里话:"用之则行,舍之则藏,惟我与尔有是夫!"子路就想挨上去讨夫子的称赞,卖弄说:"子行三军,则谁与?"夫子对子路最不客气,马上给几句训斥:"暴虎冯河,死而无悔者,吾不与也。必也临事而惧,好谋而成者也。"

孔子对其他弟子总很有礼,对子路却毫不客气地提着名儿训他:"由,诲汝知之乎?……"子路对夫子毫无礼貌。孔子说:"必也正名乎?"他会说:"有是哉,子之迂也。……"孔子不禁说:"野哉!由也。"接着训了他几句。颜回最好学,子路却是最不好学,他会对夫子强辩饰非,说"何必读书,然后为学"。孔子对这话都不管理了,只说他厌恶胡说的人。但是在适当的时候,夫子会对他讲切中要害的大道理,叫他好生听着:"居,吾语汝。"(坐下,听我说。)夫子的话是专为他不好学、不好读书而说的。一次,几个亲近的弟子陪侍夫子:闵子是一副刚直的样子,子路狠巴巴地护着夫子,好像要跟人拼命似的。冉有、子贡,和颜悦色。孔子心上喜欢,说了一句笑话:"若由也,不得其死然。"孔子如果知道子路果然是"不得其死",必定不忍说这话了。孔子爱音乐,子路却是音乐走调的。子路鼓瑟,孔子受不了了,叫苦说:"由之瑟,奚为于丘之门。"门人不敬子路,孔子就护他说:"由也升堂矣,未入于室也。"(以上只是我的见解。据《孔子家语》:子路鼓瑟,有北鄙杀伐之声,因为他气质刚勇而不足于中和。我认为刚勇的人,作乐可以中和;子路只是走调。)

子游、子夏,孔子也喜欢。"吾党之小子狂简,斐然成章"指的可能就是以文学见长的子游、子夏。子游很认真要好,子夏很虚心自谦。夫子和子游爱开开玩笑,对子夏多鼓励。

子贡最自负。夫子和他谈话很有礼,但是很看透他。孔子明明说"君子不器"。子贡听夫子称赞旁人,就问"赐也如何?"孔子说:"汝器也",不过不是一般的"器",是很珍贵的"器","瑚琏也"。子贡自负说:"我不欲人之加诸我也,吾亦欲无加诸人。"夫子断然说:"赐也,非尔所及也。"孔子曾故意问他:"汝与回也孰愈?"子贡却知道分寸,说他怎敢和颜回比呢,回也闻一知十,他闻一知二。孔子老实说:"弗如也",还客气地陪上一句:"吾与汝,弗如也。"子贡爱批评别人的短处。孔子训他说:"赐也贤乎哉,夫我则不暇。"子贡会打算盘,有算计,能做买卖,总是赚钱的。孔子称他"善货殖,亿则屡中"。

孔子最不喜欢的弟子是宰予。宰予不懂装懂,大胆胡说。孔子听他说错了话,因为他已经说了,不再责怪。宰予言行不符,说得好听,并不力行。而且很懒,吃完饭就睡午觉。孔子说他"朽木不可雕也"。又说:"始吾于人也,听其言而信其行。今吾于人也,听其言而观其行。"说他是看到宰予言行不一而改变的。宰予嫌三年之丧太长,认为该减短些。夫子说:"子生三年然后免于父母之怀。"父母死了没满三年,你吃得好,穿得好,心上安吗?宰予说"安"。孔子说:你心安,就不守三年之丧吧。宰予出,夫子慨叹说:"予之不仁也……予也有三年之爱于其父母乎?"宰予有口才,他和子贡一样,都会一套一套发议论,所以孔子推许他们两个擅长"语言"。

《论语》里只有一个人从未向夫子问过一句话。他就是陈亢,字子禽,他只是背后打听孔子。他曾问子贡:孔子每到一个国,"必闻其政",是他求的,还是人家请教他呀?又一次私下问孔子的儿子伯鱼,"子亦有异闻乎?"伯鱼很乖觉,说没有异闻,只叫他学《诗》学《礼》。陈亢得意说:"问一得三,闻诗,闻礼,又闻君子之远其子也。"孔子只这么一个宝贝儿子,伯鱼在家里听到什么,不会告诉陈亢。孔子会远其子吗?君子易子而教,是该打该骂的小孩,伯鱼已不是小孩子了。也就是这个陈亢,对子贡说:你是太谦虚吧?"仲尼岂贤于子乎?"他以为孔子不如子贡。真有好些人说子贡贤于孔子。子贡虽然自负,却是有分寸的。他一再说:"仲尼不可毁也";"仲尼日月也,无得而逾也";"夫子之不可及也,犹天之不可阶而升也"。陈亢可说是最无聊的弟子了。

最傲的是子张。门弟子间惟他最难相处。子游说:"吾友张也,为难能也,然而未仁。"曾子曰:"堂堂乎张也,难于并为仁矣。"

我们看到孔门弟子一人一个样儿,而孔子对待他们也各各不同,我们对孔子也增多几分认识。孔子诲人不倦,循循善诱,他从来没有一句教条,也全无道学气。他爱音乐,也喜欢唱歌,听人家唱得好,一定要请他再唱一遍,大概是要学唱吧!他如果哪天吊丧伤心哭了,就不唱歌了。孔子是一位可敬可爱的人,《论语》是一本有趣的书。

八　镜　中　人

镜中人,相当于情人眼里的意中人。

谁不爱自己?谁不把自己作为最知心的人?谁不体贴自己、谅解自己?所以一个人对镜自照时看到的自己,不必犯"自恋癖"(narcissism),也往往比情人眼里的意中人还中意。情人的眼睛是瞎的,本人的眼睛更瞎。我们照镜子,能看见自己的真相吗?

我屋里有三面镜子,方向不同,光照不同,照出的容貌也不同。一面镜子最奉承我,一面镜子最刻毒,一面最老实。我对奉承的镜子说:"别哄我,也许在特殊情况下,例如'灯下看美人',一霎时,我会给人一个很好的印象,却不是我的真相。"我对最刻毒的镜子说:"我也未必那么丑,这是光线对我不利,显得那么难看,不信我就是这副模样。"最老实的镜子,我最相信,觉得自己就是镜子里的人。其实,我哪就是呢!

假如我的脸是歪的,天天照,看惯了,就不觉得歪。假如我一眼大,一眼小,看惯了,也不觉得了,好比老伴儿或老朋友,对我的缺点习惯了,视而不见了。我有时候也照照那面奉承我的镜子,聊以自慰;也照照那面最刻毒的镜子,注意自我修饰。我自以为颇有自知之明了。其实远没有。何以见得呢?这需用实例才讲得明白。

我曾用过一个最丑的老妈,姓郭。钱锺书曾说:对丑人多看一眼是对那丑人的残酷。我却认为对郭妈多看一眼是对自己的残酷。她第一次来我家,我吓得赶忙躲开了眼睛。她丑得太可怕了:梭子脸,中间宽,两头狭,两块高颧骨夹着个小尖鼻子,一双肿眼泡;麻皮,皮色是刚脱了痂的嫩肉色;嘴唇厚而红润,也许因为有些紧张,还吐着半个舌尖;清汤挂面式的头发,很长,梳得光光润润,水淋淋地贴在面颊两侧,好像刚从水里钻出来的。她是小脚,一步一扭,手肘也随着脚步前伸。

从前的老妈子和现在的"阿姨"不同。老妈子有她们的规矩。偷钱偷东西是不行的,可是买菜揩油是照例规矩,称"篮口"。如果这家子买菜多,那就是油水多,"篮口"好。我当家不精明,半斤肉她报一斤,我也不知道。买鱼我只知死鱼、活鱼,却不知是什么鱼。所以郭妈的"篮口"不错,一个月的"篮口"比她一个月的工资还多。她讲工钱时要求先付后做,我也答应了。但过了一月两月,她就要加工钱,给我脸瞧。如果我视而不见,她就摔碟子、摔碗嘟嘟囔囔。我给的工钱总是偏高的。我加了工钱嘱她别说出去,她口中答应却立即传开了,然后对我说:家家都涨,不止我一家。她不保密,我怕牵累别人家就不敢加,所以常得看她的脸子。

她审美观念却高得很,不顺眼的,好比眼里夹不下一粒沙子。一次,她对我形容某高干夫人:"一双烂桃眼,两块高颧骨,夹着个小鼻子,一双小脚,走路扭搭扭搭……"我惊奇地看着她,心想:这不是你自己吗?

我们家住郊外,没有干净的理发店,锺书和女儿央我为他们理发,我能理发。我自己进城做个电烫,自己做头发,就可以一年半载不进城。我忽然发现她的"清汤挂面"发式,也改成和我一样的卷儿了。这使我很惊奇。一次我宴会遇见白杨。她和我见面不多,却是很相投的。她问我:"你的头发是怎么卷的?"我笑说:"我正要问你呢,你的头发是怎么卷的?"我们讲了怎么卷:原来同样方法,不过她末一梳往里,我是往外梳。第二天我换了白杨的发式。忽见郭妈也同样把头发往里卷了。她没有电烫,不知她用的什么方法。我不免暗笑"婢学夫人",可是我再一想,郭妈是"婢学夫人",我岂不是"夫人学明星"呢?

郭妈有她的专长,针线好。据她的规矩,缝缝补补是她的分内事。她能剪裁,可是决不肯为我剪裁。这点她很有理,她不是我的裁缝。但是我自己能剪裁,我裁好了衣服,她就得做,因为这就属于缝缝补补。我取她一技之长,用了她好多年。

她来我家不久,锺书借调到城里工作了,女儿在城里上学,住宿。家里只我一人,如果我病了,起不了床,郭妈从不问一声病,从不来看我一眼。一次,我病倒了,我自己煮了粥,盛了一碗粥汤端到她床前。她惊奇得好像我做了什么怪事。从此她对我渐渐改变态度,心上事都和我讲了。

她掏出贴身口袋里一封磨得快烂的信给我看,原来是她丈夫给她的休书。她丈夫是军官学校毕业的,她有个儿子在地质勘探队工作,到过我家几次,相貌不错。她丈夫上军官学校的学费,是郭妈娘家给出的。郭妈捎了丈夫末一学期的学费,就得到丈夫的休书,那虚伪肉麻的劲儿,真叫人受不了,我读着浑身都起鸡皮疙瘩。那位丈夫想必是看到郭妈丑得可怕,吃惊不小,结婚一两个星期后就另外找了一个女人,也生了一个儿子。郭妈的儿子和父亲有来往,也和这个小他一二个月的弟弟来往。郭妈每月给儿子寄钱,每次是她工钱的一倍。这儿子的信,和他父亲的休书一样肉麻。我最受不了的事是每月得起着鸡皮疙瘩为郭妈读信并回信。她感谢我给她喝粥汤,我怜她丑得吓走了丈夫,我们中间的感情是非常微薄的。她太欺负我的时候,我就辞她;她就哭,又请人求情,我又不忍了。因此她在我家做了十一年。说实话,我很不喜欢她。

奇怪的是,我每天看她对镜理妆的时候,我会看到她的"镜中人",她身材不错,虽然小脚,在有些男人的眼里,可说袅娜风流。肿眼泡也不觉肿了,脸也不麻了,嘴唇也不厚了,梭子脸也平正了。

她每次给我做了衣服,我总额外给她报酬。我不穿的衣服大衣等,还很新,我都给了她。她修修改改,衣服绸里绸面,大衣也称身。十一年后,我家搬到干面胡同大楼里,有个有名糊涂的收发员看中了她,老抬头凝望着我住的三楼。他对我说:"你家的保姆呀,很讲究呀!"幸亏郭妈只帮我搬家,我已辞退了她,未造成这糊涂收发员的相思梦。我就想到了"镜中人"和"意中人"的相似又不同。我见过郭妈的"镜中人",又见到这糊涂收发员眼里的"意中人",对我启发不小。郭妈自以为美,只是一个极端的例子。她和我的不同,也不过"百步""五十步"的不同罢了。

镜子里的人,是显而易见的,自己却看不真。一个人的品格——他的精神面貌,就更难捉摸了。大抵自负是怎样的人,就自信为这样的人,就表现为这样的人。他在自欺欺人的同时,也在充分表现自己。这个自己,"不镜于水,而镜于人",别人眼里,他照见的不就是他表现的自己吗?

九 他是否知道自己骗人？

一九五三年"院系调整"后，我们夫妇同在文学研究所外国文学组工作。同事间有一位古希腊、罗马文学专家。他没有留过学，但自称曾在世界各国留学，而且是和苏联的风云人物某某将军一同飞回中国的。他也是苏联文学专家。但不久就被人识破，他压根儿未出国境一步。可是他确有真才实学，他对于古希腊、罗马的学问，不输于留学希腊的专家。而且他中文功底好，文笔流丽。他还懂俄文，比留学希腊的专家更胜一筹了。他并未失去职位，只成了同事间一位有名的"骗子"——有点滑稽的"骗子"。

我家和他家有缘，曾同住在一个小小办公楼的楼上，对门而居。"骗子"的夫人也是同事，我忘了她什么工作，只记得我和她同岁。她为人敦厚宽和，我们两个很要好，常来往。他家两个儿子、一个女儿常来我家玩。大儿子特聪明，能修电器，常有小小发明。

我看见他们家供着圣约瑟和圣母像，知道他们必是天主教徒，因为新教不供奉圣母。锺书和我猜想，这位先生的古希腊、罗马文，该是从耶稣会的教士学来，准是踏踏实实的。夜深常听到他朗诵中文，我们猜想他好学而能自学，俄文当是自学的。

我们那个小小的办公楼，分住四家。四家合用一个厕所。

四家人口不少,早起如厕,每日需排队,而厕所在楼下,我们往往下了楼又上楼。对门的大儿子就发明一个装置,门口装一个小小的红灯泡,红灯亮,即厕所无人。他家门口高悬一幅马克思像,像上马克思脸红了,我们就下楼。那群孩子都聪明,料想爸爸也聪明。我们很好奇,他冒称留学世界各国,他夫人也信以为真吗?他孩子们知道爸爸撒谎吗?

我们两家做邻居的时期并不长久,好像至多一两年。我家迁居后和他们仍有来往。他们夫妇,很早就先后去世,"骗子"先生久已被人遗忘。如果他不骗,可以赢得大家的尊敬。我至今好奇,不知他家里人是否知道虚实。

一个人有所不足,就要自欺欺人。一句谎言说过三次就自己也信以为真的,我们戚友间不乏实例。我立刻想到某某老友就是如此。自欺欺人是人之常情,程度不同而已。这位"骗子"只是一个极端。

十 穷苦人(三则)

一 路有冻死骨

上海沦陷时期,常看见路上冻死、饿死的叫花子。我步行上班,要经过一方荒僻的空地。一次,大雪之后,地上很潮湿,可是雪还没化尽。雪地里,躺着一个冻死或饿死的叫花子。有人可怜他,为他盖上一片破席子,他一双脚伸在席外。我听过路人说:"没咽气呢,还并着两只脚朝天竖着呢。"到我下班回家时,他两脚"八"字般分向左右倒下了,他死了。有人在他身边放了一串纸钱,可是没人为他烧。我看见他在雪地里躺了一天,然后看见"普善山庄"的人用薄皮棺材收殓了尸体送走了。上海有个"普善山庄"专"做好事",办事人员借此谋生,称"善棍"。

有一次,锺书和我出门看朋友,走累了,看见一个小小土地庙,想坐门槛上歇歇。只见高高的门槛后面,躺着一个蜷曲的死人,早已僵了。我们赶忙走开。不知这具尸体,哪天有人收殓。

二 吃施粥

抗日寇胜利后,我住蒲园。我到震旦女校上课,可抄近路由学校后门进校。霞飞路后面有一片空场是"普善山庄"的施粥场,我抄近路必经之处。所以我经常看到叫花子吃施粥。

　　附近的叫花子,都拿着洋铁罐儿或洋铁桶排队领粥,秩序井然,因为人人都有,不用抢先,也不能领双份。粥是很稠的热粥,每人两大铜勺,足有大半桶,一顿是吃不完的,够吃两顿。早一顿是热的,晚一顿当然是冷的了。一天两顿粥,可以不致饿死。领施粥的都是单身,都衣服破烂单薄,多半抢占有太阳的地方。老资格的花子,捧了施粥,挑个好太阳又没风的地方,欣欣喜喜地吃;有时还从怀里掏出一包花生米或萝卜干下粥。绝大多数是默默地吃白粥。有一次,我看见老少两人,像父子,同吃施粥。他们的衣服还不很破,两人低着头,坐在背人处,满面愁苦,想是还未沦为乞丐,但是家里已无米下锅了。我回家讲给锺书听,我们都为这父子俩伤心;也常想起我曾看见的那两个尸体,他们为什么不吃施粥呢? 该是病了,或不会行动了吧?

三　"瞎子饿煞哉!"

　　上海沦陷期间,钱家租居沿马路的房子,每天能听到"饿煞哉! 饿煞哉! 瞎子饿煞哉!"的喊声。我出门经常遇到这个瞎子,我总要过马路去给他一个铜板。瞎子一手用拐杖点地,一手向前乱摸,两眼都睁着。那时候,马路上没几辆汽车,只有24路无轨电车,还有单人或双人的三轮车,过马路很容易。

　　我每天饭后,乘24路无轨电车到终点下车,然后要走过一段"三不管"地带,再改乘有轨电车到终点,下车到半日小学上课。"三不管"是公共租界不管,法租界不管,伪政府也不管,是歹徒出没的地方,下课后那里的夜市非常热闹。黄包车夫或三轮车夫辛苦了一天,晚上围坐在吃大闸蟹的摊儿上吃死蟹,真是俗语:"叫花子吃死蟹,只只好!"他们照例有姜末,也有香醋。蟹都是捆着的,个儿很大,不过全都是死蟹,看他们吃得真香!我看到穷苦人的享乐,大有兴趣。我自己肚里也饿得慌呀。但是我如果放慢脚步,就会有流氓盯梢,背后会有人问:"大闸蟹吃曪?"我赶忙急急赶路,头也不敢回。

  一次我下课后回家,就在大闸蟹摊附近,有一个自来水龙头,旁边是一片铺石子的空地。我看见那个"饿煞哉"的瞎子坐在自来水龙头前面,身边一只半满的酒杯,周围坐着一大圈人,瞎子显然是这伙人的头儿,正指手划脚、高谈阔论呢。我认得这个瞎子,瞎子也看见我在看他了,顿时目露凶光,吓得我一口气跑了好老远,还觉得那两道凶光盯着我呢。以后我听到"瞎子饿煞哉!"总留心躲开。我从未对他有恶意,他那两眼凶光好可怕呀!我读过法国的《乞丐市场》,懂得断臂的、一条腿的、浑身创伤的乞丐,每清早怎样一一化装。但我天天看见这个不化装的假瞎子,从未怀疑过他的真假。真是"君子可以欺以方也",想到他眼里那两道凶光,至今还有点寒凛凛的。

十一 胡思乱想

一 胡思乱想之一

我不是大凶大恶,不至于打入十八层地狱。可是一辈子的过错也攒了一大堆。小小的过失会造成不小的罪孽。我愚蠢,我自私,我虚荣,不知不觉间会犯下不少罪。到我死,我的灵魂是怎么也不配上天堂的。忏悔不能消灭罪孽,只会叫我服服帖帖地投入炼狱,把灵魂洗炼干净。然后,我就能会见过去的亲人吗?

我想到父母生我、育我、培养我,而他们最需要我的时候,我却不在身边,跑到国外去了,还顶快活,只是苦苦想家。苦苦想家就能报答父母吗?我每月看到阴历十一夜的半个月亮,就想到我结婚前两夕,父母摆酒席"请小姐"的时候,父母不赴宴,两人同在卧室伤感吧?我总觉得是女儿背弃了父母。这个罪,怎么消?

我的父母是最模范的夫妻。我们三个出嫁的姐妹,常自愧不能像妈妈那样和顺体贴,远不如。我至少该少别扭些,少任性些,可是没做到,我心上也负疚。

至于女儿,我只有一个女儿,却未能尽妈妈的责任。我大弟生病,我妈妈带了他赶到上海,到处求医,还自恨未尽妈妈的责任。我却让女儿由误诊得了绝症,到绝症末期还不知她的病情,直到她去世之后,才从她朋友的记述中得知她病中的痛楚,我怎么补偿我的亏欠呀?

苏格拉底在他等候服毒之前,闲来无事,讲讲他理想的天堂地狱。他说:鬼魂泡在苦海里,需要等他生前亏负的人饶恕了他,才得超生。假如我喊爸爸妈妈求宽恕,他们一定早已宽恕了。他们会说:"阿季,快回来吧!我们等你好久了。"若向锺书、圆圆求宽恕,他们也一定早已宽恕了,他们会叫"娘,快回来吧!我们正等着你呢"。可是我不信亲人宽恕,我就能无罪。

老人的前途是病和死。我还得熬过一场病苦,熬过一场死亡的苦,再熬过一场炼狱里烧炼的苦。老天爷是慈悲的。但是我没有洗炼干净之前,带着一身尘浊世界的垢污,不好"回家"。

二 胡思乱想之二

假如我要上天堂,穿什么"衣服"呢?"衣服",不指我遗体火化时的衣服,指我上天堂时具有的形态面貌。如果是现在的这副面貌,锺书、圆圆会认得,可是我爸爸妈妈肯定不认得了。我妈妈很年轻,六十岁还欠两三个月。我爸也只有六十七岁。我若自己声明我是阿季,妈妈会惊奇说:"阿季吗?没一丝影儿了。"我离开妈妈出国时,只二十四岁。妈妈会笑说:"你倒比我老了!"爸爸和我分别时,我只三十三岁,爸爸会诧异说:"阿季老成这副模样,爸爸都要叫你娘了。"

我十五六岁,大概是生平最好看的时候,是一个很清秀的小姑娘。我愿意穿我最美的"衣服"上天堂,就是带着我十五六岁的形态面貌上天。爸爸妈妈当然喜欢,可是锺书、圆圆都不会认得我,都不肯认我。锺书决不敢把这个清秀的小姑娘当作老伴;圆圆也只会把我看作她的孙女儿。

假如人死了,灵魂还保持生前的面貌,美人也罢了,不美的人,永远那副模样,自己也会嫌,还不如《聊斋》里那个画皮的妖精,能每夜把自己画得更美些。可是任意变样儿,亲人不复相识,只好做孤鬼了。

亲人去世,要梦中相见也不能。但亲人去世多年后,就能常常梦见。我孤独一人已近十年,梦里经常和亲人在一起。但是在梦中,我从未见过他们的面貌和他们的衣服,只知道是他们,感觉到是他们。我常想,甩掉了肉体,灵魂彼此间都是认识的,而且是熟识的、永远不变的,就像梦里相见时一样。

十二　她的自述

作者按：这条注，我嫌篇幅太长，想不收了。但都是真人实事，不是创作。除了太爷爷的事像故事，那是她妈妈转述的。真人实事，可以比小说离奇，却又是确有其事。后部我嫌繁琐删掉了。以下都是她本人讲的。我只改了姓名。

奶奶，你都没法儿想，我小时候多么穷、多么苦。大冬天，我连一条裤子都没有！光着两条腿，好冷唷！我二奶奶有一双套裤。她不穿，我就拿来穿了。腿伸进套裤，真暖和，可是没有裆。我大舅是裁缝，我拣些布头布角缝了个裆。那时候，我才几岁呀！

奶奶，我不乱扯，我从头讲。不过从头的事，都是我听妈妈讲的。我妈老实，从来不扯谎。有些事，她也不大知道。

我家是安徽人。我们的村子叫吴村，多半人家姓吴。我家姓邓，是外来户。我的太爷爷是砌灶的泥瓦匠。他肩上搭一条被套，另一个肩上一前一后挂两只口袋。一只口袋里是吃饭的一只饭碗、一双筷子；另一只口袋里是干活儿用的一块木板和一个圬泥的镘子。他走街串巷，给家家户户砌灶。夜里，在人家屋檐下找个安顿的角落，裹上被套睡觉。

有一年冬天特冷。大年三十，连天连夜的大雪。雪好大唷，家家的大门都堵得开不开了。我太爷爷没处可睡,就买了一把大扫帚,一路扫雪开道。家家都给钱。他连夜从河对岸扫过了河。我们那里的河都通淮河,不过离淮河还很远,那年都连底冻了。大年初一他扫进吴村。大雪里,家家户户的大门都堵住了。他一条一条街上扫,家家都给钱,开门大吉呀!他四季衣衫都穿在身上。衬衣上穿背心,背心上穿棉袄,棉袄上罩夹袄,压着棉袄暖和些。每件衣服都有两个口袋。他浑身口袋里都装满了钱,连搭在肩上的两只口袋也装满了钱。他穿的是扎腿裤,单的在里,夹的罩在棉裤外面,他裤子里也装满了钱,走路都不方便了。

村里有个大户人家,有个老闺女没嫁掉。那家看中我太爷能干勤快,人也高高大大、结结实实,相貌还顶俊,愿意把闺女嫁给他。他就正式下了聘,那家也陪了好一份嫁妆。他就在吴村买地盖房、租地种田;农闲的时候,照旧给人家砌灶,就这样在吴村安家落户了。

他们生了三个儿子,娶了三房媳妇,有没有闺女,不知道了。我爷爷是大儿子。我奶奶是个病包儿,一双小脚裹得特小。她头胎生了一个儿子,就是我爹。她没有再生第二胎。我爹是一九一六年生的,属龙。我妈小一岁,属小龙。二爷爷只生女儿。我二奶奶是村里的接生婆。人家生了女的,不要,就叫二奶奶给淹死在马桶里。有的孩子不肯死,二奶奶就压上一块砖。她作孽太多了,冤鬼讨命了。她尽生女的,生了就死,只养大一个。三爷爷娶了三奶奶,生过一男二女。日本鬼子到了我们村上,杀人放火,好多人家房子给烧了。我家也烧了。后来我家在原先的地基上盖了新屋。我爷爷还住最前面的一进;二爷爷把他家屋基往西挪挪,东边让出一溜地,他在东头另开了一个朝东的小门。三爷爷早死。我二爷爷管家很严。三奶奶的房子在二爷爷后面,出出进进只可以走我们家的大门。

我妈生过多少孩子,她自己也记不清。有的没养大,有的送人了。我姐大我五岁,叫招弟。她招来一个弟弟送人了。那时候,我爹逃出去打游击。我爷爷身坯子弱,他名下的田,都让我二爷爷种了。三爷爷的地也让我二爷爷种,三爷爷的儿子还小呢。每年二爷爷给爷爷奶奶一份粮,也给三奶奶家一份粮。三奶奶家倒是够吃的,我们家可不够,因为我爹常回家,衣服要缝缝补补,他还带了同伙来吃饭。我妈妈做饭,老是干一顿、稀一顿,省下米来供我爹吃饭。

徽州人出门做生意的多。做生意的都有钱。有个生意人问我妈要招弟姐招来的那儿子。我妈想,自己家里吃不饱,他家要儿子,是有钱啊。家住城里,有吃有穿,长大了还可以上学,妈就把儿子给掉了。爹不管家里的事。我家墙上有个缺口,爹常夜里翻墙回家,还开了大门请同伙吃饭。同伙有一个女的,戴着个八角帽。我妈不知道她是女人。她就是二奶奶说的狐狸精、扫帚星。她来过好多次呢,我二奶奶告诉了我妈,我妈还不信。这女人姓丁,她比我妈小十一岁,比我爹小十二岁。

我爹是游击队长。他会摸碉堡。什么碉堡我也不懂,只知道摸到一个碉堡能缴获许多枪支弹药,不过很危险。有一次我爹给国民党狗仔子逮着了,把他拴在梁上。这群狗仔子立了大功,喝酒吃肉庆功。我爹两手腕子给拴得紧紧的。可是他会使劲把身子撑起来,把胳膊肘子靠在梁上。狗仔子只见他身子悬在空中,不知他直在偷偷啃绳子。他们喝醉吃饱,东倒西歪地睡着了,我爹啃断了一根绳子,脱出手来,解了另一条绳子,从梁间轻轻落地。可是挂了一天,浑身酸痛,又渴又饿,只会在地上爬了。他爬出屋子,外面的狗就汪汪叫。幸亏他连爬带滚,滚落在一个沟里,终究逃出来了。

我家经常有人来搜查。可是我爹总不在家。我爷爷顶老实,胆儿最小。他和我妈都是最本分的。我爹干什么,他们都不知道。街坊都说,"这'木奶奶'知道什么呀!"我妈是有名的"木奶奶",因为她脑筋慢,性子犟,就像木头。我妈家务事还是很能干的,特爱干净,做事也勤快。

我是一九四九年正月底生的,属牛,因为还没到立春呢。我们农村都用阴历,都说虚岁。我爹是解放以后敲锣打鼓回村的。他就做了村长,又兼做村里的小学校长。当时我妈已经怀上我弟弟了。我爷爷奶奶原先睡在我妈房间对面的正房里。爷爷最老实,怕他的儿子。爹回来了,一回家就带一大帮人。爷爷说,我爹客人多,没个会客的地方,就把卧房让出来,给爹会客。他老两口子住了西厢房。正房中间一间是吃饭的。灶,就在妈妈正房前的东厢房旁边。我爹从前回家翻墙出入,当了村长就不好翻墙了。他白天总在外边吃饭,晚饭多半家里吃,总带着一伙同事。晚饭以后,同事散了,爹就悄悄出门。我妈后来知道,那姓丁的女人不知在哪儿藏着,爹每晚到她那儿去。我姐会讨好爹,晚上给他关大门,清早给他开大门,有时是虚掩着大门。

爹要是不出门,晚上就用门闩打妈。我妈只是护着自己的大肚子。我才两岁,看见爹打妈,就趴在妈妈大肚子上护妈妈,为此也挨了爹的门闩。门闩打得很痛。我大了才知道是那姓丁的要我爹逼我妈在休书上按手印。妈妈死也不肯。她后来告诉我:"我一人回娘家,总有口饭吃,可我总不能拖男带女呀!我要是把你们抛下,你那时候像个大蜻蜓,脸上只有两只大眼睛,细胳膊细腿,一掐就断。弟弟小,你们两个还有命吗?"

我刚出生就得了咳嗽病,咳得眼角流血。我吃妈妈的奶,吃了四个月,长得胖乎乎。爹有个战友,夫妻不会生孩子,就要我做女儿。爹答应了。他们特地请城里念书人给起了名字,叫秀珠。妈嫌珠子珍贵,小孩儿名字越贱越好。她只叫我秀秀。爹的战友还为我做了新衣;换上新衣,就把我抱走了。

我妈呆呆地坐着发愣。二奶奶说:"又给人了,这一给就一辈子看不见了。"我妈给掉了姐招来的弟弟,大概老在惦记。这回经二奶奶一提醒,她不干了,二话没说,抬身就往码头赶。战友夫妻是乘轮船回家,男的已经上船,女的抱着我正要上船。我妈从她手里把我抢了过来,回身就跑,一口气跑回家。我是妈这样抢回来的。

我妈睡的房,不朝东开窗,因为外边是荒地。可是窗子总得有一个,不朝东就朝北。北面是我二爷爷的房。爹打妈,二爷爷那边全看得见。二爷爷看不过了。他很生气。他说我爷爷从小娇养,身子弱,他不争气也罢了。我爹精精壮壮的好汉,迷上了狐狸精,又是个不争气的。他就找我大舅二舅想办法。我大舅二舅都怕村长,只说,等我妈生下孩子,我妈回大舅家。可是生了孩子还得喂奶,不能生了就走啊。爹是村长,人人都看着他呢,总不能一人养两个老婆。我妈咬定她不另嫁人,也不回娘家,她一个人过。二爷爷就做主了,叫把妈的两间东厢房还带着个柴间划归我妈。东厢房的门是向院子开的,柴间的门也向院子开,厢房和正房是通连的。二爷爷和爹说好,把通正房的门砌死,向院子开的东厢房门也砌死,另向东边开一扇出入的门。柴间的门就不堵了,由妈妈关上就行。商量停当,妈妈就在休书上按下了手印。砌两个小门、开一个小门费不了多大工夫。我妈搬家省事,只从屋里搬,不用出门。我的姐,还住爷爷奶奶的西厢房尽头靠近大门的屋里。她跟爷爷奶奶一起跟爹过。

我听妈妈讲,那姓丁的进门是晚上,好热闹呀。我弟弟还没生呢,我会走了。妈妈开了柴间的一缝门看热闹。爹脖子上骑着个男孩子,妈说是和我一般大小,姓丁的抱着个女孩子叫小巧贞,还有许多赶热闹的人,大概在外面摆酒了。我爷爷奶奶关了门没出来。

我家东向的小门外是大片荒地,荒地尽头是山坡。大舅家在山坡上,离我家不远。我妈生弟弟,大舅妈常来照顾我妈。二爷爷每月给妈妈一份柴米。弟弟断奶后,我妈在门外开荒或上山打柴。卖了钱就买点猪油,熬了存在罐子里。她每天出门之前煮一锅很稠的粥,我和弟弟一人一碗,我们用筷子戳下一小块猪油放在粥里,搅和搅和就化了。粥和油都不热,猪油多了化不开,所以我们吃得很省。

我四岁那年春天,不知生了什么病快死了,差点儿给扔到河里去喂鱼了。我们乡下穷人家小孩子死了,就用稻草包上,捆一捆,往河里一扔。你要是看见河里浮着个稻草包儿,密密麻麻的鱼钻在稻草包下,那就是在吃那草包里的馅儿呢。

我妈用稻草横一层、竖一层摊了两层,把我放在稻草上,柴间的门是朝西向院子开的,大河在我家西边。两层稻草合上,捆一捆,我就给扔到河里去了。我奶奶说,好像还有气儿呢,搁在院子里晒晒,看能不能晒活。白天晒,晚上就连稻草一起拉到屋檐下晾着。晒了三天,我睁开眼睛了。我拣回了一条小命。

我爹有一次在家吃鱼,是谁送了很多鱼吧!爹忽然想到了我和弟弟,叫人来我家叫我和弟弟过去吃鱼。我五岁,弟弟三岁。我们各自拿了自己的小木碗。"丁子"(我从来不叫那姓丁的,背后称她"丁子")夹给弟弟一块鱼,把筷子使劲往小碗一戳,小木碗掉地下了。丁子随手就打了他一下。我拉着弟弟拣了小木碗回身就往家跑。爹叫人过来喊我们回去,我闩上了门。我在门里喊:"我们不吃鱼!臭鱼!臭鱼!"

我们村里,白天家家都开着大门。我一老早就出门溜达。所有认识的人家我都去。见了人也不理,问我也不说话。谁瞪我一眼,我回身就跑了。所以大家管我叫呆子。我妈渐渐身体亏了,常在家。有一天,我到二爷爷家,他正在吃饭,夹给我吃一块肉。我含着肉忙往家跑,把含的肉吐给妈妈。妈妈舔了舔,咬下半块给弟弟吃,留下半块给我吃了。这是我第一次吃肉。可是肉什么滋味,我没吃出来。

我爹做了村长,家里好吃的东西多着呢。院子里系上一根绳子,绳子上挂满了鱼呀、肉呀、鸡呀,都是干的。丁子进门那夜,没请爷爷奶奶出来见面。爷爷奶奶就不理丁子。丁子吃饭就不叫他们,让他们吃剩饭剩菜。我奶奶是啥事也不管的,有剩饭剩菜,不用自己动手,就吃现成的。我爷爷最老实,可脾气最大,最爱生气。生了气只闷在肚里。有一天他特地过来看我妈,叫我妈偷点鱼、肉和鸡,给他做一顿好饭。丁子每天上班,我妈等她出了门,就拿了一把大剪子,剪些鸡翅、鸡腿和干肉,又拿了些鱼,给爷爷做了一顿好饭。我奶奶吃了些剩饭剩菜,正在外边屋里,跟几个老妈闲聊。我爷爷一人吃完饭,就拿了一条绳子,搬个凳子,爬上去把绳子拴在梁上,把绳子套在脖子上,把凳子蹬翻了,可他还站着。

我很奇怪,就叫奶奶了。我说爷爷挂在绳子上,爷爷踢翻了凳子,爷爷还照样儿站着。说了几遍。和奶奶一起闲聊的老太太说:"你们呆子直在嚷嚷什么呢?看看去。"她们就过来了。一看爷爷吊在西厢房外间,大家都乱了,忙叫人来帮忙,把爷爷解下来。二爷爷也过来了。我爷爷已经死了。桌子上还有剩菜呢。我是看着他上吊的。当时很奇怪怎么没有凳子,他还能站着。

我奶奶病倒了。我姐不肯陪奶奶睡。妈就叫我过去陪奶奶睡。奶奶叫我"好孙子,给奶奶焐脚"。奶奶一双小脚总是冰冷的。我弟弟大了会自己玩儿了。我常给奶奶端茶端饭。有一次,我趁丁子转身,就抓了一大把桌上的剩菜给奶奶吃,奶奶忙用床头的一块布包上,她吃了一点,说是虾,好吃,留在枕头边慢慢吃。

我奶奶的大腿越肿越大,比她的小脚大得多,她只能躺着,不能下地了;拉屎撒尿也不能下床。她屋里有个很大的马桶,我提不动。马桶高,我只能半拉半拖,拉到床前的当中,我就把奶奶歪过来,抱住她一条腿,扛在肩上,又抱住另一条腿,扛在另一个肩上,奶奶自己也向前挪挪,坐上马桶。奶奶老说:"好孙子,这办法真好!"可是马桶盖上了盖,留在床前,奶奶嫌臭,说她觉得心里翻跟斗。我使劲又把马桶拉远些。这个马桶很大,能攒不知多少屎尿,我拖着拉着就是重,却不翻出来。

有一天,我奶奶都没力气说"好孙子,给奶奶焐脚"了。我抱着她的脚睡,从来焐不热。这天睡下了,醒来只觉得奶奶的脚比平常更冷了,而且死僵僵的,一推,她整个人都动。我起来叫奶奶,她半开着眼,半开着嘴,叫不应了。我吓得出来叫人了,奶奶死了。

我爹成天在外忙,总老晚才回家。丁子那边并不顺当。和我同岁、骑在爹脖子上进门的那男孩出天花。丁子说,天花好不了,还得过人,裹上一条旧席子,叫人捎出去在山脚下活埋了。埋他的人不放心,三五天后又从土里扒出来看看。我没去看。看的人都说,他鲜亮鲜亮,像活人一样。大家都说,别是成了什么精怪吧,反正已经死了,就把他烧了。

小我一岁的小巧贞也是生病,不知什么病,这也不吃,那也不吃,还闹着要吃鲜果子。丁子气得扇了她一个大巴掌,她就没气儿了。丁子说,小孩子不兴得睡棺材,找了个旧小柜子当棺材,把柜门钉上,让人抬到山冈野坟里,和另外几口棺材一起放着,等一起下土。抬出门的时候,我正骑在我家大门的门槛上。我没起身,只往边上让让。我好像觉得柜子里的小巧贞还在动。我没敢说,我怕丁子打。过些时候,传说小巧贞的柜子翻身了。有人主张打开看看。我特意跟去看了。小巧贞两腿都蜷起来了,手里揪着一把自己的头发。她准是没死,又给丁子活埋了。我妈妈叹气说:"亲生的儿女呀,这丁子是什么铁打出来的啊。你们两个要是落在她手里,还有命吗?"不过丁子又怀上孩子了,肚皮已经很大了。

一九五七年秋天,我九岁,我们村子破圩了,就是水涨上来了,屋里进水了。大舅家也进水了。大舅带了我妈妈一家三口,还有许多人家,都带些铺的、盖的、吃的,住到附近山上去。可是山里有狼,有一家小孩夜里给狼吃了,只吃剩一只脚,脚上还穿着虎头鞋呢。大家忙又往别处逃。大舅劝我妈回村,因为爹做校长的小学在村子北边两里地外,地高没水。大舅就和我爹说好,让我家三口住在食堂旁边堆杂物的小屋里,自己开伙。我们就拣些食堂的剩菜剩饭过日子。吃食堂得交伙食费。

我看见学生上课,真羡慕。我姐认丁子做妈,也叫她"妈妈",我说她不要脸,吃了妈的奶长大的,肯认丁子做妈!可是她就一直上学啊!她小学都毕业了。我直想在课堂里坐坐,也过过瘾。可我就是上不了学。我对妈说:"你让我爹的战友带走,我进了城,也上小学了。"妈说:"秀秀呀,你记着,女人的命只有芥子大,你进了城,准死了,还能活到今天吗?"

我有个叔伯哥哥叫牛仔子,爹很喜欢他,他专会拍马屁,常来我家帮忙,他在学校里工作。一次,食堂蒸了包子。我从没见过包子。牛仔子站在笼屉前吃包子呢。我挨着墙,一步一步往前蹭,想看一眼。吃不到嘴,能看上一眼也解馋啊。这牛仔子真浑。他举着个包子对我扬扬,笑嘻嘻地说:"你也想吃吗?哼!"他把包子自己吃了。我气得回身就跑。妈说:"你站着等,爹会给你吃。"我说:"妈呀,我从来不敢看爹一眼。路上碰见,我赶忙拐弯跑了;要是没处拐弯儿,就转身往回里跑。"我恨他。我长大了问妈恨不恨爹,妈叹口气说:"他到底是你们的爹呀。"她不恨。

饿死人的时候我十岁了。我看见许多人天黑了到田里偷谷子。我就拣了妈没用的方枕头套跟在后面。我人小,走在田里正好谁也看不见我。我就跟着偷。有的干部把袖管缝上,两袖管装得满满的。我等他们转背,就从他们袖管里大把大把抓了谷子装在枕套里;装满了,我抱不动,拖着回家。我找一块平平的大石头，又找一块小石头。把谷子一把一把磨，磨去了壳儿，我妈煮成薄汤汤的粥。那时候，谁家烟筒里都不准冒烟的。我家烟筒朝荒地开，又开得低，夜里冒点儿烟没人看见。爹也还照顾我们，每天叫姐带一两块干饼子回来。我姐逼我偷，我不偷她不给吃饼。可是我一天不磨谷子，一家人就没粥吃。妈妈把稀的倒给自己和我，稠的留给弟弟。有一次很危险，我拖着一枕套谷子回家，碰上巡逻队了。我就趴在枕套上，假装摔倒的。巡逻队谁也没看我一眼。他们准以为我是饿死的孩子，谁也没踢我，也没踩我。我二舅是饿死的。他家还有一只自己会找食的鸡。二舅想吃口鸡汤，二舅妈舍不得宰，二舅就饿死了。

  我也赚工分。可是姐老欺负我。抬水车，她叫我抬重的一头。她抬轻的一头。我十三岁，弟弟十一岁，给人家放牛，一年八十工分。家里没劳动力，有人做媒让我姐姐招亲，招了一个剃头的。剃头很赚钱。他不是我们村上人，这剃头的长相不错，我姐愿意了。他是招亲，倒插门，帮我家干活儿的，不用彩礼。可是招亲才一年，我姐就和他双双逃走了。我妈四十七岁得了浮肿病，不能劳动了。那年我十四岁，只是最低的一等工，工分是八分五。我拾鸡屎，也能挣工分，养了鸡卖蛋，也能挣钱。我家大门口有棵栀子树，栀子花开，又肥又大，我每天一清早采了花，摆渡过河到集市上去卖。我宁可少挣钱，只求卖得快，一分钱一朵，卖完就回家赚工分。

  圩埂的西边有个菱塘。长的是野菱，结得很多。菱塘不大，可是有几处很深。我看见近岸的菱已经给人采了。我悄悄地一个人去，想多采些，也可以卖钱。我顶了个木头的洗澡盆去采菱。盆不大，可我个儿小，也管用了。我采了很多菱，都堆在盆里,一面用手划水,一面采。那年秋老虎,天气闷热,忽然一阵轻风,天上吹来一片黑云。黑云带来了大风大雨;风是横的,雨是斜的,雨点子好大唷,我盆里全是水了。我正想拢岸,忽然一阵狂风把我连澡盆儿刮翻。幸亏澡盆反扣在水面上,没沉下去。我一手把住澡盆的边,一手揪着水面的菱叶往岸边去。我要是掉进菱塘,野菱的枝枝叶叶都结成一片,掉进去就出不来了。前两年有个和我玩的小五,掉入菱塘淹死了。我想这回是小五来找我了吧。亏得我没有沉下去,大风只往岸边吹,我一会儿就傍岸了。我从水里爬出来,就像个落水鬼。采了许多菱全翻掉了,顶着个澡盆水淋淋地回家。我妈知道我是去采菱的,她正傻坐着发愣,看见我回去,放了心说:"回来了!我怕你回不来了呢!"我妈就是这么个"木奶奶"。她就不出来找找我,或想办法帮帮我,只会傻坐着呆呆地发愣。

我跟着送公粮的挑着公粮上圩埂。我看他们都穿草鞋,我也学着自己编草鞋。先编一个鼻子,从鼻子编上鞋底,再编襻儿,穿上走路轻快。我自己做一条小扁担,天天跟着大人上圩埂送公粮。可是年终结账,我家亏欠很多工分。我才十四岁,一家三口靠我一人劳动,哪行啊!我站在公社的门口呜呜地哭。旁人看不过,都说,该叫我姐分摊。他们就派我姐分摊了。过了三两年,我养猪挣了钱,我姐还逼着把我借的钱照数还清,一分也不让。

公社有了文工团,唱黄梅戏也赚工分。我学得快,学戏又认了字。我嗓子好,扮相好,身段也好,尽演主角。头一次上台,看见眼前一片黑压压的人,心上有点怯怯的。台下几声喝彩,倒让我壮了胆。以后我上台,先向台下扫一眼,下面就一声声喝彩。

我唱红了。下戏只听大家纷纷说:"这不是邓家那呆子吗?倒没饿死!真是女大十八变!"有人说我一双大眼睛像我爹,我爹大眼睛,很俊,可是我不愿意像我爹。我妈从没看过我演戏。不过唱戏的工分高。这段时候我家日子好过了。

接下就是一九六六年的"文化大革命"了。我爹成了黑帮,那个牛仔子是爹的亲信。他要划清界线,说了我爹许多不知什么话。那丁子是早有婆婆家的。花花红轿抬到她家门口,她逃出去打游击了。这是我爹一份大罪,公愤不小。我爹给活活地打死了。丁子刚生了另一个女儿,也挨斗了,可她只挨斗。

我们不唱黄梅戏,唱样板戏了。我还做主角。我已经识了不少字。我抄唱段,也学会了写字。可是我妈上心事,妈妈说:"你爹走了,我也不用再为他操心了。只是你,唱戏的死了要做流离鬼。"什么是流离鬼,我也不知道。我叫妈妈放心,我只是要挣钱养家。只要能挣工分,就不唱戏。妈说,给你找个人家,你好好地嫁了人,妈也好放心。我说,好,你找个好人,我就嫁人,不唱戏。

那年冬天,我和一伙女伴儿同在晒太阳,各自端着一碗饭,边吃边说笑。忽听得双响爆仗。大家说:"谁家娶亲呢,看看去!"一看,不是别家,就是我家。我进门,看见大舅和一个客人刚走。原来妈妈给我定了亲。姓李,住大舅那边村上,大舅做的媒,说这李家就是家里穷些,没公没婆,这人专帮人家干活,顶忠厚,高高大大,生得壮实,人也喜相,妈妈看了很中意。定亲的彩礼没几件,都在桌上呢。

我大舅妈也是饿死的。大舅是裁缝,干的是轻活儿,没饿死,不过也得了病,眼睛看不清了,不能再干裁缝那一行了。他会写写账,帮着做买卖,日子过得还不错。他没有老伴儿了,就抢了一个。我们村上行得抢寡妇。我大舅有一伙精精壮壮的朋友,知道有个很能干的新寡妇,相貌也不错,乘她上坟烧纸就把她捆了送到我大舅家。这寡妇骂了三日三夜,骂也骂累了,肚子也饿得慌,就跟了我大舅。我们村上女人第一次出嫁由父母做主,再嫁就由自己做主。这是抢寡妇的道理。没想到我这个舅妈,特会骂,骂起人来像机关枪。我们就叫她机关枪,她别的也不错,就是骂人太厉害。她从来不管我家的事。

我们未婚夫妻也见过面了。我叫他李哥,他叫我秀秀。我们有缘,我李哥借了大舅家一间房,我就过门做他家媳妇了。没想到机关枪不愿借房,我们天天挨机关枪扫射,实在受不了,没满一个月,我就回娘家了。

我说:"妈,你有两间厢房,北头一间小的,你一人住。弟弟已经住到姐住的那边去了。连柴间的厢房大,租给李哥吧。我们写下契约,按月付租钱。住得近,好照顾你,也免得我挂心。"

妈妈说:"哪里话,你们住回来,我高兴还来不及,怎能要租钱呢!快回来吧!"李哥还是写了租约。我们就和妈妈住一起了。好在我也没嫁妆,说回家就回家了。我们和妈紧紧凑凑地生活在一起,又亲热,又省钱,我现在回头看,我这一辈子,就这几年最幸福,最甜蜜。想想这几年,我好伤心呀。

老李孝顺妈。他人缘特好,二爷爷二奶奶都喜欢他。我弟弟爱玩儿,他名下的地,就叫老李种。连丁子都讨他好,丁子还没嫁人呢。三奶奶的儿子投军当了解放军,女儿都嫁了军人,三奶奶只一个人过,也喜欢这个老李会帮忙。

我连生了一男一女,大的叫大宝,小的叫小妹。我就做了结扎,不再生育。我们一直挤在那两间西厢房里。可是人口多了,开门七件事,除了有柴有米,前门种菜,我又养猪养鸡,可是油、盐、酱、醋、茶,都得花钱。一家子吃饱肚皮,还得穿衣,单说一家老少的鞋吧,纳鞋底就够我妈忙的。五口人的衣服被褥,俩孩子日长夜大,鞋袜衣裤都得添置。棉衣、棉裤、衣面、衣里、棉絮都得花钱。大人可以穿旧衣服,小孩子可不能精着光着呀。大冬天光着两条腿没裤子的只有我呀,我是个没人疼的丫头;我们小妹人人都宝贝,她比大宝还讨人爱。可是钱从哪儿来呀?我们成天就是想怎么挣钱。

老李是信主的,他信的是最古老的老教。我不懂什么新教老教,反正老李信什么主,我也跟着信。我就交了几个信主的朋友。有个吴姐曾来往北京,据她说,到北京打工好赚钱,不过男的要找工作不容易,不如女的好找,一个月工钱有二十大洋呢。不过北京好老远,怎么去找?

一九七二年,吴姐说,她北京的干娘托她办些事,也要找几个阿姨。吴姐已经约了一个王姐,问我去不去。我天天只在想怎么挣钱,就决定跟她同到北京找工作去。那年我二十二岁,我的小妹已经断奶了。我问姐借钱买了车票,过完中秋节,八月十八日,三人约齐了同上火车。老李代我拿着我四季衣衫的包袱,送我上车。他买了月台票,看我们三个都上了车,还站着等车开。车开了,他还站着挥手。我就跟老李哥分别了。

我心里好苦,恨不得马上跳下车跟老李回家。我没有心痛病,我明明知道我不是真的心痛,可是我真觉得心痛呀,痛得很呢。路上走一天一夜,我们是早饭后上的车。第二天,大清老早到了北京。我和王姐帮吴姐拿了她为干妈带的大包小裹一同出站,乘电车到了西四下车,没几步就到东斜街了。

干妈正在吃早点。王姐送上一包柿饼、一包橘饼做见面礼。我幸亏连夜绣了两双鞋垫,忙从衣包里掏出来送干妈,说是一点心意。干妈倒是很欣赏,翻过来翻过去细看手工,夸我手巧。她请我们在下房吃了早点。干妈是这家的管家。她和吴姐口口声声谈马参谋长,大概是他要找人。干妈和吴姐谈了一会儿,就撇下我们忙她的事去了。吴姐说:"干妈一会儿会和马参谋长通电话,约定饭后带咱们几个到几家人家去让人看看,随他们挑选。马参谋长是忙人,约了时间一分钟也不能耽搁。他住东城,咱们趁早先到东城。你们在村里只见过教头,我带你们到东交民巷的天主堂去见见徐神父,看看教堂。然后我替干妈就近请你们俩吃顿饭,马参谋长住那不远。干妈还吩咐我们别忘了带着自己的包袱。"

徐神父已经做完弥撒,正站在教堂前的台阶上。他很和气,问我们是否受过洗礼。我们都没有。徐神父让我们进教堂,我也学着他蘸点圣水上下左右画个十字,跪一跪,然后跟他到教堂后面一间小屋里,徐神父讲了点儿"道",无非我们祖先犯了罪,我们今生今世要吃苦赎罪,别的我也不懂。徐神父给了我一个十字架,就像他身上挂的一模一样,又给我一本小册子,上面有《天主经》《圣母经》《信经》等等,还有《摩西十戒》。王姐不识字,只得了一个十字架。徐神父特意嘱咐我们:"你们是帮人干活的,不能守安息日;信主主要是心里诚,每天都别忘记祷告;你们祷告的时候,天主就在你们面前;望弥撒不方便不要勉强,礼拜天照常得干活儿。"他还一一为我们祝福。我受了祝福,觉得老李和我是一体,也有份儿,心上很温暖,心痛也忘了。

我们准时去见了马参谋长。他很神气,不过也很客气,没说什么话,立刻带我们三个坐了他的汽车出门,他自己坐在司机旁边。吴姐跟我和王姐说:这年头儿不比从前了,谁家还敢请阿姨呀,下干校的下干校,上山下乡的上山下乡。找阿姨的,只有高干家了;他们老远到安徽来找人,为的是不爱阿姨东家长、西家短地串门儿;你们记住,东家的事不往外说,也不问。只顾干自己的活儿;活儿不会太重,工钱大致不会少。

我们最先到赵家,他们家选中了我。讲明工钱每月二十五元,每年半个月假。工作是专管一家七口的清洁卫生。马参谋长问我干不干?工钱二十五元,出于意外了,我赶忙点头说愿意,赶忙谢了马参谋长,他们就撇下我到别家去了。

选中我的是这家的奶奶和姑姑,还有伺候奶奶的何姨。我由何姨带到她的小小卧房里,切实指点我的工作,也介绍了他们家的人。奶奶是高干的女儿,她不姓赵。姓赵的是女婿,姑姑的丈夫。他们俩都有工作,不过姑姑病休,只上半天班。姑姑是当家人,大姐、二哥、三妹、四妹都上学呢。等吃晚饭时,带我见见。他们家有门房,有司机,有厨子,我的工作是洗衣服,收拾房间。洗衣机有,可是除了大件,小件儿不能同泡一盆,都得分开。男的、女的,上衣、内衣、裤衩儿、手绢、袜子不在一个盆里洗,都是手洗,衬衣得熨。她带我看了各人的房间,又看了吃饭间,说明午饭、晚饭几点吃,饭间也归我收拾,洗碗就不是我的事了。奶奶的三间房由何姨收拾。奶奶的房间,不叫我,不进去;有客人,自觉些,走远点。她又带我看了洗衣、晾衣的地方,又说了绸衣不能晒,然后把我领到我的卧房里,让我把披着的衣包放下,她自己坐在床前凳上,叫我也坐下,舒了一口气说:"李嫂,我也看中你,希望你能做长。"我装傻说:"不能长吗?"何姨笑笑说:"各人有各人的脾气,你摸熟了就知道。四妹和三妹同年同月生,不是姑姑的,她妈没有了,小四妹是奶奶的宝贝疙瘩。小四妹哭了,姑姑就要找你的茬儿了。懂吗?"她叫我先歇会儿,晚饭前,赶早把那一大堆脏衣服洗了,家里两天没人了——就是说,前一个阿姨走了两天了。

我那间卧房倒不小,只是阴森森地没一丝阳光,屋前有两棵大树给挡了。我有点害怕,就把徐神父给的十字架挂在床前,壮壮胆。偷空给老李写了信,信封是他开好封面的,邮票都贴上了,信纸也是折好放在信封里的。晚饭前何姨告诉我,吴姐她们都找到工作了,工钱都是二十二元,也算不错。吴姐给我留下了电话号码。

好容易盼到第一个月的工钱,我寄了二十元,留下五元自己添置些必要的东西。这一年可真长啊,老做梦回家了,梦里知道是做梦,自己拧拧胳膊就醒了;醒了又后悔,可是梦不肯重做了。幸亏老李来信说,日子好过了,不用愁了,车票的钱还了,冬天大宝小妹的新棉衣裤都有了。

一个月一个月尽盼着工钱,寄了家用钱心上好过几天。这一年熬过来真不容易。姑姑看见了我的十字架,她顶心细,告诉我西城也有教堂,礼拜天我可以去。我去过两次,听不懂神父讲的"道",就不去了。到第二年过了中秋节,我有半个月假,吴姐没有。我一个人回家了。老李来接,我看他苍老了不少,人也瘦了,一身酒气,说是睡不着觉,得喝醉了才能睡。他只喝最便宜最凶的酒。我心里疼他,想不出去吧,又少不了每月的二十五元钱。这一年来,家里才喘过一口气呀。

这第一个假期,还是我最快乐的假期,虽然家里的事,说起来够气死人的。我为弟弟定下的好一门亲事,我姐给退了,说那姑娘矮,弟弟是个瘦长条儿,配不上。她另外找了一个花骚的,看来是轻骨头。我不在家,妈都听姐的话了。她们正为弟弟操办喜事呢。新房就是姐从前住的房。丁子已经带了两个女儿跑了,可是正房还没腾出来。

第二次又是过完了中秋节回家,老李还是不见好,走路瘸呀瘸的,说是酒后睡熟着了凉,不知得了什么病。我碰到文工团的朋友,他们欢迎我回去。可是我妈怕我做流离鬼,我们乡里唱戏的,有几个确也声名不好。我不能为老李留下不走。一个月二十五元钱呢!这年还加了节赏。我劝老李喝酒就喝好一点的,有病瞧瞧大夫。

我弟弟从小贪玩,大了好赌,十赌八赢。成了亲,小两口打架,那花骚娘子就跑了,没再回来。我弟弟就成了个赌棍。我跟弟弟讲:我十岁偷米偷豆养活他,我十四岁,他放牛,我一人赚工分养活他和妈;我说赌钱有赢也有输,赢得输不起的别赌。我弟弟赢了钱正高兴呢,我的话他一句不听。这次回北京,我真像撕下了一片心;这一年,真比两年还长。夏至左右,老李来信,家里又出事儿了。剃头的姐夫又逃走了,撇下姐和三个儿子,还欠两个月的房租,剃头家具都带走了,只剩一只剃头客人坐的高椅子,还有些带不走的东西。我姐能干,把剃头店盘给了另一个剃头的,还清了账,带着三个儿子回娘家了,她也想到北京来找工作呢。三个儿子帮着种地,剃头的是倒插门,儿子姓我家的姓,都姓邓。妈很乐意,说她有了亲孙子了。

第三次回家,赵家让我回家过中秋,我特为老李买了一瓶好酒。可是老李来信说,他已经戒酒了,身子硬朗了,没病了。我想好酒送二爷爷吧。赵家给了节赏又提前两天放假,我来不及通知老李了,给他一个意外之喜吧,好在我又不用他接,我已经走熟了。

我欢欢喜喜地赶回家,家里的小门闩着。我们白天是不闩门的,老李大概有了钱小心了。我就从我家大门悄悄进去,从妈妈的柴间进屋,只见老李抱着个女人同盖在一床被里呢!他看见我了。我妈的房门虚掩着,我把拿着的东西放在桌上,走进妈的屋,站在她床前,流着眼泪,两手抱住胸口不敢出声,一口一口咽眼泪。妈睡得正香,我站了好一会她都没醒。我听见厢房的小门开了,有人出去了。抬起泪眼,看见老李跪在房门口,也含着一包泪。我怕闹醒了妈,做着手势叫他起来。我挨桌子坐在凳上,老李傻站着。我指指床,他才坐下,他没有熏人的酒气了,很壮健,气色也好。我叹了一口气,没说话。他也怕妈醒,只轻声说:"秀秀,你是好女人,不懂男人的苦。"我簌簌地流泪,只是不敢抽噎。我咽着泪说:"李哥呀,是我对不起你了。"老李合着双手对我拜拜,还是轻声说:"秀秀,我对不起你,我犯罪了。"他想来拉我,我忙躲远些。其实,我恨不能和他抱头大哭呢。可是我别的不像妈,就这爱干净像妈。我嫌他脏了,不愿意他再碰我了。我问:"她是谁?"老李说:"瘫子的老婆。她知道我妈有钱,常来借钱。是她引诱了我,我犯罪了。"瘫子是矿工,压伤了腰没死,瘫在床上好两年了,这我知道。我对老李说:"我不怪你,也不怪她,可是咱们俩,从此……"我用右手侧面在左手上铡了几下,表示永远分开了。老李说:"秀秀,你不能原谅吗?"我说:"能原谅,可是……"我重又用右手侧面在左手心重复铡。老李含着泪说:"秀秀,咱们恩爱夫妻,从没红过一次脸,没斗过一次嘴,你就不能饶我这一遭吗?"我说:"不但这一遭,还有以后呢。可是我……"我又流下泪来,只摇头。老李又要下跪又要搂我,我急得跑出门去了。他追到门外说:"秀秀,你铁了心了?"我说:"老李哥,我的心是肉做的呀,怎能怪你。你还照样儿孝顺我妈,别亏待我们的大宝和小妹,咱们还是夫妻,我照旧每月寄你二十元——只是我问你,你养得活瘫子一家人吗?"老李说:"他们家只一个瘫子了,有抚恤金,她不是为钱,假装借钱来勾引我的。我经不起引诱,我犯罪了。秀秀,我现在是一个有罪的人,又不敢和教头说,怕传出去大家都知道。可是我良心不安,都不敢祷告了。"我说:"好老李,我到了北京,会代你向神父忏悔。你可得天天祈祷。"我面子上很冷静,也顶和气,我们俩讲和了。可我心上真是撕心裂肺的疼呀。我洗了一把脸,把妈叫醒。我把钱交给老李,又把我带的东西一一交给老李,叫他替我一一分送。好酒送二爷爷。那年小妹四岁,大宝六岁,他们正和我弟弟玩呢。我把他们叫回来,我亲了他们,抱了他们,吃的、玩儿的都给了他们。我推说北京东家有急事,当夜买了火车票就回北京了。中秋节回乡的车票难买,从家乡到北京的车票好买。我买到了特别快车票,中秋节下午就到北京了。

  我不能回赵家,我见了谁都没脸。中秋节是回家的日子,谁会从家里往外跑啊!可是中秋节要找阿姨的人家肯定有。我认识一个荐头,就跑去找她。她正忙着过节呢。她说:"有是有,不过你干不了,谁也干不了。是个阔气的华侨家,要看孩子的,条件没那么样儿的苛刻,又要相貌好,又要能带孩子,讲定一连三年一天一夜也不能离开,工钱面议。面议,我就没好处了,我白忙个啥！别家也有找替工的，只不过过个中秋节。"我把老李送我的点心送了她，问她要了华侨家的地址，说自己看看去。她忙得连茶也没请我喝。

我找到了那华侨家。好大的房子！门口问我谁介绍的，有没有保人。我说当然有，我要和东家当面谈。我见到了那家的太太。她把我打量了几眼，说孩子还没出院呢，她不爱换人，要找个长期的，孩子得带到三岁上幼儿园，一天一晚都不能离开。我问工钱多少，她说："还得上医院查过身体，还得看孩子喜欢不喜欢你。"我说："我有事要到东堂去找徐神父，得请半天假，以后就没事了，我是没牵没挂的。工钱至少二十五元。有保人。"

查身体需空腹，我正好空腹，一滴水也没喝。这位太太让我换了衣服洗了脸，带我到医院去查了身体，没问题，很健康。看护抱出娃娃来，是个女孩。我对她笑，她还不会笑呢，只伸出小手来抓我，是表示要好的意思。那太太把我带回家，问了我的姓名，家里的情况，保人是谁，有没有带过孩子等等。她家娃娃吃母奶，可是睡觉跟阿姨。工钱呢，每月三十元，以后慢慢加。我请的那半天假，没问题。

这天是中秋节，我得了双份儿节赏。赵家给三十元，这家我第一天去就给了六十元，还给了好多半新的衣裳。我立即给老李写了信，答应代他找徐神父忏悔，又答应用我的节钱买些好毛线，为他结一件他羡慕的带花的上衣。我告诉他地址改了，我照旧月月为他寄二十元。我们还是夫妻。我以后也打电话辞了赵家。

我先找干妈和徐神父约好了时候，才请了半天假，见了徐神父。他听我说完，诧异地看了我半天，说我是个不寻常的女人。

他说他也会为老李求主饶恕,叫我嘱咐他天天祷告,主是慈悲的。他还祝福了我们两人。我寄了这封信就死心塌地在这华侨家一干就是三年。娃娃送进幼儿院,这家就辞我了。

这次回家,只老李热情,我两个孩子都和我生疏了。妈一心只疼亲孙子。姐的三个孩子,都结结实实。老李说,姐挣了钱不寄家,我妈有了好吃的,先给亲孙子吃,大宝小妹都靠后。三个孩子什么都争,老打架,不像大宝小妹两个要好,一起玩,一起吃,哥哥还知道护妹妹。我只推说,屋里两个孩子都大了,我挨着我妈睡了两晚,又回北京找工作了。从此我只是一个打工挣钱的人,我回家,我出门,他们都不在意了。

老李告诉我,瘫子已经死了,瘫子的老婆小周认我妈做了干娘,常过来照顾照顾。老李还和她在一起呢。我也见过这平眼塌鼻的周姨,远不如我,人还老实。老李心上还是向着我的,只是他不敢亲近了。我后悔对老李太绝了些,我并没有那么嫌他。徐神父的祝福,是祝我们重圆吧?回想起来,我实在后悔。

老李因为姐姐不寄家用,三个孩子都吃我,他不干了。他有朋友在镇上开饭店,要他帮忙,他就带了大宝小妹到镇上。大宝送到制瓿厂做学徒工,小妹上小学。他每次写信,信尾总带上一笔"小周问候李嫂",大概小周也到镇上工作了。如果我回去,她也许会另嫁人,老李和朋友买卖做得不错,劝我回去。我拐不过弯儿来,犟着不去。我每年走亲戚似的也回乡,也到镇上去。老李买了地,盖了房子。大宝做了工人,工资也不少。他谈了一个很漂亮也很阔气的好姑娘,我为他们在老李的新屋上加了一层楼。他们成亲,我特地到镇上去受一双新人叩头,做了婆婆。老李特为我留着一间我的房,家具都是老李置的。小妹看中一个装修专业户,她还不到结婚年龄,逃到北京同居了,很发财,我自己钱也攒了不少。最后我伺候一个半身不遂的老太太,儿女都在国外,她一个月前去世了,留给我一大笔钱。她去世前对我说:"李嫂啊,你一辈子为家里人劳苦,自己吃一根冰棍也舍不得,这回该家去享享福了。"可是我回哪儿去呀?我是苦水里泡大的,一辈子只知道挣钱,省钱,存钱。现在手里一大把钱,怎么用呀!帮老李做买卖,我贴了钱,他又贴别人,我不愿意。帮儿媳妇看孩子,是没工钱白吃饭,还赔钱,我不愿意。帮女儿看孩子,也是没工钱白吃饭,还说是供养我呢,我也不愿意。回头看看,一九六八年我十八岁,嫁老李;一九七二年,我二十二岁,到北京找工作。这五年是我一辈子最幸福、最甜蜜的五年。一九七五年我二十五岁,和老李只是挂名夫妻了,现在一九九五年,我也四十五了,中年人了。帮人做事还挣钱,家去只是赔钱。我做阿姨也养娇了,跟着主人家,住得好,吃得好,带那华侨娃娃的时候,什么高级饭馆没吃过?什么游乐场没玩过?什么旅游胜地没到过?我自己可不会花钱,也舍不得。手里大把钱,我不会花,也不愿给人花。当初只为了每月二十五元的工钱,扔掉了一辈子的幸福,现在捞不回来了。

我已经过了大半辈子。前面一半是苦的,便是那最幸福的五年,又愁吃愁穿,又辛苦劳累,实在也是苦的。后一半,虽说享福,究竟是吃人家的饭,夜里睡不安,白天得干活,也够劳累。我真是只有芥子大的命吗?我还是信主的呢。我吃了苦,为谁赎了什么罪,只害老李犯了罪,做人好可怜。为了钱,吃苦;有了钱,没用。我活一辈子是为啥呀?

(一九九五年秀秀口述)

十三　韩平原的命

我不记得在哪部笔记小说里,读到一则《杨艮议命》。议的是韩平原的命。韩平原的八字是壬申、辛亥、己巳、壬申。杨艮想必是个星命家。他说韩平原丁卯年壬子月必得奇祸。据笔记:"当时周梦兴在座,谨志之册,勿敢言。既尔艮言皆大验。"韩平原就是宋朝的韩侂胄;封平原君,权倾一时。丁卯年壬子月因用兵溃败伏诛。

十四　良　心

二〇〇六年五月二十四日,《新民晚报》登载了一则报道。吉林省延吉市郊农村一对夫妇将十年前捡来的四万元交给了延吉市公安局,要求公安局为他们找到失主。我读后觉得这件真人实事很说明问题,可用作本文的注释。我先略述这则报道的梗概,再说我的见解。

一九九六年夏天的一个夜晚,上述地区一位四十九岁的出租车司机把一男一女两位乘客送到了他们要到达的地点,分文未得,还挨了一顿臭骂。乘客离去后,这位司机发现他们的一大包钱遗忘车上了,数一数,共四万元。

这位司机是贫困中挣扎求生的可怜人,生平未见过这么多钱。突然感到很害怕,连老婆也没告诉。

乘客男女两人是浑蛋,遗忘了那包钱,怎会不追究呢?四天以后,那男的乘客带了三个彪形大汉,找到了我们这位司机,不由分说,把他拉上一辆卡车,气势汹汹地问他有没有捡到五万元钱。又把他带到当地派出所,对警察说:这司机捡了他们丢的五万元钱不还。这司机又害怕又生气,就一口咬定没有捡到钱,心想:"我要是承认了,哪里去找他讹的那一万元呢。"

四万元对这位司机的诱惑力很大。半年后,警察再次询问他是否捡到了钱,他再次否认了。

他老婆知道了丈夫捡得巨款,也害怕了。她没有工作,又患有肝硬化重症,经常借钱看病。他们有个十四岁的儿子,父母俩总教育孩子要老实做人。可是这老实的夫妻俩得了这笔巨款,放弃又舍不得;动用吧,良心又不许。

这位为了维持生活和给妻子治病,卖过豆腐、烤过白薯、卖过血肠、种过菜的出租车司机说:"我什么都干过,就是没撒过谎。平生第一次昧了良心,那种难受劲儿就别提了。"他们夫妻俩天天教育孩子要诚实守信,可是一想到那笔钱,"讲着讲着心里就突然没了底气"。

这笔钱像一座大山,压得他们十年喘不过气来。他们终于把这笔钱交到了公安局,虽然过日子还是艰苦,心上却踏实了。

他们这十年受道德良心的折磨,就是本文所谓"天人交战",也就是灵性良心和私心的斗争。他们是朴实的乡民,没有歪理。如讲歪理,可以说:"失主是欺压好人、讹诈好人的浑蛋,跟这种浑蛋讲什么道义!我的需要比你大!"他们就可以用来看病了,还债了,生活得宽裕些,这笔钱就花掉了。可是我们这位司机和他的老婆,灵性良心经过长达十年的拉锯战,还是胜利了。他们始终没有昧了良心。他们的行为感动了警察,说他工作了这么多年,第一次遇到这等事。也感动了记者,说这对善良夫妻的行为会让很多人反思自己,所以应该让全社会知道。

良心出自人的本性,除非自欺欺人,良心是压不灭的。

为《走到人生边上》
向港、澳、台读者说几句话

亲爱的港、澳、台读者：

在我的心眼儿里，港、澳、台的同胞和大陆的同胞，都是一家人。我们有共同的祖宗，血统相同。我们是同一个大家庭里培育出来的，有共同的文化，共同的传统，共同的语言文字。一家人的思想感情，天生是亲近的。

我这薄薄的一本小书，是一连串的自问自答，不讲理论，不谈学习，只是和亲近的人说说心上话，家常话。我说的有理没理，是错是对，还请敬爱的读者批评指正。

二〇〇七年九月十五日

坐在人生的边上

——杨绛先生百岁答问

杨绛先生近年闭门谢客,海内外媒体采访的要求,多被婉辞;对读者热情的来信,未能一一回复,杨先生心上很感歉疚。朋友们建议先生在百岁生日来临之际,通过答问与读者作一次交流,以谢大家的关心和爱护;杨绛先生同意,并把提问的事交给了年来投稿较多、比较熟悉的《文汇报·笔会》。我获此机会,有幸与杨先生作了以下笔谈。

——《文汇报》记者周毅

一

笔会:尊敬的杨先生,请允许我以提问来向您恭祝百岁寿辰。

您的生日是1911年7月17日。仔细论起来,您出生时纪年还是清宣统三年,辛亥革命尚未发生。请问,7月17日这个公历生日您是什么时候用起来的?

杨绛:我父亲是维新派,他认为阴历是满清的日历,满清既已推翻,就不该再用阴历。他说:

"凡物新则不旧,旧则不新,新旧年者,矛盾之辞也,然中国变法往往如是。旧法之力甚强,废之无可废,充其量不过增一新法,与旧法共存,旧新年特其一例而已。""今人相问,辄曰:'汝家过旧历年乎,抑或新历年乎?'答此问者,大率旧派。旧派过旧历年,新派过新历年。但此所谓过年,非空言度过之谓,其意盖指祭祖报神……今世年终所祭之神,固非耶教之上帝,亦非儒家之先圣先贤,不过五路财神耳。此所谓神,近于魔鬼,此所谓祭,近于行贿。"

7月17日这个公历生日是我一岁时开始用起来的。我一岁时恰逢中华民国成立。我常自豪地说:"我和中华民国同岁,我比中华民国还年长一百天!"7月17日是我生日,不是比10月10日早一百天吗?

笔会:您从小进的启明、振华,长大后上的清华、牛津,都是好学校,也听说您父母家训就是:如果有钱,应该让孩子受好的教育。杨先生,您认为怎样的教育才算"好的教育"?

杨绛:教育是管教,受教育是被动的,孩子在父母身边最开心,爱怎么淘气就怎么淘气,一般总是父母的主张,说"这孩子该上学了"。孩子第一天上学,穿了新衣新鞋,拿了新书包,欣欣喜喜地"上学了!"但是上学回来,多半就不想再去受管教,除非老师哄得好。

我体会,"好的教育"首先是启发人的学习兴趣,学习的自觉性,培养人的上进心,引导人们好学,和不断完善自己。要让学生在不知不觉中受教育,让他们潜移默化。这方面榜样的作用很重要,言传不如身教。

我自己就是受父母师长的影响,由淘气转向好学的。爸爸说话入情入理,出口成章,《申报》评论一篇接一篇,浩气冲天,掷地有声。我佩服又好奇,请教秘诀,爸爸说:"哪有什么秘诀?

多读书,读好书罢了。"妈妈操劳一家大小衣食住用,得空总要翻翻古典文学、现代小说,读得津津有味。我学他们的样,找父亲藏书来读,果然有趣,从此好(hào)读书,读好书入迷。

我在启明还是小孩,虽未受洗入教,受到天主教姆姆的爱心感染,小小年纪便懂得"爱自己,也要爱别人",就像一首颂歌中唱的"我要爱人,莫负人家信任深;我要爱人,因为有人关心"。

我进振华,已渐长大。振华女校创始人状元夫人王谢长达太老师毁家办学,王季玉校长继承母志,为办好学校"嫁给振华"贡献一生的事迹,使我深受感动。她们都是我心中的楷模。

爸爸从不训示我们如何做,我是通过他的行动,体会到"富贵不能淫,贫贱不能移,威武不能屈"古训的真正意义的。他在京师高等检察厅厅长任上,因为坚持审理交通部总长许世英受贿案,宁可被官官相护的北洋政府罢官。他当江苏省高等审判厅厅长时,有位军阀到上海,当地士绅联名登报欢迎,爸爸的名字也被他的属下列入欢迎者的名单,爸爸不肯欢迎那位军阀,说"名与器不可假人",立即在报上登启事声明自己没有欢迎。上海沦陷时期,爸爸路遇当了汉奸的熟人,视而不见,于是有人谣传杨某瞎了眼了。

我们对女儿钱瑗,也从不训示。她见我和锺书嗜读,也猴儿学人,照模照样拿本书来读,居然渐渐入道。她学外文,有个很难的单词,翻了三部词典也未查着,跑来问爸爸,锺书不告诉,让她自己继续查,查到第五部辞典果然找着。

我对现代教育知道的不多。从报上读到过美术家韩美林作了一幅画,送给两三岁的小朋友,小孩子高高兴兴地回去了,又很快把画拿来要韩美林签名,问他签名干什么,小孩说:"您签了名,这画才值钱!"可惜呀,这么小的孩子已受到社会不良风气的影响,价值观的教育难道不应引起注意吗?

笔会:您是在开明家庭和教育中长大的"新女性",和钱锺书先生结婚后,进门却需对公婆行叩拜礼,学习做"媳妇",连老圃先生都心疼自己花这么多心血培养的宝贝女儿,在钱家做"不花钱的老妈子"。杨先生,这个转换的动力来自哪里?您可有什么良言贡献给备受困扰的现代婚姻?

杨绛:我由宽裕的娘家嫁到寒素的钱家做"媳妇",从旧俗,行旧礼,一点没有"下嫁"的感觉。叩拜不过跪一下,礼节而已,和鞠躬没多大分别。如果男女双方计较这类细节,那么,趁早打听清楚彼此的家庭状况,不合适不要结婚。

抗战时期在上海,生活艰难,从大小姐到老妈子,对我来说,角色变化而已,很自然,并不感觉委屈。为什么?因为爱,出于对丈夫的爱。我爱丈夫,胜过自己。我了解钱锺书的价值,我愿为他研究著述志业的成功,为充分发挥他的潜力、创造力而牺牲自己。这种爱不是盲目的,是理解,理解愈深,感情愈好。相互理解,才有自觉的相互支持。

我与钱锺书是志同道合的夫妻。我们当初正是因为两人都酷爱文学,痴迷读书而互相吸引走到一起的。锺书说他"没有大的志气,只想贡献一生,做做学问"。这点和我志趣相同。

我成名比钱锺书早,我写的几个剧本被搬上舞台后,他在文化圈里被人介绍为"杨绛的丈夫"。但我把钱锺书看得比自己重要,比自己有价值。我赖以成名的几出喜剧,能够和《围城》比吗?所以,他说想写一部长篇小说,我不仅赞成,还很高兴。我要他减少教课钟点,致力写作,为节省开销,我辞掉女佣,做

"灶下婢"是心甘情愿的。握笔的手初干粗活免不了伤痕累累,一会儿劈柴木刺扎进了皮肉,一会儿又烫起了泡。不过吃苦中倒也学会了不少本领,使我很自豪。

钱锺书知我爱面子,大家闺秀第一次挎个菜篮子出门有点难为情,特陪我同去小菜场。两人有说有笑买了菜,也见识到社会一角的众生百相。他怕我太劳累,自己关上卫生间的门悄悄洗衣服,当然洗得一塌糊涂,统统得重洗,他的体己让我感动。

诗人辛笛说钱锺书有"誉妻癖",锺书的确欣赏我,不论是生活操劳或是翻译写作,对我的鼓励很大,也是爱情的基础。同样,我对钱锺书的作品也很关心、熟悉,1989年黄蜀芹要把他的《围城》搬上银幕,来我家讨论如何突出主题,我觉得应表达《围城》的主要内涵,立即写了两句话给她,那就是:

围在城里的人想逃出来,

城外的人想冲进去。

对婚姻也罢,职业也罢,

人生的愿望大都如此。

意思是"围城"的含义,不仅指方鸿渐的婚姻,更泛指人性中某些可悲的因素,就是对自己处境的不满。钱锺书很赞同我的概括和解析,觉得这个关键词"实获我心"。

我是一位老人,净说些老话。对于时代,我是落伍者,没有什么良言贡献给现代婚姻。只是在物质至上的时代潮流下,想提醒年轻的朋友,男女结合最最重要的是感情,双方互相理解的程度,理解深才能互相欣赏吸引、支持和鼓励,两情相悦。我以为,夫妻间最重要的是朋友关系,即使不能做知心的朋友,也该是能做得伴侣的朋友或互相尊重的伴侣。门当户对及其他,并不重要。

笔会:您出生于1911年,1917年即产生了新文学革命。但您的作品,不论是四十年代写的喜剧,还是后来写的《洗澡》、《干校六记》等,却没有一点通常意义上"现代文学"的气息。请问杨先生,您觉得您作品中和时代氛围的距离来自哪里?

杨绛:新文学革命发生时,我年纪尚小;后来上学,使用的是政府统一颁定的文白掺杂的课本,课外阅读进步的报章杂志作品,成长中很难不受新文学的影响。不过写作纯属个人行为,作品自然反映作者各自不同的个性、情趣和风格。我生性不喜趋时、追风,所写大都是心有所感的率性之作。我也从未刻意回避大家所熟悉的"现代气息",如果说我的作品中缺乏这种气息,很可能是因为我太崇尚古典的清明理性,上承传统,旁汲西洋,背负着过去的包袱太重。

笔会:创作与翻译,是您成就的两翼。特别是历经"大跃进"、"文革"等困难年代、最终完成《堂吉诃德》的翻译,已是名著名译的经典,曾作为当年邓小平送给西班牙国王的国礼。很难想象这个工作是您四十七岁自学西班牙语后开始着手进行的。您对堂吉诃德这位骑士有特别的喜爱吗?您认为好的译者,有良好的母语底子是不是比掌握一门外语更重要?

杨绛:这个提问包含两个问题。我先答第一个。

我对这部小说确实特别喜爱。这也说明我为什么特地自学了西班牙语来翻译。堂吉诃德是彻头彻尾的理想主义者,眼前的东西他看不见,明明是风车的翅膀,他看见的却是巨人的胳膊。他一个瘦弱老头儿,当然不是敌手,但他竟有胆量和巨人较量,就非常了不起了。又如他面前沙尘滚滚,他看见的是迎面而来的许多军队,难为他博学多才,能数说这许多军队来自哪些国家,领队的将军又是何名何姓。这等等都是象征性的。

我曾证明塞万提斯先生是虔诚的基督教徒,所以他的遗体埋在三位一体教会的墓园里;他被穆尔人掳去后,是三位一体教会出重金把他赎回西班牙的。虽然他小说里常有些看似不敬之辞,如说"像你妈妈一样童贞",他也许是无意的,也许是需要表示他的小说不是说教。但他的小说确是他信仰的产物。

现在我试图回答第二个问题。

"作为好的译者,有良好的母语底子是不是比掌握外语更重要?"

是的。翻译是一项苦差,因为一切得听从主人,不能自作主张,而且一仆二主,同时伺候着两个主人:一是原著,二是译文的读者。译者一方面得彻底了解原著;不仅了解字句的意义,还需领会字句之间的含蕴,字句之外的语气声调。另一方面,译文的读者要求从译文里领略原文,译者得用读者的语言,把原作的内容按原样表达;内容不可有所增删,语气声调也不可走样。原文弦外之音,只能从弦上传出;含蕴未吐的意思,也只附着在字句上。译者只能在译文的字句上用功夫表达,不能插入自己的解释或擅用自己的说法。译者须对原著彻底了解,方才能够贴合着原文,照模照样地向读者表达,可是尽管了解彻底未必就能照样表达。彻底了解不易,贴合着原著照模照样地表达更难。

末了我要谈谈"信、达、雅"的"雅"字。我曾以为翻译只求亦信亦达,"雅"是外加的文饰。最近我为《堂吉诃德》第四版校订译文,发现毛病很多,有的文句欠妥,有的辞意欠醒。我每找到更恰当的文字或更恰当的表达方式,就觉得译文更信更达,也更好些。"好"是否就是所谓"雅"呢？（不用"雅"字也可，但"雅"字却也现成。）福楼拜追求"最恰当的字"（Le mot juste）。用上最恰当的字，文章就雅。翻译确也追求这么一个标准：不仅能信能达，还要"信"得贴切，"达"得恰当——称为"雅"也可。我远远不能达到这个目标，但是我相信，一切从事文学翻译的人都意识到这么一个目标。

二

笔会：钱锺书先生天分、才学过人，加上天性淘气，臧否人事中难免显示他的优胜处。曾有人撰文感叹"钱锺书瞧得起谁啊！"杨先生，您为什么从来不承认钱先生的骄傲？

杨绛：钱锺书只是博学，自信，并不骄傲，我为什么非要承认他骄傲不可呢？

钱锺书从小立志贡献一生做学问，生平最大的乐趣是读书，可谓"嗜书如命"。不论处何等境遇，无时无刻不抓紧时间读书，乐在其中。无书可读时，字典也啃，我家一部硕大的韦伯斯特氏（Webster's）大辞典，被他逐字精读细啃不止一遍，空白处都填满他密密麻麻写下的字：版本对照考证、批评比较等等。他读书多，记性又好，他的旁征博引、中西贯通、文白圆融，大多源由于此。

钱锺书的博学是公认的，当代学者有几人能相比的吗？

解放前曾任故宫博物院领导的徐森玉老人曾对我说，如默存者"二百年三百年一见"。

美国哈佛大学英美文学与比较文学教授哈里·莱文（Harry

Levin)著作等身,是享誉西方学坛的名家,莱文的高傲也是有名的,对慕名选他课的学生,他挑剔、拒绝,理由是"你已有幸选过我一门课啦,应当让让别人……"就是这个高傲的人,与钱锺书会见谈学后回去,闷闷冒出一句"我自惭形秽"(I'm humbled!)。陪同的朱虹女士问他为什么,他说:"我所知道的一切,他都在行。可是他还有一个世界,而那个世界我一无所知。"

钱锺书自己说:"人谓我狂,我实狷者。"狷者,有所不为也。譬如锺书在翻译《毛泽东选集》的工作中,就"不求有功,但求无过"。他乖乖地把自己变成一具便于使用的工具,只闷头干活,不出主意不提主张。他的领导称他为"办公室里的夫人",他很有用,但是不积极。

人家觉得钱锺书"狂",大概是因为他翻译《毛选》,连主席的错儿都敢挑。毛著有段文字说孙悟空钻到牛魔王的肚里,熟读《西游记》的锺书指出,孙猴儿从未钻到牛魔王的肚里,只是变了只小虫被铁扇公主吞入肚里。隐喻与原著不符,得改。

钱锺书坚持不参加任何党派,可能也被认为是瞧不起组织,是骄傲。其实不然,他自小打定主意做一名自由的思想者(freethinker),并非瞧不起。

很多人有点儿怕钱锺书,因为他学问"厉害",他知道的太多,又率性天真,口无遮拦,热心指点人家,没有很好照顾对方面子,又招不是。大家不怕我,我比较收敛。锺书非常孩子气,这方面就像永远长不大的孩子。但钱锺书也很风趣,文研所里的年轻人(新一代的知识分子)对他又佩服又喜爱。最近中国社会科学院编辑出版的《钱锺书先生百年诞辰纪念文集》几十篇文章的作者,都是对他又敬又爱的好友。

笔会：钱锺书先生拟写的西文著作《〈管锥编〉外编》当初是怎样构思的？为什么没有完成？有没有部分遗稿？

杨绛：钱锺书拟用西文写一部类似《管锥编》那样的著作，取名《〈管锥编〉外编》，起意于《管锥编》完成之后。这种想法并非完全没有基础，他生前留下外文笔记178册，34000多页。外文笔记也如他的《容安馆札记》和中文笔记一样，并非全是引文，也包括他经过"反刍"悟出来的心得，写来当能得心应手，不会太难，只有一一查对原著将花费许多精力时间。锺书因为没有时间，后来又生病了，这部作品没有写成。

钱锺书开的账多，实现的少；这也难怪，回顾他的一生，可由他自己支配的时间实在太少太少，尤其后半生。最后十来年干扰小了，身体又不行了。唉，除了遗憾和惋惜，还能说什么呢？

笔会：在您翻译的四部作品中，《斐多》是您的跨界之作，超出了文学的范畴而进入哲学，苏格拉底面对死亡"愉快、高尚的态度"令人印象深刻。这本主治忧愁的译作，有纪念钱先生的特别意义吗？

杨绛：1997年早春，1998年岁末，我女儿和丈夫先后去世，我很伤心，特意找一件需要我投入全部心神而忘掉自己的工作，逃避我的悲痛，因为悲痛是不能对抗的，只能逃避。

我选定翻译柏拉图《对话录》中的《斐多》，我按照自己翻译的习惯，一句句死盯着原文译，力求通达流畅，尽量避免哲学术语，努力把这篇盛称语言生动如戏剧的对话译成戏剧似的对话。

柏拉图的这篇绝妙好辞，我译前已读过多遍，苏格拉底就义前的从容不惧，同门徒侃侃讨论生死问题的情景，深深打动了我，他那灵魂不灭的信念，对真、善、美、公正等道德观念的追求，给我以孤单单生活下去的勇气,我感到女儿和锺书并没有走远。

应该说,我后来《走到人生边上》的思考,也受到《斐多》的一定启发。

笔会:听说《钱锺书手稿集·中文笔记》二十册即将出版,是吗?

杨绛:这个消息使我兴奋不已。我要向北京商务印书馆内外所有参加这项工程的同志表示感谢。《钱锺书手稿集·中文笔记》依据钱锺书手稿影印而成,所收中文笔记手稿八十三本,形制各一,规格大小不一,因为年代久远,纸张磨损,有残缺页;锺书在笔记本四周和字里行间,密密麻麻写满小注,勾勾画画,不易辨认。锺书去世不久,我即在身心交瘁中,对他的全部手稿勉行清理和粗粗编排,此中的艰难辛苦,难以言表。此次商务印书馆组织精悍力量,克服种种困难精心编订目录,认真核对原件,核对校样,补充注释,工作深入细致,历时三年有余,成效显著,这怎使我不佩服和感激莫名!相信锺书和襄成此举的原商务印书馆总经理杨德炎同志地下有知,也会感到欣慰。

《钱锺书手稿集·容安馆札记》2003年出版时,我曾作序希望锺书一生孜孜矻矻积聚的知识,能对研究他学问和研究中外文化的人有用;现今中文笔记出版,我仍这样想。私心期盼有生之年还能亲见《钱锺书手稿集·外文笔记》出版,不知是否奢望。

三

笔会:杨先生,您觉得什么是您在艰难忧患中,最能依恃的品质,最值得骄傲的品质,能让人不被摧毁、反而越来越好的品质?您觉得您身上的那种无怨无悔、向上之气来自哪里?

杨绛:我觉得在艰难忧患中最能依恃的品质,是肯吃苦。因为艰苦孕育智慧;没有经过艰难困苦,不知道人生的道路多么坎坷。有了亲身经验,才能变得聪明能干。

我的"向上之气"来自信仰,对文化的信仰,对人性的信赖。总之,有信念,就像老百姓说的:有念想。

抗战时期国难当头,生活困苦,我觉得是暂时的,坚信抗战必胜,中华民族不会灭亡,上海终将回到中国人手中。我写喜剧,以笑声来作倔强的抗议。

我们身陷上海孤岛,心向抗战前线、大后方。当时凡是爱国的知识分子,都抱成团。如我们夫妇、陈西禾、傅雷、宋淇等,经常在生活书店或傅雷家相会,谈论国际国内战争形势和前景。我们同自愿参加"大东亚共荣圈"的作家、文化人泾渭分明,不相往来。

有一天,我和钱锺书得到通知,去开一个不记得的什么会。到会后,邻座不远的陈西禾非常紧张地跑来说:"到会的都得签名。"锺书说:"不签,就是不签!"我说:"签名得我们一笔一画写,我们不签,看他们怎么办。"我们三人约齐了一同出门,把手插在大衣口袋里扬长而去,谁也没把我们怎么样。

到"文化大革命",支撑我驱散恐惧,度过忧患痛苦的,仍是对文化的信仰,使我得以面对焚书坑儒悲剧的不时发生,忍受抄家、批斗、羞辱、剃阴阳头……种种对精神和身体的折磨。我绝对不相信,我们传承几千年的宝贵文化会被暴力全部摧毁于一旦,我们这个曾创造如此灿烂文化的优秀民族,会泯灭人性,就此沉沦。

  我从自己卑微屈辱的"牛鬼"境遇出发，对外小心观察，细细体味，一句小声的问候、一个善意的"鬼脸"、同情的眼神、宽松的管教、委婉的措辞、含蓄的批语，都是信号。我惊喜地发现：人性并未泯灭，乌云镶着金边。许多革命群众，甚至管教人员，虽然随着指挥棒也对我们这些"牛鬼蛇神"挥拳怒吼，实际不过是一群披着狼皮的羊。我于是更加确信，灾难性的"文革"时间再长，也必以失败告终，这个被颠倒了的世界定会重新颠倒过来。

  笔会：能谈谈您喜欢的古今作家吗？

  杨绛：这个题目太大了，只好作个概括性的回答。我喜欢和人民大众一气的作家，如杜甫，不喜欢超出人民大众的李白。李白才华出众，不由人不佩服，但是比较起来，杜甫是我最喜爱的诗人。

  笔会：杨先生，您一生是一个自由思想者。可是，在您生命中如此被看重的"自由"，与"忍生活之苦，保其天真"却始终是一物两面，从做钱家媳妇的诸事含忍，到国难中的忍生活之苦，以及在名利面前深自敛抑、"穿隐身衣"，"甘当一个零"。这与一个世纪以来更广为人知、影响深广的"追求自由，张扬个性"的"自由"相比，好像是两个气质完全不同的东西。这是怎么回事？

  杨绛：这个问题，很耐人寻思。细细想来，我这也忍，那也忍，无非为了保持内心的自由、内心的平静。你骂我，我一笑置之。你打我，我绝不还手。若你拿了刀子要杀我，我会说："你我有什么深仇大恨，要为我当杀人犯呢？我哪里碍了你的道儿呢?"所以含忍是保自己的盔甲、抵御侵犯的盾牌。我穿了"隐身衣",别人看不见我,我却看得见别人,我甘心当个"零",人家不把我当个东西,我正好可以把看不起我的人看个透。这样,我就可以追求自由,张扬个性。所以我说,含忍和自由是辩证的统一。含忍是为了自由,要求自由得要学会含忍。

笔会:孔子"十五志于学,三十而立,四十而不惑"那一段话,已进入中国人的日常生活,成为一个生命的参照坐标,不过也只说到"七十从心所欲不逾矩"。期颐之境,几人能登临?如今您有登泰山而小天下的感觉吗?能谈谈您如今身在境界第几重吗?

杨绛:我也不知道自己如今身在境界第几重。年轻时曾和费孝通讨论爱因斯坦的相对论,不懂,有一天忽然明白了,时间跑,地球在转,即使同样的地点也没有一天是完全相同的。现在我也这样,感觉每一天都是新的,每天看叶子的变化,听鸟的啼鸣,都不一样,new experience and new feeling in every day。

树上的叶子,叶叶不同。花开花落,草木枯荣,日日不同。我坐下细细寻思,我每天的生活,也没有一天完全相同,总有出人意外的事发生。我每天从床上起来,就想:"今天不知又会发生什么意外的事?"即使没有大的意外,我也能从日常的生活中得到新体会。八段锦早课,感受舒筋活络的愉悦;翻阅报刊看电视,得到新见闻;体会练字抄诗的些微进步,旧书重读的心得,特别是对思想的修炼。要求自己待人更宽容些,对人更了解些,相处更和洽些,这方面总有新体会。因此,我的每一天都是特殊的,都有新鲜感受和感觉。

我今年一百岁,已经走到了人生的边缘边缘,我无法确知自己还能往前走多远,寿命是不由自主的,但我很清楚我快"回家"了。我得洗净这一百年沾染的污秽回家。我没有"登泰山而小天下"之感,只在自己的小天地里过平静的生活。

细想至此,我心静如水,我该平和地迎接每一天、过好每一天,准备回家。

笔会:有人认为好性情只能来自天生,但您的好性情,来自您一直强调的"修炼"。您大部分作品是七十岁以后创作的,堪称"庾信文章老更成"的典范。您认为"人是有灵性、有良知的动物。人生一世,无非是认识自己,洗练自己"。您看重曾参所说的"自天子以至于庶人,壹是皆以修身为本";在《走到人生边上》的自问自答中,您得出的结论是"天地生人,人为万物之灵。神明的大自然,着重的该是人,不是物;不是人类创造的文明,而是创造文明的人。只有人类能懂得修炼自己,要求自身完善"。"这个苦恼的人世,恰好是锻炼人的处所,经过锻炼才能炼出纯正的品色来"。对您这些话,我没有疑问,也不求回答。在此复述一遍,只为给您一个响应。

原载《文汇报·笔会》二〇一一年七月八日